老城记

天府印象

老成都

LAO CHENGDU

李劼人 等著

中国文史出版社
CHINA CULTURAL AND HISTORICAL PRESS

图书在版编目（CIP）数据

老成都：天府印象 / 李劼人等著 . -- 北京：中国
文史出版社，2023.3
　（老城记）
　ISBN 978-7-5205-3890-9

Ⅰ . ①老… Ⅱ . ①李… Ⅲ . ①散文集－中国－当代
Ⅳ . ① I267

中国版本图书馆 CIP 数据核字（2022）第 199664 号

责任编辑：牛梦岳

出版发行： 中国文史出版社

社　　址： 北京市海淀区西八里庄路 69 号院　邮编：100142

电　　话： 010-81136606　81136602　81136603（发行部）

传　　真： 010-81136655

印　　装： 廊坊市海涛印刷有限公司

经　　销： 全国新华书店

开　　本： 787mm×1092mm　1/16

印　　张： 18.5

字　　数： 207 千字

版　　次： 2023 年 4 月第 1 版

印　　次： 2023 年 4 月第 1 次印刷

定　　价： 52.80 元

目录

天府印象

第一辑

在成都

老　舍

　　成都的确有点像北平：街平，房老，人从容。只在成都歇了五夜，白天忙着办事，夜晚必须早睡，简直可以说没看见什么。坐车子从街上过，见到街平，房老，人从容；久闻人言，成都像北平，遂亦相信；有无差别，则不敢说，知道的太少了。

　　学校只到了华西大学、四川大学及华美女中。华大地旷，不如济南齐鲁大学之宽而不散。川大则在晚间去的，只觉寂静可喜，宜于读书，未见其他。华美女中亦系晚间去讲演，只见到略清洁严肃，未暇参观一切设备也。

　　名胜仅到武侯祠与望江楼。祠中的树好，园中的竹好。论建筑与气势，远不及北平的寺庙与公园。

　　街上茶馆很多，可惜无暇去坐坐。身上痒，故不能不入一浴室；浴室相当干净，但远不及平津两地的宽敞暖和；招街更差，小伙计相骂不完，惜未听清为了何事，无从记下。

　　成都有许多有名的小食店，此以汤圆，彼以水饺，业专史远，各有美誉。因为事忙，一家也没去照顾；只吃了一次"不醉无归小酒家"，酒饭都好，而且不贵。假若别的比不上北平，吃食之精美与价廉则胜过之。

最使我喜欢的，是街上卖鲜花的，又多又好又便宜。红的茶花，黄的蜡梅，白的水仙，配以金橘梅花，真使我看呆了。

有机会，必还到成都看看；那里一定还有许多可爱的东西与地方。希望成都人在抗战中，能更紧张一些，把人力财力尽量拿出来，作为后方都市的模范；只是街平，房老，人从容，是没有多大用处的。北平的陷落，恐怕就是吃了"从容"的亏；成都，不要再以此自傲吧。

可爱的成都

老 舍

到成都来，这是第四次。第一次是在四年前，住了五六天，参观全城的大概。第二次是在三年前，我随同西北慰劳团北征，路过此处，故仅留二日。第三次是慰劳归来，在此小住，留四日，见到不少老朋友。这次——第四次——是受冯焕璋先生之约，去游灌县与青城山，由上山下来，顺便在成都玩几天。

成都是个可爱的地方。对于我，它特别可爱，因为：

一、我是北平人，而成都有许多与北平相似之处，稍稍使我减去些乡思。到抗战胜利后，我想，我总会再来一次，多住些时候，写一部以成都为背景的小说。在我的心中，地方好像也都像人似的，有个性格。我不喜上海，因为我抓不住它的性格，说不清它到底是怎么一回事。我不能与我所不明白的人交朋友，也不能描写我所不明白的地方。对成都，真是，我知道的事情太少了；但是，我相信会借它的光儿写出一点东西来。我似乎已看到了它的灵魂，因为它与北平相似。

二、我有许多老友在成都。有朋友的地方就是好地方。这诚然是个人的偏见，可是恐怕谁也免不了这样去想吧。况且成都本身已经是可爱的呢。八年前，我曾在齐鲁大学教过书。七七抗战后，我由青岛移回济南，仍住齐大。我由济南流亡出来，我的妻小还留在齐大，住了一年多。齐大在济南的校舍现在已被敌人完全占据，我的朋友们的一切书籍器物已被劫一空，那么，今天又能在成都会见患难的老友，是何等快乐呢！衣物、器具、书籍，丢失了有什么关系！我们还有命，还能各守岗位地去忍苦抗敌，这就值得共进一杯酒了！抗战前，我在山东大学也教过书。这次，在华西坝，无意中也遇到几位山大的老友，"惊喜欲狂"一点儿也不是过火的形容。一个人的生命，我以为，是一半儿活在朋友中的。假若这句话没有什么错误，我便不能不"因人及地"地喜爱成都了。啊，这里还有几十位文艺界的友人呢！与我的年纪差不多的，如郭子杰、叶圣陶、陈翔鹤诸先生，握手的时节，不知为何，不由得就彼此先看看头发——都有不少根白的了，比我年纪轻一点的呢，虽然头发不露痕迹，可是也显着消瘦，霜鬓瘦脸本是应该引起悲愁的事，但是，为了抗战而受苦，为了气节而不肯折腰，瘦弱衰老不是很自然的结果么？这真是悲喜俱来，另有一番滋味了！

三、我爱成都，因为它有手有口。先说手，我不爱古玩，第一因为不懂，第二因为没有钱。我不爱洋玩意儿，第一因为它们洋气十足，第二因为没有美金。虽不爱古玩与洋东西，但是我喜爱现代的手造的相当美好的小东西。假若我们今天还能制造一些美好的物件，便是表示了我们民族的爱美性与创造力仍然存在，并不逊于古人。中华民族在雕刻、图画、建筑、制铜、造瓷……

上都有特殊的天才。这种天才在造几张纸，制两块墨砚，打一张桌子，漆一两个小盒上都随时表现出来。美的心灵使他们的手巧。我们不应随便丢失了这颗心。因此，我爱现代的手造的美好的东西。北平有许多这样的好东西，如地毯、珐琅、玩具……但是北平还没有成都这样多。成都还存着我们民族的巧手。我绝对不是反对机械，而只是说，我们在大的工业上必须采取西洋方法，在小工业上则须保存我们的手。谁知道这二者有无调谐的可能呢？不过，我想，人类文化的明日，恐怕不是家家造大炮，户户有坦克车，而是要以真理代替武力，以善美代替横暴。果然如此，我们便应想一想是否该把我们的心灵也机械化了吧？次说口：成都人多数健谈。文化高的地方都如此，因为"有"话可讲。但是，这且不在话下。

这次，我听到了川剧、扬琴与竹琴。川剧的复杂与细腻，在重庆时我已领略了一点。到成都，我才听到真好的川剧。很佩服贾佩之、萧楷成、周企何诸先生的口。我的耳朵不十分笨，连昆曲——听过几次之后——都能哼出一句半句来。可是，已经听过许多次川剧，我依然一句也哼不出。它太复杂。在牌子上，在音域上，恐怕它比任何中国的歌剧都复杂好多。我希望能用心地去学几句。假若我能哼上几句川剧来，我想，大概就可以不怕学不会任何别的歌唱了。竹琴本很简单，但在贾树三的口中，它变成极难唱的东西。他不轻易放过一个字去，他用气控制着情，他用"抑"逼出"放"，他由细嗓转到粗嗓而没有痕迹。我很希望成都的口，也和它的手一样，能保存下来。我们不应拒绝新的音乐，可也不应把旧的扫灭。恐怕新旧相通，才能产生新的而又是民族的东西来吧。

还有许多话要说，但是很怕越说越没有道理，前边所说的那一点恐怕已经是糊涂话啊！且就这机会谢谢侯宝璋先生给我在他的客室里安了行军床，吴先忧先生领我去看戏与扬琴，文协分会会员的招待，与朋友们的赏酒饭吃！

我的老家

巴　金

日本作家水上勉先生去年九月访问成都后，经上海回国。我在上海寓中接待他，他告诉我他到过我的老家，只看见一株枯树和空荡荡的庭院。他不知道那是什么树。他轻轻地抚摩着粗糙的树皮，想象过去发生过的事情。

水上先生是我的老友，正如他所说，是文学艺术的力量把我们联结在一起的。一九六三年我在东京到他府上拜望，我们愉快地谈了南宗六祖慧能的故事。一九七八年我到北京开会，听说他和井上靖先生在京访问，便去北京饭店探望他们。畅谈了别后的情况。一九八〇年我四访东京，在一个晴朗的春天早晨，我和他在新大谷饭店日本风味的小小庭院里对谈我的艺术观和文学生活，谈了整整一个上午。那一盒录像带已经在我的书橱里睡了四年，它常常使我想起一位日本作家的友情。

水上先生回国后不多久，日中文化交流协会给我寄来他那篇《寻访巴金故居》。读了他的文章，我仿佛回到了离开二十几年的故乡。他的眼睛替我看见了我所想知道的一切，也包括宽广的大街，整齐的高楼……还有那株"没有一片叶"的枯树。

在我的记忆里枯树是不存在的，过去门房或马房的小天井里并没有树，树可能是我走后人们才种上的，我离家整整六十年了。几个月前我的兄弟出差到成都，抽空去看过"老家"，见到了两株大银杏树。他似乎认出了旧日的马房，但是不记得有那么两株银杏。我第二次住院前有人给我女儿送来一本新出版的浙江《富春江画报》，上面选刊了一些四川画家的油画，其中一幅是贺德华同志的《巴金故居》，出现在画面上的正是一株树叶黄落的老树。它不像是水上先生看见的"大腿粗细的枯树"，也可能是我兄弟看见的两棵银杏中间的一株。脑子里一点印象也没有，我无法判断。但是我多么想摸一下生长那样大树的泥土！我多么想抚摩水上先生抚摩过的粗糙、皱裂的树干……

在医院中听说同水上先生一起访华的佐藤纯子女士又到了上海，我想起那本画报，就让家里的人找出来，请佐藤女士带给水上先生。后来还是从佐藤女士那里收到了水上先生第二篇《寻访故居》文章的剪报。

我跟着水上先生的脚迹回到成都的老家，却看不到熟悉的地方和景物。我想起来了，一九八〇年四月我在京都会见参加旅游团刚从成都回国的池田政雄先生，他给了我一叠他在我的老家拍的照片，这些照片后来在日本的《野草》杂志上发表了。在照片上我看到了一口井，那是真实的东西，而且是池田先生拍摄下来的唯一的真实的"旧址"。我记得它，因为我在小说《秋》里写淑贞跳井时就是跳进这一口井。一九五八年我写了关于《秋》的《创作谈》，我这样说："只有井是真实的东西。它今天还在原来的地方。前年十二月我到那里去过一趟。我跟那口井分别了三十三年，它还是那个老样子。井边有一棵松树，树上有一根短而粗的枯枝，原是我们家伙夫挑水时，挂带钩扁担的地方。松树像一位忠实的老朋友，今天仍然陪伴着这口老井。"但是在池田先生的照片上只有光秃秃的一口井，松树也不知在什么时候给砍掉了。水上先生没有看到井，不知是人们忘了引他去看，还是井也已被填掉。过去的反正早已过去，旧的时代和它的遗物，就让它们全埋葬在遗忘里吧！

然而我还是要谈谈我的老家。

一九二三年五月我离开老家时，那里没有什么改变：门前台阶下一对大石缸，门口一条包铁皮的木门槛，两头各有一只石狮子，屋檐下一对红纸大灯笼，门墙上一副红底黑字的木对联"国恩家庆，人寿年丰"。我把这一切都写在小说《家》里面。《激流三部曲》中的高公馆就是照我的老家描绘的，连大门上两位"手执大刀，顶天立地的彩色门神"也是我们家原有的。大约在一九二四年我在南京的时候，成都城里修马路，我们家的大门应当朝里退进去若干，门面翻修的结果，石缸、石狮子、木对联等等都没有了。关于新的门面我只看到一张不太清楚的照片，听说大门两旁还有商店，照片上却看不出来。

一九三一年我开始写《激流》，当初并没有大的计划。我想一点写一点，不知不觉地把高公馆写成我们家那个样子，而且是我看惯了的大门翻修以前的我们的家。从大门进去，走出门洞，下了天井；进二门，再过天井，上大厅，弯进拐门；又过内天井，上堂屋，进上房；顺着左边厢房走进过道，经过觉新的房门口，转进里面，一边是花园，一边是仆婢室和厨房，然后是克明的住房，顺着三房住房的窗下，走进一道小门，便是桂堂。竹林就在桂堂后面。这一切全是如实的描写。在小说里只有花园是出于我的编造和想象。我当时用我们那个老公馆作背景，并非有意替它宣传，只是因为自己没有精密计划，要是脑子里不留个模型，说不定写到后面就忘记前面，搞得前后矛盾，读者也莫名其妙。关于我们老家的花园，只有觉新窗外那一段"外门"的景物是真实的，从觉新写字台前望窗外就看得见那口井和井旁的松树。我们的花园并不大，其余的大部分，也就是从"内门"进去的那一部分，我也写在另一部小说《憩园》里了。所以我对最近访问过成都的日本朋友樋口进先生说："您不用在成都寻访我的故居，您把《激流》里的住房同《憩园》里的花园拼在一起，那就是我的老家。"

我离家以后过了十八年，第一次回到成都。一个傍晚，我走到那条熟悉的街，去找寻我幼年时期的脚迹。旧时的伴侣不知道全消失在什么地方。巍峨的门墙无情地立在我的面前。守门的卫兵用怀疑的眼光打量我。大门开了，白色照壁上现出一个圆形图案，图案中嵌着四个绛色篆文大字"长宜子孙"。这照壁还是十八年前的东西，我无法再看到别的什么了。据说这里是当时的保安处长刘兆藜的住宅，门墙上有两个大字"藜阁"。我几次走过"藜阁"门前，想起从前的事情，后来写了一篇散文《爱尔克的灯光》。那是一九四一年初的事。

一九四二年我回成都治牙，住了三个月光景，不曾到过正通顺街。我想，以后不会再到那里去了。

解放后一九五六年十二月我第三次回成都，听说我的老家正空着没有人住，有一天和李宗林同志闲谈起来，他当时还挂名成都市市长，他问我："你要不要去看看？"我说："看看也好。"过了一天他就坐车到招待所来约我同去正通顺街，我的一个侄女正在我那里聊天，也就一起去了。

还是"黎阁"那样的门面，大门内有彩色玻璃门，"长宜子孙"的照壁不见了。整个花园没有了。二门还在，大厅还在，中门还在，堂屋还在，上房还在，我大哥的住房还在，后面桂堂还在，还有两株桂树和一棵香椿，桂堂后面的竹林仿佛还是我离家时那个样子。然后我又从小门转出来，经过三姐住房的窗下，走出过道，顺着大哥房外的台阶，走到一间装玻璃窗的小屋子。在《激流》中玻璃小屋是不存在的。在我们老家本来没有这样的小屋。我还记得为了大哥结婚，我父亲把我们叫作"签押房"的左边厢房改装成三个房间，其中连接的两间门开在通入里院的过道上，给大哥住；还有一间离拐门很近，房门开向内天井，给三哥和我两个住。到了我离家的前两三年，大哥有了儿女，房子不够住，我们家又把中门内台阶上左右两块空地改装成两间有上下方格子玻璃窗的小屋，让我和三哥搬到左边的那间去，右边的一间就让它空着。小屋虽小，冬天还是相当冷，因为向内天井的一面是玻璃窗，对面就是中门的边门，窗有窗缝，门有门缝，还有一面紧靠花园。中门是面对堂屋的一道门，除中间一道正门外，还有左右两道边门。关于中门，小说《家》描写高老太爷做寿的场面中有这样的话："中门内正对着堂屋的那块地方，以门槛为界，布置了一个精致的戏台……门槛外大厅上用蓝布帷围出了一块地方，作演员们的化妆房间。"以后的玻璃小屋就在这"戏台"的左右两边。

我仿佛做了一场大梦。我居然回到了我十几岁时住过的小屋，我还记得深夜我在这里听见大厅上大哥摸索进轿子打碎玻璃，我绝望地拿起笔写一些愤怒的字句，捏紧拳头在桌上擦来擦去，我发誓要向封建制度报仇。好像大哥还在这里向我哭诉什么；好像祖父咳嗽着从右上房穿过堂屋走出来；好像我一位婶娘牵着孩子的手不停地咒骂着走进了上房；好像从什么地方又传来太太的打骂和丫头的哭叫……好像我花了十年时间写成的三本小说在我的眼前活了起来。

李宗林同志让同来的人给我拍摄了一些照片：我站在玻璃小屋的窗前；我从堂屋出来；我在祖父房间的窗下；等等，等等。我同他们谈话，我穿过那些空荡荡的房间，我走过一个一个的天井，我仿佛还听见旧时代的声音，还看见旧时代的影子。天色暗淡起来，我没有在门房里停留，也不曾找到我少年时期常去的马房，我匆匆地离开了这个把梦和真、过去和现实混淆在一起的老家，我想，以后我还会再来。说实话，对这个地方我不能没有留恋，对我来说，它是多么大的一座记忆的坟墓！我要好好地挖开它！

然而太迟了。一九六〇年我第四次回成都，再去正通顺街，连"蔡阁"也找不到了。这一次我住的时间长一些，早晨经常散步到那条街，在一个部队文工团的宿舍门前徘徊，据说这就是在我老家的废墟上建造起来的。找不到旧日的脚迹我并不伤感。枯树必须连根挖掉。可是我对封建制度的控诉，我对封建主义流毒的揭露，决不会跟着旧时代的被埋葬以及老家的被拆毁而消亡。

青羊宫*

李劼人

　　青羊宫在成都西南隅城墙之外，是清朝康熙年间重新建筑，又培修过几次。据说是道士的元始庙子，虽然赶不上北门外昭觉寺，北门内文殊院，两个和尚的丛林建筑的富丽堂皇，但营造结构，毕竟大方，犹然看得出中古建筑物的遗规。

　　庙宇也和官署一样，是坐北朝南的。它的大门，正对着一条小小的街道，通出去，是一道五洞大石桥，名曰迎仙桥。这街道即以青羊宫得名，叫着青羊场。虽然很小，却是南门外一个同等重要的米市与活猪市。

　　青羊宫全体结构是这样的：临着大路，是一对大石狮子。八字红墙，山门三道。进门，一片长方空坝，走完，是二门，门基比山门高一尺多，而修得也要考究些。再进去，又是一片长方空坝，中间是一条石子甬道，两侧有些柏树。再进去，是头殿，殿

---

*节选自《死水微澜》，标题为本书编者加。

基有三尺来高，殿是三楹，两头俱有便门。再进去，空坝更大，树木更多，东西俱是配殿；西配殿之西北隅，另一个大院，是当家道士的住处、客堂以及卖签票的地方。坝子正中，是一座修造得绝精致的八卦亭，亭基有五尺多高，四道石阶上去；全亭除了瓦桷，纯是石头造成，雕工也很不错；亭中供的是一尊坐在板角青牛背上的老子塑像，塑得很有神气。八卦亭之北，就是正殿了，大大的五楹，建在一片六尺来高，全用石条砌就的大露台之上；殿的正中，供了三尊绝大的塑像，传说是光绪初年，培修正殿之后，由一个姓曹的塑匠，一手造成；像是坐着的，那么大，并不打草稿，而各部居然塑得很停匀，确乎不大容易。据说根据的是《封神榜》，中间是通天教主，上手是太上老君，下手是元始天尊，道士又称之曰"三清"。殿中除了两壁配塑的十二门徒肖像外，当面的左右还各摆了一具青铜铸的羊子，有真羊大，形态各殊，而铸工都极精致灵活；道士说是神羊，原本一对，走失了一只，有一只是后来配的，只有一只角，据说也通了神，设若你身上某一部分疼痛，你只需在神羊的某一部分摸一摸，包你会好，不过要出了功果钱才灵。但一般古董家却说这一只独角羊原本是南宋朝宫廷中的薰炉，在康熙年间，被四川遂宁张鹏翮大学士从北京琉璃厂买得，后来带回成都，施与青羊宫的。证据是，铜座上本有一方什么阁珍玩字样的图记，虽为道士凿补，痕迹却仍显然；其次是张鹏翮的曾孙、乾隆嘉庆之间四川有名诗人张问陶号船山的一首诗和自注，更说得明白。不过古董家的考据，总不如道士的神话动人。正殿后面空坝不大，别有一座较小的殿，踞在一片较高的月台上，那是观音殿。再由月台两畔抄进去，又是一殿，三楹有楼，楼下是斗姆殿，楼上是玉皇阁，殿基自然更要高点。东西两侧，各有一座四丈来高，人工造就的土台，缭以短垣，升以石阶，台上各有小殿一楹；东曰降生台，西曰得道台。穿过斗姆殿，相去一丈之远，逼着后檐又是一座丈许高的石台。以地势言，算是全庙中的最后处，也是最高处。台上一座高阁，祀的是唐高祖李渊的塑像，这或许是御用历史家所捏造的李渊与老聃有什么关系吧？

二月十五日，说是老子的诞辰。这一天，青羊宫的香火很盛，而同时又是农具竹器以及各种实用物件集会交易之期，成都人不称赶庙会，只简单称为赶青羊宫，也是从这一天开始，一直要闹到三月初十。

四乡的人，自然要不远百里而来，买他们要用的东西。城里的人，更喜欢来。不过他们并不像乡下人是安心来买农具竹器的，他们也买东西，却买的小玩意、字画、玉器、花草等；而他们来此的心情，只在篾棚之下，吃茶吃酒，作春郊游宴罢了。就是官宦人家、世家大族的太太、奶奶、小姐、姑娘们，平日只许与家中男子见面的，在赶青羊宫时节，也可以露出脸来，不但允许陌生的男子赶着看她们，而她们也会偷偷地下死眼来看男子们，城里人之喜欢赶青羊宫，而有时竟要天天来者，这也是一大原因。

青羊宫之东，一墙之隔，还有一所道士庙子，叫二仙庵。也很宏大，并且比青羊宫幽邃曲折，房屋也要多些，也要紧凑些。庙门之外，是一带楠木林，再外是一片旱田，每年赶青羊宫时，将二庙之间的土墙挖断，游人们自会从墙缺上来往。

青羊宫这面，是农具、竹器、字画、小饮食集合之所。二仙庵的旱田里，则是把小春踏平，搭上篾棚卖茶酒，种花草树木的地方，而庵里便是卖小玩意和玉器之处。

十多年前有一位由经商起家的姓马的绅士，在二仙庵道士坟之前，临着大路，又修造了一所别墅，小有布置。原为纪念他一个儿子和一个女儿的，因为好名心甚，遂硬派他这两个害痨病夭折的儿女，作为孝儿、孝女，花了好多银子，违例谋到一道圣旨，便在门前横跨大路，造就一道石坊，门上也悬了一块匾，题曰双孝祠。平日本可借给人宴会，到赶青羊宫，更是官绅宴集之所了。

此外，在对门河岸侧，还有一个极其小巧的所在，叫百花潭。是前二三十年，一个姓黄的学政造作的假古董，也还可以起坐。

武侯祠[*]

李劼人

城里人都相信轿行的计算，说出南门到武侯祠有五里路。其实走起来，连三里都不到。过了南门大桥——也就是万里桥，向右手一拐，是不很长的西巷子，近年来修了些高大街房，警察局制订的街牌便给改了个名字，叫染靛街。出染靛街西口向左，是一条很不像样的街，一多半是烂草房，一少半是偏偏倒倒的矮瓦房，住的是穷人，经营的是鸡毛店。这街更短，不过一两百步便是一道石拱小桥，街名叫凉水井，或许多年前有口井，现在没有了。过石拱桥向左，是劝业道近年才开办的农事试验场。其中培植了些新品种的蔬菜花草，还有几头费了大事由外国运回做种的美利奴羊。以前还容许游人进去参观，近来换了场长，大加整顿，四周筑了土围墙，大门装上洋式厚木板门扉，门外砖柱上还威武地悬出两块虎头粉牌，写着碗口大的黑字：农场重地，闲人免进。

---

[*] 节选自《大波》，标题为本书编者所加。

从此，连左近的农民都不能进去，只有坐大轿的官员来，才喊得开门，一年当中官员们也难得来。过石拱桥稍稍向右弯出去，便是通到上川南、下川南去的大路。大路很是弯曲，绕过两个乱坟坡，一下就是无边无际的田亩。同时，一带红墙，墙内郁郁苍苍的丛林山一样耸立在眼面前的，便是武侯祠了。

武侯祠只有在正月初三到初五这三天最热闹。城里游人几乎牵成线地从南门走来。溜溜马不驮米口袋了，被一些十几岁的穿新衣裳的小哥们用钱雇来骑着，拼命地在土路上来往地跑。马蹄把干土蹴踢起来，就像一条丈把高的灰蒙蒙的悬空尘带。人、轿、叽咕车都在尘带下挤走。庙子里情形倒不这样混乱。有身份的官、绅、商、贾多半在大花园的游廊过厅上吃茶看山茶花。善男信女们是到处在向塑像磕头礼拜，尤其要向诸葛孔明求一匹签，希望得他一点暗示，看看今年行事的运气还好吗，姑娘们的婚姻大事如何，奶奶们的肚子里是不是一个贵子。有许愿的，也有还愿的，几十个道士的一年生活费，全靠诸葛先生的神机妙算。大殿下面甬道两边，是打闹年锣鼓的队伍集合地方，几乎每天总有几十伙队伍，有成年人组成的，但多数是小哥们组成。彼此斗着打，看谁的花样打得翻新，打得利落，小哥们的火气大，成年人的功夫再深也得让一手，不然就要打架，还得受听众的批评，说不懂规矩。娃儿们不管这些，总是一进山门，就向遍地里摆设的临时摊头跑去，吃了凉面，又吃豆花，应景的小春卷、炒花生、红甘蔗、牧马山的窖藏地瓜，吃了这样，又吃那样，还要掷骰子、转糖饼。有些娃儿玩一天，把挂挂钱使完了，还没进过二门。

本来是昭烈庙，志书上是这么说的，山门的匾额是这么题的，正殿上的塑像也是刘备、关羽、张飞，两庑上塑的，不用说全是蜀汉时代有名的文臣武将，但凡看过三国演义的人，看一眼都认识；一句话说完，设如你的游踪只到正殿，你真不懂得明明是纪念刘备的昭烈庙，怎么会叫作武侯祠？但是你一转过正殿，就知道了。后殿神龛内的庄严塑像是诸葛亮，花格殿门外面和楹柱上悬的联对所咏叹的是诸葛亮，殿内墙壁上嵌的若干块石碑当中，最为人所熟悉的，又有杜甫那首"丞相祠堂何处寻，锦官城外柏森森"的七言律诗，凭这首诗，就确定了这里不是昭烈庙而是诸葛亮的祠堂。话虽如此，但东边墙外一个大坟包仍然是刘备的坟墓惠陵，而诸葛亮的坟墓，到底还远在陕西沔县的定军山中。

武侯祠的庙宇和林盘，同北门外的照觉寺比起来，小多了，就连北门内的文殊院，也远远不如。可是它的结构布置，又另具一种风格：一进二门，笔端一条又宽又高的、用砖石砌起的甬道，配着崇宏的正殿，配着宽敞的两庑，配着甬道两边地坝内若干株大柏树，那气象就给人一种又潇洒又肃穆的感觉；转过正殿，几步石阶下去，通过一道不长的引廊，便是更雄伟更庄严的后殿；殿的两隅是飞檐流丹的钟鼓楼；引廊之西，隔一块院坝和几株大树，是一排一明两暗的船房，靠西的飞栏椅外，是一片不大不小、有暗沟与外面小溪相通的荷花池；绕池是游廊，是水榭，是不能登临的琴阁，是用作覆盖大石碑的小轩；隔池塘与船房正对的土墙上，有一道小门，过去可以通到惠陵的小寝殿，不必绕过道士的仓房再由正门进去。就这一片占地不多的去处，由于高高低低几步石阶，由于曲曲折折几道回栏，由于疏疏朗朗几丛花木，和那高峻谨严的殿角檐牙掩映起来，不管你是何等样人，一到这里，都愿意在船房上摆设着的老式八仙方桌跟前坐下来，喝一碗道士卖给你的毛茶，而不愿再到南头的大花园去了。

但是楚用来到船房一看，巧得很，所有方桌都被人占了；还不像是吃一碗茶便走的普通游人，而是安了心来乘凉、来消闲的一般上了年纪的生意人和手艺人；多披着布汗衣，叼着叶子烟杆，有打纸牌的，有下象棋的，也有带着活路在那里做的。人不少，却不像一般茶铺那么闹嚷，摆龙门阵的人都轻言细语。

成都的印象

薛绍铭

民国以来，成都一向是四川的省会，不过这二十多年来省政府的政令从未及于全省。在防区制时，一个四川是有七八个省会，成都仅算其中的一个，后来重庆的省政府职权扩大了，成都的省政府被它们吞并，这时重庆成了全省的政治中心地，成都是有了一度的荒凉。

近来因省政府由重庆移来，以及川西"剿共"军事的紧张，成都遂成为中国西部的军事政治重地，使这个疲惫了的都市，现出了暂时畸形的繁荣，两年前的南昌好运，现在转移到锦官城来。

全城无论哪一家旅馆，客都是住得满满的，房价是五倍的高涨。饭馆、澡堂，营业是获利倍蓰。其他如纸店、布店、洋货店，最近生意也都不坏。共党的西进，虽使一部分人遭了殃，却暂时给成都市面一个大大的好处。

成都还是一个古色古香的中国城市，它所受到资本主义渲染的色彩很少。在成都街市上见不到两层以上的洋式商店，就是在最繁盛的春熙路上，所有商店仍多是矮矮的房屋。如果在建筑上比较，那么成都是要比重庆落后二十年。

成都是一个人口稠密的都市，在二十余里大的城圈里，到处人都是住得密密的。正因为人口稠密，在刘田两军成都巷战时，两军的炮火成了弹不虚发，不打着房屋，便打着人，房屋毁于炮火的固不少，老百姓所死于炮火的更多。

成都的地皮及房屋，半数以上是被有钱而又有枪阶级人所垄断。这些地皮房屋的收买和出租，是用各种堂号名义，但它的总老板谁都知道不外几个军政要人。四川军人，总是带着一点土气，刮老百姓几个钱，多是置房买地。固然他们也知道往外国银行存款，但总以为存款在外国银行，还没有置买些不动产妥当些，因为就是自己打败仗退走，或是下了台，但那些打胜仗而上台的人，也都是同族和同学，大家争的是地盘，私人的财产，彼此谁都是念旧谊而要保护的。

环绕在成都周围的几百里平原，土地是特殊的肥美，是中国农产物出产最丰盛的地方。成都有这样的好环境，生活程度又较低于其他都市。大洋一元可购二十七八斤的白米，这是其他都市很少有的，但这还是大军云集的时候，若是在平时，粮价当然是要更低落。

成都和重庆相距是一千多里的陆路，两千多里的水路。由外来的一切货物，都是经重庆转运，按理说，成都的物价应该高过重庆许多，但因成都的生活程度较重庆低得多，使一切物价反较重庆稍低一点。

住在成都的人家，有很多是终日不举火，他们的饮食问题，是靠饭馆、茶馆来解决。在饭馆吃罢饭，必再到茶馆去喝茶，这是成都每一个人的生活程序。饭吃得还快一点，喝茶是一坐三四个钟点。成都饭馆、茶馆之多，是中国任何城市都比不上的，而且每个饭馆、茶馆，迟早都是挤得满满的。

成都曾作过历史上几次偏安的国都，名胜古迹，如城东之望江楼，城南之武侯祠、工部草堂，城北之昭觉寺，城内之文殊院，都很有游览的价值。不过近来因前方"剿共"军事的紧张，这些名胜古迹，都成了兵营和军医院，门前的站岗兵士，是一个显著的"游人止步"的招牌。

"谁坐成都都不久。"成都人常说这句话。按历史上看来，这话确实不错。刘备父子、邓艾、王建、孟知祥、张献忠等在成都都是坐半截。就是民国以来，成都的大椅，谁也没有坐长久。成都不能久坐的缘故，不是地方不吉利，乃是成都及其周围都太好，谁到都视之为乐土，不愿再抖擞精神干了。刘邦进了阿房宫就忘掉了争江山，人的性情大约都差不多。不过希望现在坐成都大椅的人，能以前车为鉴而警惕，而长久下去，来打破这"谁坐成都都不久"的俗语才是。

省城面面观*

周　询

县界

成都之名，始于周末。至唐贞观十年，分成都县之东南境置蜀县，明皇幸蜀，改蜀县为华阳。

其初，县署在城外十数里，清初移住城内。故城与成都分治，其界线由南校场，经包家巷、君平街、三桥南街、西丁字街、青石桥，再北上经南、中、北暑袜街，迄北门喇嘛寺为止，东南属华阳，西北属成都。

就城内面积论，成都居三分之二弱，华阳居三分之一强。就市场论，则繁庶街道，悉在东南，西北则多简寂。

清季调查户口，全城及四门外附郭人家，正号共六万户有奇，连附号九万余户。人口共三十万之谱，然因广狭繁简之调剂，两

---

* 节选自《芙蓉话旧录》，标题和分段为编者所加。

县城市户口数，大致相等。

房屋

除官廨、庙宇、会馆外，民居房屋，大致分公馆、杂院、铺面三种。整完之宅，俗呼"公馆"。多数人家同门分住者，曰"杂院"，俗呼"十家院"。铺面则商店式也。

公馆构造，几乎千篇一律，大门外左右八字墙，墙多作灰白色，以墨线画作方砖形。大门对面，如有空地而属房主者，且多筑照墙，特不似官署照墙之彩绘耳。大门左右，有贴桃符之门枋，亦有以木制联者。门上多绘神荼、郁垒像，金碧灿然。大门内数步即门，其间左为侧门，右为司阍室，中门常闭，非过车马及送迎不启，寻常出入皆由侧门。中门内，中为天井，上为大厅，宽者三间，狭者一间，虚其外面。后设门六扇或四扇，亦有侧门，其中门亦非肩舆出入不启。厅之左、右为置本宅肩舆地。厅下左、右厢房，宽者各三间，窄者一二间，以住仆役。厅上左、右室，则为客堂。大厅后复一天井，上为正房，最多者七间，次或五间、三间。左、右厢房，多则各五间，少则三间或一二间，皆内室也。正房后，宽者尚有围房一进，规模与正院同而稍简狭。再后则庖厨。再有隙地，则为园亭。公馆之最大者，大厅左、右尚有独院，另为正厢，特无大厅耳。小者则无围房，再小者并无大厅。中门以内，正厢一院而已。

杂院则大门以内，三面皆一式房屋，比户而居，亦有曲折达一二进者。公馆中亦有正房、厢房各住一家者，然不如杂院之复杂。

铺面有三间、双间、单间之分，铺后亦有房屋可居家者。铺面上层，多有楼，后面无房屋者，即住家楼上。楼室湫隘，仅开一窗，不似西式之轩朗耳。

街道

清季开办警察时，全城四门及附郭街道，大小共五百有奇。时未改筑马路，街面最宽者为东大街，宽约三丈。次则南大街、北大街、总府街、文庙前后街，皆二丈许。其余多不及二丈，唯科甲巷最狭，阔仅数尺。

各街面悉敷以石板。两旁有阶，高于街面四五寸，阶上宽二尺内外。两旁人家屋檐悉与阶齐，雨时行人可借檐下以避。水沟悉在阶下，平时与街面同覆以石，故俗呼"阴沟"。每岁春夏间，必启石疏浚一次。

城内外各街平坦，无一陂陀。地势以中暑袜街、提督街一带为较低，遇淫雨时，恒患积水。全城沟水多汇于金水河及护城河流出，城内又有巨塘十余处，亦可受水。

食米

省城当光绪季年，每日全城需米约五百石，除有田业者自食所出外，购米者日约四百石之谱。

凡运米入城者皆盛以麻布巨袋，每袋盛二斗余，专恃牛驮及独轮车两种为运输之具。警察开办后，以独轮车最坏街石，轨迹有深至数寸者，修街以后，遂禁车入城，专恃牛运。城外路尽黄土，遇久雨，泥泞深二尺许，牛车皆穷于行，城中即感米荒。

四城门内皆有米市，东门在府城隍庙，北门在火神庙，南门在南大街，西门在西大街，此外城内各街皆有零售米铺，共计不下二三百家。

斗则悉重三十斤，每斤为十六两。贵时每米一石值银五六两，贱则三四两。光绪初年，曾一度贵至九两，人心为之惶急，后由大吏饬令囤户出售，旋就平复。光绪十二、十三年以后，丰收将及十稔，每石只售银三两有奇，是为近数十年米价最低之时。

满城旗兵食米例由官买。藩司就旗饷中，岁拨银若干，招商承办，由商纳米于军署，发给旗兵，谓之"旗米"，故满城内米铺较少。

薪炭

省城外附近百余里皆无柴炭可采。柴悉来自彭山、眉州一带，皆樗、栎之材，不能作房屋器具者。最粗不过如臂，锯作尺许长，束作圆捆，每捆重百斤有奇。以舟运至省后，又由转售之铺，劈开束作小捆，仅重二十斤内外。重斤者，捆值钱百余文，小捆则三四十文。

炭有两种：一曰"煤炭"；一曰"岚炭"。煤炭即厂内挖出之生煤，岚炭则以煤渣煅作巨块，皆来自彭县等处。煤炭有烟，岚炭无烟，暗灶则烧煤炭，明灶则烧岚炭。售者皆以巨筐盛之，煤炭每筐重二百斤有奇，值银八九钱，岚炭重百数十斤，值银一两有奇。

大抵贫家人少者皆烧柴，人多而稍有力者则烧炭。又有枫炭，则以青枫树煅成，专以御寒。稍有力者，冬来以铜、铁为盆，支以木架，热之于室。贫苦者则皆用烘笼，编篾作小篮形，中置瓦缶，专热栲炭。

栲炭为杂木细枝所煅成，俗呼"栲糟"。枫炭、栲炭，每斤皆值钱十文上下，栲炭质轻，所得者多，故较贱也。枫炭亦来自外县，栲炭则附城各地，多有设窑以煅者。

饮料

城内之金水河及护城河皆岁久淤浅，河身复狭。两岸居民，多倾弃尘秽，且就河边捣衣涤器，水污浊不能饮，故城内触处皆有井。

成都古称"陆海"，土甚薄，凿二丈许即得水。各街既有公井，人家亦多私井，私井听邻近汲取者亦多，故井水最为普通。唯人家繁密，井水亦劣，味略咸，以之烹茶，冷后，而起薄朦，俗呼"干子"。映光视之，五色斑斓，令人作恶。

稍有力者，仍皆购河水烹茶。在光绪中年，河水一担，约值钱三四十文，当时已觉其贵，除烹茶外，浣濯煮饭悉用井水。

茶社售茶，则悉是河水，一用井水，即无人登门，故均于招牌上揭以"河水香茶"四字。

茶社无街无之，然俱当街设桌，每桌四方各置板凳一，无雅座，无楼房，且无倚凳，故官绅中无人饮者。毛茶每碗售钱三文，细毛茶俗呼"白毫"，与普洱茶同售四文，碗皆有盖，唯碗底少有托船耳，且任客久坐，故市人多饮于社者。

烧柴之家不能终日举火，遇需沸水时，以钱二文，就社购取，可得一壶，贫家亦甚便之。光宣之际，生活成本增高，然茶社所售之价，亦不过较前加倍而已。

粥厂

省城每冬设粥厂二：一在东门外，曰"东厂"；一在北门外豆芝庵，曰"北厂"。其基金系清之中叶集款二十万两，由成都府发交城内各当商，按年息一分生利，岁可得子金二万两，作为粥厂之款。每年定十月初一日开厂，翌年正月底停厂。例以成绵道为总办，成都知府会办，成、华两知县为提调，每厂委副委十人或八人，分司其事，以佐贰杂职充之。当时食粥穷民，日二千余人，大致占全城人口百分之一。

厂外围以巨栏，食粥者至栏外，人先给一长竹签，签之上端染以土红为识。得签后，即入栏，司粥者即收签给粥，人得粥一鱼碗。鱼碗者，即土窑所烧，里外上有黄黑色釉，每一鱼碗，可当家米饭碗之四倍。粥甚干，每日只晨间施粥一次，然穷民尽可度日，不能食尽者且准其携具带回。

每米一升可煮粥十碗，故每日需米约三石，以百二十日计之，共需米三千数百石，米价每石不过四两余，余费即作各副委薪资，及弹压差役之月给，故费用从不患缺乏。

总、会办多开厂时一到，提调则数日莅厂巡视一次，每日监视下米，及维持秩序，使强壮者不至争先，老弱废残者不至向隅，皆为各副委是赖。尤重要者则在下米，煮粥者若参以石灰，则出粥较多，可以窃米，然食粥者不免致病。故凡司粥厂者无不注意监视。

此厂始自何时，已不可考，然行之多年，所济实无量也。

游览

省城四面，平衍无山。山之最近者，亦在六七十里外。城中人有生长未尝远行者，至不知山作何状。城内最高楼上，遇晴霁时，可微见灌县一带山影，然亦不过翠痕杳霭而已。城外可供游眺者，唯工部草堂、丞相祠堂、薛涛井、濯锦楼数处名胜。

工部草堂在城西数里，与梵安寺同一大门，内则各为一院，俗遂混而呼之曰"草堂寺"。梵安亦六朝古刹，唯殿宇寺产及僧众，均逊于文殊、昭觉耳。梵安正殿之右，即有门达草堂。一径通幽，修篁交翠。草堂当明、清间浩劫之后，已毁圮无余，且荆棘丛生，至为野兽窟宅。孙子香先生《花笺录》曾详志之。清康、雍时，始重新创建，中为诗史堂，再进为三贤祠，中祀少陵，左祀山谷，右祀放翁，皆有塑像及石刻遗像。右为巨池，架以桥廊，池中鱼多且巨，皆历年放生者。又有恰受航轩、晨光阁等处，可资坐起。焚献洒扫，则梵安寺僧兼之。

丞相祠堂，在南门外三里，为南大路所必经，故南路之送迎者多在此。缭以红墙，墙内翠柏无数，远望碧云蓊然。大门内古柏亦森森参天。再进二门，上为正殿，中祀昭烈，左方有小龛祀北地王谌，左一间祀关帝，右一间祀桓侯。东西两庑则祀蜀汉名臣，文东武西。东庑以庞靖侯领首，西庑以赵顺平领首。正殿两庑，悉为塑像。两庑并以小石碑刊各人本传，立于香炉侧。二殿祀忠武侯，左为诸葛瞻，右为诸葛尚，亦均有塑像。二殿之右有巨池，鱼亦多，可凭栏眺望。池之左角有小楼，曰"琴楼"，有石琴一，置于案上。再左有角门，即通惠陵，左右修竹，浓荫蔽路。陵，隆然一高阜，缭以城堞。碑曰"汉昭烈皇帝之陵"，碑前一巨亭，亭下左、右有朝房。盖帝制时，遇新君御极之初，例遣大臣致祭历代帝王陵寝，惠陵列入此项祀典者也。朝房下亦有大门，唯设而常关，遇祭祀始启。

薛涛井在东门外五里，滨大江，实为洪度当年宅址，唯门巷湮没，亦无枇杷树。洪度墓距井里许，井上有石刻遗像，又有碑刻《洪度传》。井即当年取水染笺者，清冽迥殊城井，游客必瀹茗始去。亦有厅事亭池数处，光绪戊子，于此建崇丽阁及濯锦楼。楼作横形，阁高十丈余，凡五层，工程颇巨，皆俯瞰大江。附城数里内，以云游览之胜地，舍此数处，即无可纪此矣。

刑场

清时刑章至光绪末年，始改斩为绞，然只就达部命案而言，至惩治盗匪，则仍概用斩刑，故处决人犯，仍以斩者居大多数。

省城为刑名总汇地，虽人犯或由按察司验绑，或由成都府，成、华两县验绑，然监刑者多为成、华两县令。

最初刑场在东校场，嗣因附近居民渐密，有清中叶后，即改在北校场。故东、北两校场口，皆有一桥，名曰"落魂"，谓人犯至此，魂即落也。光绪末年，编练新军，先在北校场建修武备学堂，以造就人才，遂又将刑场改在北门外砖棚子前一空坝内。

又凌迟人犯，俗名"剐人"，则历来皆在北门外之荷花池，例由总督请王命验绑，委员前往监刑。先以刀划人犯之额，再以铁抓扯下额皮一大片，垂至眼际。续以刀划两乳上，各作一斜十字形，始剁其手足，手由腕际，足由膝际剁下。然后戳心剖腹，取出五脏，最终方刜头。其状至为残酷，皆杀父母及谋杀本夫之重罪犯也。

当同治及光绪时，有范某者，为城守营之领旗马兵，夙称刽子手中之巨擘，自弱冠以至七十余岁，手刃及刜之人，不可数计。每斩一人，给钱一千文，刜则三千文。后之行刑者，亦无一不是范之弟子。在省城言杀人事，亦无不知有范某者。

灯影

灯影戏各省多有，然无如成都之精备者。演时，以木柱扎一台纵横不过丈许，以白夏布六七幅纤合作银幕，俗呼曰"亮子"。昼则内面向光明处，夜则于幕内燃灯，使之明透，故尤宜夜而不宜昼，亦灯影之名所由来也。

其演具以透明之牛皮为之，冠服器具，悉雕如戏场所用者。每具帽作一段，面孔作一段，衣履又共作一段，取其能甲乙互易也。帽长二寸许，面孔亦长二寸许，衣履长一尺二三寸，合之共长一尺六七寸。手又作三段，脚作一段，此数段皆以绳维系之，取其能宛转随意也。背际加一巨曲铁丝，手际加以细铁丝，用长尺许之小竹棍，穿于背与手之铁丝上，提者便持竹棍随意作态。其余唱工及锣鼓管弦，无一不与戏剧吻合。

不过提者一人，唱者又一人，彼此扣合叫应，有如双簧之理。有时提者唱者亦可一人兼之。唱者不难，提者最难，盖一举一动，均须使灯影如人之扮演者也。此外台上应有之桌、椅、灯彩，无不以皮为之。衣帽花纹，及生、旦、净、丑之面孔皆雕凿而成，浸以各种颜色，灯下视之，鲜明朗澈，悉与戏剧无异。

省城有唐某者，自少至老，提灯影数十年，得心应手，熟极而化，提者推为巨擘。寻常制一全部，所费不过千金。有宋姓，豪于资，性酷嗜此，所制一部，雕染极称精致，除普通应有者外，以及神怪鸟兽，亦无奇不备，演时尤栩栩欲活，约一二年始制成，闻所费不下三四千金。

当时雇演一夜，价约三千文，连昼则倍之。故遇寿辰喜事，力不能演剧，或须在家庆贺者，多以此娱宾。庙会中资力不及者，亦率以此剧酬神，亦成都当日娱乐场中一特色也。

小食

市上如水饺、肉包、豆花、汤圆、油条、博饦等类皆各地最普通之小食品（博饦，成都呼曰"锅盔"）。

此数种中，当日成都，亦不乏出类拔萃者。

水饺，各小食店皆售之，而以冻青树街之亢姓为最驰名。亢姓业此始百年，专售水饺一种，以生肉为馅，每枚售钱二文。每日用肉若干斤，面若干斤，皆有一定限度，售毕即停贸，往食者稍晚即不能得。调和极精，尤以辣子末俗呼"辣子面"为他家所不及，故多专购其辣子末作家常之用，且赍至远方馈人者，亢姓亦以此致富。

肉包，最早以老玉沙街口者为最，每枚三文，购至十枚，则减为二十八文；兼售汤圆，亦极精细，每枚二文。后三倒拐街之王姓，亦继起有声，王姓兼售蒸饺及酿肠，亦色色精美。其蒸饺、肉包之价，与老玉沙街之肉包同。

豆花，各饭店均有，然以山西馆街者为最善，专售豆花，连调和每小碗钱三文，不兼售饭，只兼售锅盔以佐之，每日食者几无虚席。

又北门外有陈麻婆者，善治豆腐，连调和物料及烹饪工资一并加入豆腐价内，每碗售钱八文，兼售酒饭，若须加猪、牛肉，则或食客自携以往；或代客往割，均可。其牌号人多不知，但言陈麻婆，则无不知者。其地距城四五里，往食者均不惮远，与王包子同以业致富。

油条更为普通，由作坊发与各小贩，用扁竹篮盛往各街叫卖，家家皆可就门前购食，每条三文，购至三条，则减为八文。锅盔每枚四文，购至两枚，则七文，三枚则十文。又洗沙包子，作方形，上印"囍"字，大倍于肉包，每枚四文。米蒸黄糕，每枚二文。当时成都人家，殆无不以此数种作早点者，亦生活低下之一斑也。

成都的春天

刘大杰

成都天气，热的时候不过热，冷的时候不过冷，水分很多，阴晴不定，宜于养花木，不宜于养人。因此，住在成都的人，气色没有好的，而花木无一不好。在北平江南一带看不见的好梅花，成都有；在外面看不见的四五丈高的玉兰，二三丈高的夹竹桃，成都也有。据外国人说，成都的兰花，在三百种以上。外面把兰花看重得宝贝一样，这里的兰花，真是遍地都是，贱得如江南一带的油菜花，三分钱买一大把，你可以插好几瓶。从外面来的朋友，没有一个人不骂成都的天气，但没有一个不爱成都的花木。

成都这城市，有一点京派的风味。栽花种花，对酒品茗，在生活中占了很重要的一部分。一个穷人家住的房子，院子里总有几十株花草，一年四季，不断地开着鲜艳的花。他们都懂得培植，懂得衬贴。一丛小竹的旁面，栽着几棵桃树，绿梅的旁面衬着红梅，蔷薇的附近，植着橙柑，这种衬贴扶持，显出调和，显出不单调。

　　成都的春天，恐怕要比北平江南早一月到两月吧。二月半到三月半，是梅花盛开的时候，街头巷尾，院里墙间，无处不是梅花的颜色。绿梅以清淡胜，朱砂以娇艳胜，粉梅则品不高，然在无锡梅园苏州邓尉所看见的，则全是这种粉梅也。"疏影横斜水清浅，暗香浮动月黄昏"，林和靖先生的诗确是做得好，但这里的好梅花，他恐怕还没有见过。碧绿、雪白、粉红、朱红，各种各样的颜色，配合得适宜而又自然，真配得上"香雪海"那三个字。

　　现在是三月底，梅兰早已谢了，正是海棠玉兰桃杏梨李迎春各种花木争奇斗艳的时候。杨柳早已拖着柔媚的长条，在百花潭浣花溪的水边悠悠地飘动，大的鸟小的鸟，颜色很好看，不知道名字，飞来飞去地唱着歌。薛涛林公园也充满了春意，有老诗人在那里吊古，有青年男女在那里游春。有的在吹箫唱曲，有的在垂钓弹筝，这种情味，比起西湖上的风光，全是两样。

　　花朝，是成都花会开幕的日子。地点在南门外十二桥边的青羊宫。花会期有一个月。这是一个成都青年男女解放的时期。花会与上海的浴佛节有点相似，不过成都的是以卖花为主，再辅助着各种游艺与各地的出产。平日我们在街上不容易看到艳妆的妇女，到这时候，成都人倾城而出，买花的，卖花的，看人的，被人看的，摩肩接踵，真是拥挤不堪。高跟鞋，花裤，桃色的衣裳，卷卷的头发，五光十色，无奇不有，与其说是花会，不如说是成都人展览会。好像是闷居了一年的成都人，都要借这个机会来发泄一下似的，醉的大醉，闹的大闹，最高兴的，还是小孩子，手里抱着风车风筝，口里嚼着糖，唱着回城去，想着古人的"无人不道看花回"的句子，真是最妥当也没有的了。

　　到百花潭去走走，那情境也极好。对面就是工部草堂，一只有篷顶的渡船，时时预备在那里，你摇一摇手，他就来渡你过去。一潭水清得怪可爱，水浅的地方的游鱼，望得清清楚楚，无论你什么时候去，总有一堆人在那里钓鱼，不管有鱼无鱼，他们都能忍耐地坐在那里，谈谈笑笑，总要到黄昏时候，才一群一群地进城。堤边十几株大杨柳，垂着新绿的长条，尖子都拂在水面上，微风过去，在水面上摇动着美丽的波纹。

没有事的时候，你可以到茶馆里去坐一坐。茶馆在成都真是遍地都是，一把竹椅，一张不成样子的木板桌，你可以泡一碗茶（只要三分钱），可以坐一个下午。在那里你可以看到许多平日你看不见的东西。有的卖字画，有的卖图章，有的卖旧衣服。有时候，你可以用最少的钱，买到一些很好的物品。郊外的茶馆，有的临江，有的在花木下面，坐在那里，喝茶，吃花生米，可以悠悠地欣赏自然，或是读书，或是睡觉，都很舒服。高起兴来，还可以叫来一两样菜，半斤酒，可以喝得醺醺大醉，坐着车子进城。你所感到的，只是轻松与悠闲，如外面都市中的那种紧张的空气，你一点儿也感觉不到。我时常想，一个人在成都住得太久了，会变成一个懒人，一个得过且过的懒人。

芙蓉城

罗念生

燕京城像一个武士，虽是极尽雄壮与尊严，但不免有几分粗鲁与呆板；芙蓉城像一个文人，说不尽的温文，数不完的雅趣。芙蓉城的地基相传是西王母大发慈悲，用香灰在水面炼成的：城中从不敲五更，因为敲了便会沉没；不信，掘地三尺便可见水，好像历城一样到处都是水源。这城在一个高原的盆地中央，四围环绕着"蓊郁千山峰"。西望灌县的雪岭，犹如在瑞士望阿尔卑斯山的雪影一般光洁。春天来时，山上的积雪融化了，洪水暴发，流到一个极大的堰内；堰边筑着一道长堤，防范这水泛滥。这堤比黄河的堤防还更坚实，还更紧要，特派一员县令治理；倘若疏心一点，那座城池顷刻就会变作汪洋。堰内的水力比起尼亚加拉瀑布的还强：磨成水电，全省可以不烧柴炭。从这堰口分出几十支河流，网状般荟萃在岷、沱二江，芙蓉城就在这群水的中央。谷雨时节，堤边开放一道水门，让清亮的雪水流下盆地给农家灌溉。这些农田多是方块块的，有古井田的遗风，也就像我们的新派诗人的"整齐主义"一样美。这儿的土壤很肥沃，一年计有三次收获；今天割了麦，明天便插秧，眼见黄金换成翡翠。这儿也许冷，但冷得不让结冰；也许吹风，但不准沙石飞扬；也许有尘埃，但不致污秽你的美容；这儿云多，云多是这儿的光彩；"锦屏云起易成霞"，所以南边的邻省叫作"云南"。

"蜀先人肇自人皇"，在很古时代，就有人想到西方的"古天府"；但那时无路可通，"秦开蜀道置金牛"，才辟了一条"金牛道"。后来发现了西方有灵气，"大耳儿"据了芙蓉城南面称尊；至今小城内还遗存一座金銮宝殿，如京师的太和殿一般尊严华丽。不久，又有一位风流皇帝在马嵬驿抛了爱妃，跳到"天回镇"：他望见那儿有一团异氛，忙命太子返旆兴师；自己却跑到芙蓉城乐享天年。如今改朝换代，还有人觉得那儿山川险峻，可攻可守，所以我们的国父戎机不顺时，想进去闭关休养；常胜将军"匹马单刀白帝城"，也逗留在那边疆土，一心想进驻芙蓉城。

芙蓉城对穿九里半，周绕四十里。从孟昶开端，城上遍植芙蓉，硕美鲜艳。"二十四城芙蓉花，锦官自昔称繁华。"中央有小城，也有一座煤山。西南角石牛寺旁有块"支机石"，高与人齐，略带青紫，相传是织女的布机坠下人间；还有一块尖锐的"天涯石"，生在宝光寺，象征远行人的壮志。城中古迹要数文翁兴学的"石窨"，君平算命的卜肆，扬雄的"子云亭"和他抄《太玄经》的洗墨池。

西郊外可寻访相如的古琴台，在市桥西岸，也就是文君当垆涤器的地方。北门外可望凤凰山，满生着青蔚的梧桐。山旁有驷马桥，相如当日豪语道："不乘高车驷马，不过此桥。"附近有昭觉寺，寺大僧多，古柏苍翠。明代的"和尚天子"曾在那儿选高僧辅佐诸王，可知名器的隆重了。

东关外有望江楼，不亚于黄鹤楼的举目空旷。前人有半边对子，缺少下联："望江楼，望江楼，望江楼上望江流，江楼千古，江流千古。"旁有一口古井，每个名士、每个游人都要取点井水来品尝：因为多才多色的薛涛的香魂潜没在井中，所以这水就香艳名贵了。江上顶好玩是端午的龙舟竞渡：名士、美人、观客，重重叠叠聚在江边；耳听火炮一响，龙舟鸣金击鼓奔向彩舫；忽然一只酒醉的水鸭从舫上飞下，群龙怎样奋勇地擒不住它。江水流到峨眉山麓，转变黑了，特产一种美味的墨鱼，相传是东坡洗砚台染黑了的。

南郊不远就到了武侯祠，祠有几抱大的古柏，传说是孔明亲手植的，恍惚像孔林的枯桧。这老柏有些灵怪，不逢盛世，不发青枝。祠内竹林修茂，气象森威。先帝的衣冠坟像一个山头，横斜着楠木几本。正殿上有副匾联："三分割据纡筹策，万古云霄一羽毛。"殿旁古式的草亭里存放着空城计弹用的古弦琴，亭周题满了名句，还记得几字："问先生所弹何调，居然退却十万雄兵？"想司马氏见了，当如何懊恼。到如今依然祭祀隆重，时有过客瞻拜；庙宇重修，正梁是千里外运来的一根"乌木"。

南门口有一道长拱的石桥，很像颐和园的十七洞桥。"万里桥西一草堂"，逆流西上，行过很长的芦花小径，直通"草堂寺"。寺门很古雅，两旁题着"花径不曾缘客扫，蓬门今始为君开"，你见了也必心中荣幸，充满了无边的诗意。石砌上的苔痕，垣墙外的野草，虬干的古梅，清幽的竹径，都是杜公从前的诗料。堂前有一方很深的池塘，塘内养着许多鱼鳖，有的白鲤已长到"丈大丈长"。如果你抛下一块面饼，那些鱼会成团起来吞食，嘴皮伸到水面有茶碗样大，吞起东西来"通通"地响。一个暮春晚上，杜公在池畔吟诗未成，忽觉青蛙叫得烦腻，他用朱笔在蛙头上点了一点，封它到十里外去唤"哥哥"，所以如今草堂寺的青蛙头上有一点红痣。逢到四月十九日"浣花节"，你可邀约良朋，泛舟到草堂，摆一台"浣花宴"，醉酒赋诗，极尽雅人雅事。

出寺不远就到百花潭，又叫浣花溪：水涯竹木丛生，天然幽韵；这溪水用来濯锦，格外鲜明，薛涛曾取这水制造十色笺。"百花潭水即沧浪"，后人因爱慕这名句，在溪边的柏林里，年年春天举办"花朝会"。全省的花卉宝器都送到那儿赛会，远近的人都爱到那儿观赏。城内的戏园、茶社、酒肆、商场和音乐、武艺、球戏等娱乐都移到花会去。每天有成千成万的游客观花玩景：会场内笑声与管弦合奏，美色与名花斗艳。妇女们更有别样的心事，进青羊宫道院去摸弄青羊，许下求嗣的心愿。你高兴可以到处游玩，有何首乌，有灵芝草，江安的竹器，精巧玲珑，峨山的"岷尖"，清甜适口。倦了，你踏进酒家酌饮几杯，别忘了当炉的美人。醉后，你醺醺地在十里花圃中吸芳香，看美色，这艳福几生修到！

芙蓉，你的自然美妙，你的文艺精英，我还不曾描出万一。愿你永葆天真，永葆古趣，多发几片绿叶，多开几朵鲜花；别给楼高车快的文明将你污秽了，芙蓉！

一九二七年作

外东消夏录

朱自清

引子

这个题目是仿的高士奇的《江村消夏录》。那部书似乎专谈书画，我却不能有那么雅，这里只想谈一些世俗的事。这回我从昆明到成都来消夏。消夏本来是避暑的意思。若照这个意思，我简直是闹笑话，因为昆明比成都凉快得多，决无从凉处到热处避暑之理。消夏还有一个新意思，就是换换生活，变变样子。这是外国想头，摩登想头，也有一番大道理。但在这战时，谁还该想这个！我们公教人员谁又敢想这个！可是既然来了，不管为了多俗的事，也不妨取个雅名字，马虎点儿，就算他消夏吧。谁又去打破砂锅问到底呢？

但是问到底的人是有的。去年参加昆明一个夏令营，营地观音山。七月二十三日便散营了。前一两天，有游客问起，我们向他说这是夏令营，就要结束了。他道："就结束了？夏令完了吗？"这自然是俏皮话。问到底本有两种，一是"耍奸心"，一是死心眼儿。若是耍奸心的话，这儿消夏一词似乎还是站不住。因为动手写的今天是八月二十八日，农历七月初十日，明明已经不是夏天而是秋天。但"录"虽然在秋天，所"录"不妨在夏天；《消夏录》尽可以只录消夏的事，不一定为了消夏而录。还是马虎点儿算了。

外东一词，指的是东门外，跟外西、外南、外北是姊妹花的词儿。成都住的人都懂，但是外省人却弄不明白。这好像是个翻译的名词，跟远东、近东、中东挨肩膀儿。固然为纪实起见，我也可以用草庐或草堂等词，因为我的确住着草房。可是不免高攀诸葛丞相、杜工部之嫌，我怎么敢那样大胆呢？我家是住在一所尼庵里，叫作"尼庵消夏录"原也未尝不可，但是别人单看题目也许会大吃一惊，我又何必故作惊人之笔呢？因此马马虎虎写下"外东消夏录"这个老老实实的题目。

夜大学

四川大学开办夜校，值得我们注意。我觉得与其匆匆忙忙新办一些大学或独立学院，不重质而重量，还不如让一些有历史的大学办办夜校的好。

眉毛高的人也许觉得夜校总不像一回事似的。但是把毕业年限定得长些，也就差不多。东吴大学夜校的成绩好像并不坏。大学教育固然注重提高，也该努力普及，普及也是大学的职分。现代大学不应该像修道院，得和一般社会打成一片才是道理。况且中国有历史的大学不多，更是义不容辞地得这么办。

现在百业发展，从业员增多，其中尽有中学毕业或具有同等学力，有志进修无门可入的人。这些人往往将有用的精力消磨在无聊的酬应和不正当的娱乐上。有了大学夜校，他们便有机会增进自己的学识技能。这也就可以增进各项事业的效率，并澄清社会的恶浊空气。

普及大学教育，有夜校，也有夜班，都得在大都市里，才能有足够的从业员来应试入学。入夜校可以得到大学毕业的资格或学位，入夜班却只能得到专科的资格或证书。学位的用处久经规定，专科资格或证书，在中国因从未办过大学夜班，还无人考虑它们的用处。现时只能办夜校；要办夜班，得先请政府规定夜班毕业的出身才成。固然有些人为学问而学问，但各项从业员中这种人大概不多，一般还是功名心切。就这一般人论，用功名来鼓励他们向学，也并不错。大学生选系，不想到功名或出路的又有多少呢？这儿我们得把眉毛放低些。

四川大学夜校分中国文学、商学、法律三组。法律组有东吴的成例，商学是当今的显学，都在意中。只有中国文学是冷货，居然三分天下有其一，好像出乎意外。不过虽是夜校，却是大事，若全无本国文化的科目，未免难乎其为大，这一组设置可以说是很得体的。这样分组的大学夜校还是初试，希望主持的人用全力来办，更希望就学的人不要三心二意地闹个半途而废才好。

人和书

"人和书"是个好名字，王楷元先生的小书取了这个名字，见出他的眼光和品位。

人和书，大而言之就是世界。世界上哪一桩事离开了人？又哪桩事离得了书？我是说世界是人所知的一切。知者是人，自然离不了人；有知必录，便也离不开书。小而言之，人和书就是历史，人和书造成了历史；再小而言之就是传记，就是王先生这本书叙述和评论的。传记有大幅，有小品，有工笔，有漫画。这本书是小品，是漫画。虽然是大大的圈儿里一个小小的圈儿，可是不含糊是在大圈儿里，所叙的虽小，所见的却大。

这本书分三部分。第一部分是传记，第三部分也是片段的传记，第二部分评介的著作还是传记。王先生有意"引起读者研读传记的兴趣"，自序里说得明白。撰录近代和现代名人逸事，所谓笔记小说，传统很长。这个传统移植到报纸上，也已多年。可见一般人原是喜欢这种小品的。但是"五四"以来，"现在"遮掩了"过去"，一般青年人减少了历史的兴味，对于这类小品不免冷淡了些。他们可还喜欢简短零星的文坛消息等，足见到底不能离开人和书。

自序里希望读者"对于伟大人物，由景慕而进于效法，人人以圣贤自许，猛勇精进"。这是一个宏愿。近来在《美国文摘》里见到一文，叙述一位作家叫小亚吉尔的，如何因《褴褛的狄克》一部书而成名，如何专写贫儿努力致富的故事，风行全国，鼓舞人心。他写的是"工作和胜利，上进和前进的故事"，在美国文学中创一新派。他的时代虽然在一九二九年以前就过去了，但是许多自己造就的人都还纪念着他的书的深广的影响。可见文学的确有促进人生的力量。王先生的宏愿是可以达成的，有志者大家自勉好了。

成都诗

据说成都是中国第四大城。城太大了，要指出它的特色倒不易。说是有些像北平，不错，有些个。既像北平，似乎就不成其为特色了？然而不然，妙处在像而不像。我记得一首小诗，多少能够抓住这一点儿，也就多少能够抓住这座大城。

这是易君左先生的诗，题目好像就是"成都"两个字。诗道：

细雨成都路，微尘护落花。据门撑古木，绕屋噪栖鸦。入暮旋收市，凌晨即品茶。承平风味足，楚客独兴嗟。

住过成都的人该能够领略这首诗的妙处。它抓住了成都的闲味。北平也闲得可以的，但成都的闲是成都的闲，像而不像，非细辨不知。

"绕屋噪栖鸦"自然是那些"据门撑"着的"古木"上栖鸦在噪着。这正是"入暮"的声音和颜色。但是吵着的东南城有时也许听不见，西北城人少些，尤其住宅区的少城，白昼也静悄悄的，该听得清楚那悲凉的叫唤吧。

成都春天常有毛毛雨，而成都花多，爱花的人家也多，毛毛雨的春天倒正是养花天气。那时节真所谓"天街小雨润如酥"，路相当好，有点泥滑滑，却不至于"行不得也哥哥"。缓缓地走着，呼吸着新鲜而润泽的空气，叫人闲到心里，骨头里。若是在庭园中蹀着，时而看见一些落花，静静地飘在微尘里，贴在软地上，那更闲得没有影儿。

成都旧宅于门前常栽得有一株泡桐树或黄桷树，粗而且大，往往叫人只见树，不见屋，更不见门洞儿。说是"撑"，一点儿不冤枉，这些树戆粗偃蹇，老气横秋，北平是见不着的。可是这些树都上了年纪，也只闲闲地"据"着"撑"着而已。

成都收市真早。前几年初到，真搞不惯；晚八点回家，街上铺子便噼噼啪啪一片上门声，暗暗淡淡的，够惨。"早睡早起身体好"，农业社会的习惯，其实也不错。这儿人起得也真早，"入暮旋收市，凌晨即品茶"，是不折不扣的实录。

北平的春天短而多风尘，人家门前也有树，可是成行的多，独据的少。有茶楼，可是不普及，也不够热闹的。北平的闲又是一副格局，这里无须详论。"楚客"是易先生自称。他"兴嗟"于成都的"承平风味"。但诗中写出的"承平风味"，其实无伤于抗战；我们该嗟叹的恐怕是别有所在的。我倒是在想，这种"承平风味"战后还能"承"下去不能呢？在工业化的新中国里，成都这座大城该不能老是这么闲着吧。

蛇　尾

动手写《引子》的时候，一鼓作气，好像要写成一本书。但是写完了上一段，不觉再三衰竭了。到底已是秋天，无夏可消，也就"录"不下去了。古人说得好，"乘兴而来，兴尽而返"，只好以此解嘲。这真是蛇尾，虽然并不见虎头。本想写完上段就戛然而止，来个神龙见首不见尾。可是虎头还够不上，还闹什么神龙呢？话说回来，虎头既然够不上，蛇尾也就称不得，老实点儿，称为蛇足，倒还有个样儿。

一九四一年

忆成都

郭沫若

离开成都竟已经三十年了。民国二年便离开了它，一直到现在都还不曾和它见面。但它留在我的记忆里，觉得比我的故乡乐山还要亲切。

在成都虽然读过四年书，成都的好处我并不十分知道，我也没有什么难忘的回忆留在那儿，但不知怎的总觉得它值得我怀念。

回到四川来也已经五年了，论道理应该去去成都，但一直都还没有去的机会。我实在也是有些踌躇。

三年前我回过乐山，乐山是变了，特别是幼年时认为美丽的地方变得十分丑陋。凌云山的俗化，苏子楼的颓废，高标山的荒芜，简直是不堪设想了。

美的观感在我自己不用说是已经有了很大的变迁，客观的事物经过了三二十年自然也是要发生变化的。三二十年前的少女不是都已经成了半老的徐娘了吗？

成都，我想，一定也变了。草堂寺的幽邃，武侯祠的肃穆，浣花溪的潇洒，望江楼的清旷，大率都已经变了，毫不留情地变了。

变是当然的，已经二十年了，即使是金石也不得不变。更何况这三十年是变化最剧烈而无轨道的一世！旧的颓废了，新的正待建设。在民族的新的美感尚未树立的今天，和谐还是观念中的产物。

但成都实在是值得我怀念，我正因为怀念它，所以我踌躇着不想去见它，虽然我也很想去看看抚琴台下的古墓，望江楼畔的石牛。

对于新成都的实现我既无涓滴可以寄予，暂时把成都留在怀念里，在我是更加饶于回味的事。

一九四三年二月十三日

谈成都的树木

叶圣陶

　　前年春间，曾经在新西门附近登城，向东眺望。少城一带的树木真繁茂，说得过分些，几乎是房子藏在树丛里，不是树木栽在各家的院子里。山茶、玉兰、碧桃、海棠，各种的花显出各种的光彩，成片成片深绿和浅绿的树叶子组合成锦绣。少陵诗道："东望少城花满烟，百花高楼更可怜。"少陵当时所见与现存差不多吧，我想。

　　登高眺望，固然是大观，站到院子里看，却往往觉得树木太繁密了，很有些人家的院子里接叶交柯，不留一点儿空隙，叫人想起严译《天演论》开头一篇里所说的"是离离者亦各尽天能，以自存种族而已，数亩之内，战事炽然，强者后亡，弱者先绝"，简直不像布置什么庭园。为花木的发荣滋长打算，似乎可以栽得疏散些。如果处在玩赏的观点，这样的繁密也大煞风景，应该改从疏散。大概种树栽花离不开绘画的观点。绘画不贵乎全幅填满了花花叶叶。画面花木的姿态的美，加上所留出的空隙的形象的

051

美，才成一幅纯美的作品。满院子密密满满尽是花木，每一株的姿致都让它的朋友搅混了，显不出来，虽然满树的花光彩可爱，或者还有香气，可是就形象而言，那是毫无足观了。栽得疏散些，让粉墙或者回廊作为背景，在晴朗的阳光中，在澄澈的月光中，在朦胧的朝曦暮霭中，玩赏那形和影的美，趣味必然更多。

根据绘画的观点看，庭园的花木不如野间的老树。老树经历了悠久的岁月，所受自然的剪裁往往为专门园艺家所不及，有的竟可以说全无败笔。当春新绿茏葱，生意盎然，入秋枯叶半脱，意致萧爽，观玩之下，不但领略它的形象之美，更可以了悟若干人生境界。我在新西门外，住过两年，又常常往茶店子，从田野间来回，几株中意的老树已成熟朋友，看着吟味着，消解了我独行的寂寞和疲劳。

说起剪裁，联想到街上的那些泡桐树。大概由于街两旁的人行道太窄，树干太贴近房屋的缘故，修剪的时候往往只顾保全屋面，不顾到损伤树的姿态，以致所有泡桐树大多很难看。还有金河街河两岸以及其他地方的柳树，修剪起来总是毫不容情，把去年所有的枝条全都锯掉，只剩下一个光光的拳头。我想，如果修剪的人稍稍有些画家的眼光，把可以留下的枝条留下，该会使市民多受若干分之一的美感陶冶吧。

少城公园的树木不算不多，可是除了高不可攀的楠木林，都受到随意随手的摧残。沼河的碧桃和芙蓉似乎一年不如一年了，民众教育馆一带的梅树，集成图书馆北面的十来株海棠，大多成了畸形，表示"任意攀折花木"依然是游人的习惯。虽然游人甚多，尤其是晴天，茶馆家家客满，可是看看那些"刑余"的花树以及乱生的灌木和草花，总感到进了个荒园似的。《牡丹亭·拾画》

出的曲文道"早则是寒花绕砌，荒草成寨"，读着很有萧瑟之感，而少城公园给人的印象正相同。整顿少城公园要花钱，在财政困难的此刻未必有这么一笔闲钱。可是我想，除了花钱，还得有某种精神，如果没有某种精神，即使花了钱恐怕还是整顿不好的。

一九四五年

成都仿佛是北京

徵 言

"蜀道难，难于上青天。"这是自古以来对于四川地形和交通的素描。的确，它的四周都是崇山峻岭，成为四川盆地，内部也是三步一坎，五步一山，全省很少寻出来周围三四十里的平原，道路崎岖，非常难走。虽然近来交通工具比以前便利，不过较诸北方一望平原千里，又不可作同日语。由重庆起身西上，在距离成都将及五十里的龙泉驿大山上，遥望一片沃野，周围数百里，便是四川唯一的大平原"川西坝"。成都城市就在这平原上建筑，作为四川的省会，将及一千年。

因为成都是锦缎的市场，而且环城又有一条锦江，故称"锦城"。又因城中多芙蓉，每当秋高气爽，芙蓉盛开的时节，真是说不尽的美丽，所以又有"蓉城"之称。可惜经过多年来的摧残，芙蓉蹂躏殆尽，"蓉城"美名，已成历史的称号。全城周围二十六七里略作斜四方形，分东、西、南、北四门，都有水绕其外。城壁高三丈，底厚一丈八尺，顶厚一丈六尺，据传明蜀王所建，工程坚固，从前城上垛口，都很整齐，但是经过年来的内战，渐渐把城的建筑损坏，以后索性把城垛口的砖，拆下出卖。近年因为城墙对于防匪，关系很大，不过城墙很多地方已经毁坏，于是又有人倡议修补，在这一毁一补的过程中，四川不知演了若干自相残杀的惨剧。

全城分作三部分：皇城位居中央，周围三四里，是蜀汉皇城遗廓，辛亥革命以前，四川军政长官都在里边，民国初年，仍沿旧习，自从经过戴勘的内战，皇城被毁，后改为高师校址，最近高师和成大合并，于是变为四川大学文法两院。皇城里有煤山一座，是全城最高的地方，读者如果不健忘，总记得去年邓田刘三军在成都巷战，曾经死去兵士平民将及万人，各军为争得煤山的一点高地，就死去几千人。所以战后立刻由人民把煤山铲平，以杜后患。但是至今周围的房舍，还能看见很多被枪炮打穿的残迹，可见当时激战的一斑。"满城"又称"少城"，位居全城的西部，旧为八旗防地，汉人不得进入，现在已无这种界限。不过从前遗留的满人多无以为生，我们走在少城的时候，偶尔也许发现捡垃圾的旗婆，背着一个竹筐，时时听到她们吆喝一声"换洋取灯儿"的声音，仿佛是身在北京。此外称为"大城"，旧归成都华阳两县分治，成都改市后，成华两县县署仍在城中。大城中以东门大街最热闹，因为东门是川东大路到成都必经的地方，所以这一带商贾栉比，颇称富庶。

北京和成都，全是古城，凡是住过北京再来成都，觉得有很多相似之处。在成都，虽然精神方面，不尽使我们满意，而气候和设置上，使我们舒适畅快。建筑没像北京那样庄严华丽，但是无论大街小巷，道路都很整齐。中国人自己经营的城市，有很整齐的街道，恐怕除了广州其次要推成都。提起了成都的马路，任何人都忘不了杨森。因为现在的马路是杨氏驻扎成都时，用坚强手段修成的。当时颇遭成都的"五老七贤"和平民反对，曾有一联讥诮杨氏。上联写："问将军何日才滚？"下联是："愿督理早点开车。"川语"滚路"和"碾路"同义，"车"字等于"溜"或"逃"。杨氏索性不管，终于把成都全市马路修成三分之二，才被邓田刘联军给轰"滚"。在未修马路之前，成都城内的交通，只能乘轿代步，现在轿子绝迹，人力车、汽车都能通行。恐怕当初反对修马路的诸君子，当坐在车上东奔西跑的时候，也要交口称赞，感谢杨氏的功德无量。至于建筑住宅，率皆平屋，铺面都是一楼一底，因为成都四周多水，并且土质多沙，地基不稳，因此不宜过高建筑，在表面上看来，颇为整齐，不过所用建筑材料多为木质，而且建筑又很草率，这样对于全市美观，不无减色。

念成都

牧 人

我时常念及成都。

虽然在民国二十六年我就到了重庆和自流井，但我第一天到成都却只是在三年之前：几年来的梦想到了那时才能实现，尤其容易感到它的美丽，舒适。

那时为了想弄一个农场在成都，我由昆明搭 CATC 的飞机直航成都，Lockhead 的运输机飞行很快，虽然战时的机位不容易有，同时也没有战前的舒适，但较之取道泸州或重庆的公路，是便宜而又安适得多了。

记得我们飞机到达时正是一个阴雨的天气，虽已深秋，但并没有像在昆明时想象的那样冷，从凤凰山机场搭车到航空公司，取了行李，赶到骡马市中旅招待所，已是客满，好在老友周医生住在那里，我就暂搬在他房里住，等到他返到卧室来时，看见我正睡在他的床上，正骇了他一跳。

那时该所的经理是刘君，襄理是邵君，都是熟人，我在那里一住就是三个月，后来蓉村的场屋盖好以后，我才搬到场上住。

成都的中旅招待所并不是在热闹地区，它位置在西北门，一座改建的西式楼房，里面住的都是他乡来的远客，在那里遇见了徐士浩大律师、汤恩伯将军，可惜那里房间不多，时常有"客满"的牌子放在柜台上。内地的旅馆，尤其在成都，数字上并不可算少，可惜管理太不会改良，这无怪大家要找招待所了，同时各都市的招待所这名词也愈来愈多了。

倘你喜欢住在一个安静的都市里的话，成都这都市无疑也可成为你选择的目标之一。

望江楼、薛涛井、草堂祠、武侯祠等说不尽的古迹，附近灌县、青城、峨眉等名胜，在古今文人的笔下，不知有多少记载。在此不赘。

成都的几条大街都相当宽，这城也相当大，最热闹的区域是春熙路商业场一带，新式的百货公司、酒楼、戏院，多集中在这一带。成都的电影院似乎比昆明、重庆都多，小吃馆是本来有名的，最有名的是"吴抄手"和"赖汤圆"。

这都市的人力车不少，分两种，一种跑长途，往往是像驿站那样换班的，一天可跑八九十里，城市里的洋车索价也比重庆或昆明便宜得多。

这里的饭馆取名多很特别，有一家叫"口叩品"的馆子，另有一家叫"不醉无归小酒家"，还有许多可惜记不起来了！

使我最怀念的却是我们牧场附近的华西坝。

华西坝在成都的南郊，三四十年前原是一带田亩，现在却成了学术中心有名的"坝子"了。"坝子"里建筑着东方宫殿式的校舍，图书室，一幢一幢地排列着，大草地那边有西式的小洋房，是教授们的宿舍，还有建筑雄伟的钟楼矗立在鸳鸯湖畔。

鸳鸯湖、断魂桥，这些香艳的字词，顾名思义倘你处身其间，滋味也可概见。

在一个岁将暮矣的时节，我曾骑一辆三轮送货车在大雪纷飞下，骑过神学院那边的一条狭道，穿过两岸柳树的大道，去访问在寒假中的华西坝。

那里偶然仍有几个男女学生在散步，可不是像去上课时那样紧张，也不是寒鸟觅食地在苦斗。这里是白雪盖没了屋檐，大操场上一片荒凉，原来在踢球的人去烤火去了，原来时常点缀在场上的几头奶牛也被关进了牛棚，一切令人觉得清凉、安逸，明年该是个丰年！

我们也曾在前坝的街中踟蹰过，我们曾在后坝的河旁坐过，那里的风景，似乎在上海是没有的。

在燃放胜利爆竹的时候，我在成都割去了盲肠，在参加胜利大游行以后几天，我飞去了昆明，又从那里飞来了上海。人事纷纷，在这紧张的上海生活下，我想起了成都，时常念及成都的一切。

浮生半日

第二辑

成都的茶铺[*]

李劼人

茶铺，这倒是成都城内的特景。全城不知道有多少，平均下来，一条街总有一家。有大有小，小的多半在铺子上摆二十来张桌子；大的或在门道内，或在庙宇内，或在人家祠堂内，或在什么公所内，桌子总在四十张以上。

茶铺，在成都人的生活上具有三种作用：一种是各业交易的市场。货色并不必拿去，只买主卖主走到茶铺里，自有当经纪的来同你们做买卖，说行市；这是有一定的街道，一定的茶铺，差不多还有一定的时间。这种茶铺的数目并不太多。

一种是集会和评理的场所。不管是固定的神会、善会，或是几个人几十个人要商量什么好事或歹事的临时约会，大抵都约在一家茶铺里，可以彰明较著地讨论、商议乃至争执；要说秘密话，只管用内行术语或者切口，也没人来过问。假使你与人有了口角是非，

*节选自《暴风雨前》，标题为本书编者所加。

必要分个曲直，争个面子，而又不喜欢打官司，或是作为打官司的初步，那你尽可邀约些人，自然如韩信将兵，多多益善——你的对方自然也一样的——相约到茶铺来。如其有一方势力大点，一方势力弱点，这理很好评，也很好解决，大家声势汹汹地吵一阵，由所谓中间人两面敷衍一阵，再把势弱的一方数说一阵，就算他的理输了。输了，也用不着赔礼道歉，只将两方几桌或十几桌的茶钱一并开销了事。如其两方势均力敌，而都不愿认输，则中间人便也不说话，让你们吵，吵到不能下台，让你们打，打的武器，先之以茶碗，继之以板凳，必待见了血，必待惊动了街坊怕打出人命，受拖累，而后街差啦，总爷啦，保正啦，才跑了来，才恨住吃亏的一方，先赔茶铺损失。这于是堂倌便忙了，架在楼上的破板凳，也赶快偷搬下来了，藏在柜房桶里的陈年破烂茶碗，也赶快偷拿出来了，如数照赔。所以差不多的茶铺，很高兴常有人来评理，可惜自从警察兴办以来，茶铺少了这项日常收入，而必要如此评理的，也大感动辄被挡往警察局去之寂寞无聊。这就是首任警察局总办周善培这人最初与人以不方便，而最初被骂为周秃子的第一件事。

另一种是普遍地作为中等以下人家的客厅或休息室。不过只限于男性使用，坤道人家也进了茶铺，那与钻烟馆的一样，必不是好货；除非只是去买开水端泡茶的，则不说了。下等人家无所谓会客与休息地方，需要茶铺，也不必说。中等人家，纵然有堂屋，堂屋之中，有桌椅，或者竟有所谓客厅书房，家里也有茶壶茶碗，也有泡茶送茶的什么人；但是都习惯了，客来，顶多说几句话，假使认为是朋友，就必要约你去吃茶。这其间有三层好处。第一层，是可以提高嗓子，无拘无束地畅谈，不管你说的是家常话，要紧话，或是骂人，或是谈故事，你尽可不必顾忌旁人，旁人也断断不顾忌你；因此，一到茶铺门前，便只听见一派绝大的嗡嗡，而夹杂着堂倌高出一切的声音在大喊："茶来了！……开水来了！……茶钱给了！……多谢啦！……"第二层，无论春夏秋冬，假使你喜欢打赤膊，你只管脱光，比在人家里自由得多；假使你要剃头，或只是修脸打发辫，有的是待诏，哪怕你头屑四溅，短发乱飞，飞溅到别人茶碗里，通不妨事，因为"卫生"这个新名词虽已输入，大家也只是用作取笑的资料罢了；至于把袜子脱下，将脚伸去蹬在修脚匠的膝头上，这是桌子底下的事，更无碍已。第三层，如其你无话可说，尽可做自己的事，无事可做，尽可抱着膝头去听隔座人谈论，较之无聊赖地呆坐家中，既可以消遣辰光，又可以听新闻，广见识，而所谓吃茶，只不过存名而已。

如此好场合，假使花钱多了，也没有人常来。而当日的价值：雨前毛尖每碗制钱三文，春茶雀舌每碗制钱四文，还可以搭用毛钱。并且没有时间限制，先吃两道，可以将茶碗移在桌子中间，向堂倌招呼一声："留着！"隔一二小时，你仍可去吃。只要你灌得，一壶水两壶水满可以的，并且是道道圆。

不过，茶铺都不很干净。不大的黑油面红油脚的高桌子，大都有一层垢腻，桌栓上全是抱膝人踏上去的泥污，坐的是窄而轻的高脚板凳。地上千层泥高高低低；头上梁桁间，免不了既有灰尘，又有蛛网。茶碗哩，一百个之中，或许有十个是完整的，其余都是千巴万补的碎瓷。而补碗匠的手艺也真高，他能用多种花色不同的破茶碗，并合拢来，不走圆与大的样子，还包你不漏。也有茶船，黄铜皮捶的，又薄又脏。

总而言之，坐茶铺，是成都人若干年来就形成了的一种生活方式。

青羊场

李劼人

在前八年的光景，春夏之交，我不知为着什么事情，须出南门到青羊场去走一次。

青羊场在道士发源地的青羊宫前面，虽是距南门城洞有三四里，其实站在西南隅城墙上，就望得见青羊宫和它间壁二仙庵中的峨峨殿宇，以及青羊场上鳞鳞的屋瓦。场街只一条，人家并不多，除二、五、八场期外，平常真清静极了。

我去的那天，固然正逢赶场之期，但已在午后，大部分的乡人都散归了。只不过一般卖杂粮的尚在街的两侧摆了许多箩筐；布店、鞋店、洋货店等还开着门在交易；铁匠店的砧声锤声打得一片响；卖零碎饮食的沿街大叫。顶热闹的是茶铺和酒馆。

乡人们散处田间，又不在农隙之际，彼此会面谈天，商量事情，只有借赶场的机会。所以场上的茶馆，就是他们叙亲情、联友谊、讲生意、传播新闻的总汇。乡人们都不惯于文雅，态度是很粗鲁的，举动是很直率的，他们谈话时都有一种特别的语调：

副词同感叹词格外多，并且喜欢用反复的语句和俗谚以及歇后语等，而每一句话的前头和后头又惯于装饰一种詈词。这詈词不必与本文相合，也不必是用来詈人或詈自己；詈词的意思本都极其秽亵，稍为讲究一点的人，定叹为"缙绅先生难言之"的（其实缙绅先生之惯用詈词，也并不下于乡人们，不但家门以内常闻之，就是应酬场中也成了惯用语）。然而用久了，本意全失，竟自成为一种通常的辅语。乡人们因为在田野间遥呼远应的久了，声带早已练得很宽，耳膜也已练得很厚，纵是对面说话，也定然嘶声大喊，同在五里以外相语的一般。因此，每家茶馆里的闹声，简直比傍晚时闹林的乌鸦还来得厉害。

乡人们不比城内人，寻乐的机会不多，也只有在赶场时，把东西卖了，算一算，还不会蚀本，于是将应需的买得后，便相约到酒馆中去，量着荷包喝几盅烧酒。下酒物或许有点咸肉、腌鸡，普通只是花生、胡豆、豆腐干。喝不上三盅，连颈项皮都泛出紫色。这时节，谈谈天气，或是预测今年的收成如何；词宽的，慨叹一会儿今不如古，但是心里总很快活，把平日什么辛苦都忘记得干干净净的。

我那天也在茶馆里喝了一会儿茶，心里极想同他们谈谈，不过总难于深入，除了最平常的话外，稍为谈深一点，我的话中不知不觉，总要带上几个并不新奇的专名词。只见他们张着大眼，哆着大口，就仿佛我们小时候听老师按本宣科讲"譬如北辰，众星拱之"一段天文似的。我知道不对，只好掉过来问他们的话，可还是一样，他们说深一点，我也要不免张眼哆口，不知所云了。

及至我出了茶馆，向场口上走来。因街上早已大为清静了，远远地就看见青羊宫山门之外，聚有十来个乡下人，还有好几个小孩子，都仰面对着中间一个站在方桌上的斯文人。那斯文人穿着蓝竹布衫，上罩旧的青缎马褂。鼻上架着眼镜，头上戴的是黄色草帽；他手上执着一叠纸，嘴皮一张一翕，似乎在讲演什么东西。我被好奇心驱使着，不由就趑趄上前，走到临近，方察觉这斯文人原来是很近视的，而且是很斯文的。他的声音很小，听口音是保宁一带的人。川北口音本不算难听，不过我相信叫这般老住乡下的人们来听，却不见得很容易。

此刻他正马着面孔，极其老实地，把手上的纸拿在鼻头上磨了磨，把眼一闭，念道："蟋蟀……害虫！……有损于农作物之害虫也！……躯小……"他尽这样念了下去，使我恍如从前在中学校上动物课，听教习给我们念课本时一样。

我倒懂得他所念的，但我仔细把听众们一看，只见他们都呆呆地大张着口仍把这斯文人瞪着，似乎他们的耳神经都失了作用，专靠那张大口来吞他的话一样。小孩子们比较活动一点，有时彼此相向一笑，或许他们也懂了。

约莫五分钟，那斯文人已把一叠纸念完，拿去折起插在衣袋里，这才打着他那社会中的通常用语道："今天讲的是害虫类，你们若能留心把这些害虫捕捉或扑灭干净，农作物自然就会免受损失的。但是，虫类中也还有益虫，下一次我再来讲吧！"

说完，他就跳下方桌去，于是我才看清楚他背后山门上还挂有一幅布招牌，写着"通俗讲演所派出员讲演处"。

听讲演的乡人们也散了，走时，有几个人竟彼此问道："这先生说的圣谕，你懂得吗？"

"你骂他做舅子的才懂！他满口虫呀虫的，怕不是那卖臭虫药的走方郎中吗？"

　　那一霎时的情节，我历历在目，所以我说照这样的讲演，才真正有趣啦！

一九二五年四月脱稿

成都人的好吃*

李劼人

中国人对于其他生活要素，由于顶顶重要的"自由"，大概都可模糊，有固然好，精粗美恶倒不十分计较，只要有哩，并不一定拼身心性命以求之。独于食，那便不同了，在川人中间，按照旧习，见面的第一句话，并非是"你过得怎样？""你好吗？"而是"你吃了饭没有？"或曰"吃过了没有？"而且在询问时，还带有时间性，在上午，问的是早饭；过午，须问午饭，四川语谓之"晌午"，读若"少午"；入暮则问晚饭，谓之"消夜"；其严格犹洋人之问早安、日安、晚安也。其他，凡与人相交接，团体与团体相交接，大至冠婚丧祭，小至邻里往返，庄严至于纳贡受降，游戏至于"撒烂"打平伙①，甚至三五小儿聚而办"姑姑艺

---

* 节选自《漫谈中国人的衣食住行》，标题为本书编者加。
① 四川方言，"撒烂"原意为被逼至绝境，这里意为不惜倾囊，含豁出去之意。打平伙，即凑份儿聚餐。——原编者注

儿"①——黄晋龄的餐馆名，引用为"姑姑筵"，亦通——无一不有食之一字为其经纬。笔记载：以前漕河总督衙门，顶考究吃了，诸如吃活猴脑，吃生鹅掌，一席之肴，可以用猪八九头，每头只活生生地取肉一块，余皆弃之。这种暴殄之处，姑不具论，甚至一席之肴，必须吃到三整天方毕，这真可以表现中国人好吃的整个性格，而且不吃不行。乡党中许多事故，大都由于不具食而起，谓人悭吝，辄曰：某人是不肯请客的，"要吃他么？除非钉狗虫"！言之痛切如此，甚至"破费一席酒，可解九世冤；吝惜九斗碗，结下终身怨"。可以说，中国人对于吃，几乎看得同性命一样重，这不但洋人不能理解，就是我们自己，亦何尝了解许多！

---

① "姑姑艺儿"，四川方言，是孩子们玩办酒食游戏的称谓。——原编者注

四川的四种美食[*]

李劼人

上来业已说过发明大半由于偷懒，由于错误；发现大半由于需要，由于好奇。我们可以想见，到荒旱饥饿时节，连死人都不免变为活人的食料，何况草根树皮！于是见啥吃啥的结果，乃多有发现，例如洋芋，自法王路易十三世起，据说才因荒旱而成了主要食品。而枸杞芽、猪鼻孔、荠菜、藜藿、泥鳅蒜，甚至连椿树的嫩芽，连农家种来作绿肥田之用的苕菜苞儿，其所以从野生而变为蔬菜中之妙品者，几何不是因了大多数人的经济情形不佳，不许可有好的东西吃，而一半出于勉强，一半由于好奇，才吃出来的？年来成都乡间又新出一种野菜名曰竹叶菜，草本而竹叶，丛生路边，不过范围尚小，做法亦未研精，吃的人还不多耳！苟舍蔬菜而引申及于肉食，也可看出许多在今日高等华人菜单中称为名贵食品的，其先，大都出于劳苦大众迫不得已而后试吃出来，

＊节选自《漫谈中国人的衣食住行》，标题为本书编者所加。

例如广东席上的蛇肉，已是人人知道开其先河者，乃穷苦无依之乞丐也。因其为人人所已知，故不在此具论。兹介绍近几十年来四川所特有的四项食品，虽皆尚未登大雅之堂，然已逐渐风行，瞻望前途，殆不下于驰名四远之麻婆豆腐焉。

其一曰：强盗饭，发明时期大约只二十余年。发明地点为川东之华蓥山中。发明者，打家劫舍、明火执仗之强盗也。据说，某年有强盗一伙，被官兵围困于盛产巨竹的华蓥山，最使强盗头痛的，就是在丛山中找不着人家煮饭吃。由于迫切需要，于是一位聪明家伙便想出一个方法：将山上大竹截下一节，将携带的生米用溪水淘净，装入竹筒，一半水一半米，筒口用竹叶野草封严，涂以稀泥，放于枯枝败叶中，燃火煨之。待至枯枝败叶成灰，筒内之米便成熟饭。既软硬合度，又带有鲜竹清香。每一竹筒，可有小小两碗饭。如其再奢华一点，加一些别的好材料，的确是别具风味的好食品。不过条件太苛了，要相当大的竹，要应用时旋截，不能用变黄的陈竹，要容易成灰而火力又甚猛的枝叶，这些都与正式庖厨不合，而做出来的量又不大，费一个人的精力只够一个壮汉半饱，说起来也太不经济。像这样，实实在在只能让逼上山林的豪杰们去享受。风雅一点，也只好让某些骚人逸士，在游山玩水之余，去做一次二次的野餐，庶几有滋味。譬如乡村美女，只管娟秀入骨，风神宜人，倘一旦而摩登之，鬈其头发，高其脚跟，黛其眼眶，朱其嘴唇，甚至蔻丹其手脚指甲，纵然不化西施为嫫母①，似乎总不如其在乡村中纯任自然的受看吧！此强盗

---

① 嫫母：古代传说中的丑妇。《路史后纪》："（黄帝）次妃嫫母，貌恶德光。"——原编者注

饭之所以不能上席而供高等华人之口也。

其二曰：叫花子鸡，叫花子偷得一只活鸡，既无锅灶，如何弄得进肚？不吃吧，又嘴馋。叫花子思之思之，于是计来了，因为身边无刀，便先将鸡头按在水里闷死，然后调和黄泥，将鸡身连毛一涂，厚厚地涂成一个椭圆形的泥球，然后集合柴草，将这泥球一烧。估计差不多了，或许已经有了香气，便从热灰里将泥球掏出。剥去黄泥，而鸡毛、鸡皮也连之而去，剩下的只是莹白的鸡肉了。鸡的内脏，也连血烧做一团，挖而去之。这在做法上言，很简单，在理论上言，似乎颇有美味，但实际并不好吃，既有鸡屎臭，又有鸡毛臭。不过后来传到吃家手上，做法就改善了，鸡还是要杀死，还是要去内脏，去鸡毛。打整干净，将水分风干，以川冬菜、葱、姜、花椒，连黄酒塞入空肚内，缝严，再用贵州皮纸打湿，密切地裹在鸡身上，一层二层，而后按照叫花子的手法，在皮纸上涂以黄泥，煨以草火，俟肉香四溢，取出剥食，委实比铁灶扒鸡还美味。虽然也可砍成碎块，盛在古瓷盘内，端上餐桌，以供贵宾，然而总不及蹲在火堆边，学叫花子样，用手爪撕来吃的有趣。这犹之在北平吃烤羊肉样，倘不守在柴炉子边，一面揩着烟熏的眼睛，一面在明火上烤一片，吃一片，请想想还有啥味儿？由这样吃烧鸡的方式，不禁油然想到吃烤鸭的同样方式来。成都鸭子，并不像北平白鸭子那么肥大，但也有像北平侍弄鸭子样的特殊喂法，其名曰填。一直把只平常瘦鸭填得非常之胖，宰杀去毛风干，放到挂炉里烤好后，名曰烤填鸭。因其珍贵，吃时必由厨师拿到堂前开片，名曰堂片，亦犹吃满洲席之烤小猪样也。不过成都的烤填鸭，并不如北平的好，因为鸭子填得太胖，皮之下全是腻油，除了吃一层薄薄的脆皮外，吃不到一丁点儿肉也。至于不填的瘦鸭，也可以在挂炉里烧，其名就叫烧鸭。寻常吃法，是切成碎块，浇以五香卤汁，这不算好吃法；必也准时（以前多半在正午十二点钟）守在烧鸭铺内，一到鸭子刚由炉内取出，抹上糖精，皮色变红，全身犹热烘烘时，即用手爪撕下，塞入口内，一面下以滚热的大碗黄老酒。这样吃法，自然不是布尔乔亚①以上阶级的人所取，而真正的劳苦大众则又吃不起。在前，成都市上很多这类的卖热老酒的烧鸭铺，四十年前，青石桥南街的温鸭子，北街的便宜坊，都最有名，而西御街东口的王胖鸭店，则是后起之秀，而今已差不多全成古迹了。（王胖鸭店因为几次拆房让街，已安不下一张桌子，鸭子也烧坏了，毫无滋味。老胖、小胖皆已作古。所谓王胖，是人胖也，并非王姓而卖胖鸭也。今只有提督东街之耗子洞烧鸭店尚可，然已无喝滚热老酒之余风，遑论乎以手爪撕吃热烧鸭乎！）

其三曰：牛毛肚，是牛的毛肚，并非牦牛的肚，此不可不判明。牦牛者，犛牛也，司马相如《上林赋》注云，出西南徼外，至今仍是大小金川、康边、西藏一带的特产，且是重要的交通工具之一。毛肚者，牛之千层肚也，黄牛之千层肚肉刺较细，水牛之千层肚则肉刺森森，乍看犹毛也。四川多回教徒，故吃牛肉者众。自流井、贡井、犍为、乐山产岩盐掘井甚深，车水熬盐。车水之工，则赖板角水牛（今已逐渐改用电力、机力）。天气寒浊，水牛多病死，工重，水牛多累死，历时久，水牛多老死。故自贡、犍、乐一带产皮革，则吃水牛肉。水牛肉味酸肉粗，非佳馔，故吃之者多贫苦人。自贡、犍、乐之水牛内脏如何吃法，不得知，

---

① 布尔乔亚，法语 bourgeoisie 的音译，意指资产阶级。——原编者注

而吃水牛之毛肚火锅，则发源于重庆对岸之江北。最初是一般挑担零卖贩子将水牛内脏买得，洗净煮一煮，而后将肝子肚子等切成小块，于担头置泥炉一具，炉上置分格的大洋铁盆一只，盆内翻煎倒滚煮着一种又辣又麻又咸的卤汁。于是河边的桥头的，一般卖劳力的朋友，和讨得了几文而欲肉食的乞丐等，便围着担子，受用起来。各人认定一格卤汁，且烫且吃，吃若干块，算若干钱，既经济，而又能增加热量。已不知有好多年了，全未为小布尔乔亚以上阶级的人注意过，直到民国二十一、二十二年，重庆商业场街才有一家小饭店将它高尚化了，从担头移到桌上。泥炉依然，只将分格洋铁盆换成了赤铜小锅，卤汁蘸料也改为由食客自行配合，以求干净而适合各人的口味。最初的原料，只是牛骨汤、固体牛油、豆瓣酱、造酱油的豆母、辣椒末、花椒末、生盐等，待到卤汁合味，盛旺炉火将卤汁煮得滚开时，先煮大量蒜苗，然后将凉水漂着的黑色的牛毛肚片（已煮得半熟了），用竹筷夹着，入卤汁烫之，不能太暂，也不能稍久，然后和煮好的蒜苗共食。样子颇似吃涮羊肉而味则浓厚（近年重庆又有以生鸡蛋、芝麻油、味精作调和蘸料，说是清火退热，实为又一吃法）。最初只是如此，其后传到成都（民国三十五年）便渐渐研制极精，而且渐渐踵事增华，反而比重庆做得更为高明。泥炉还是泥炉，铜锅则改为砂锅，豆母则改为陈年豆豉，格外再加甜醪糟。主品的水牛毛肚片之外，尚有生鱼片，有带血的鳝鱼片，有生牛脑髓，有生牛脊髓，有生牛肝片，有生牛腰片，有生的略拌豆粉的牛腰肋、嫩羊肉，近年更有生鸭肠、生鸭肝、生鸭腒肝以及用豆粉打出的细粉条其名曰"和脂"者（此是旧名，见于明朝人的笔记）。生菜哩，也加多了，有白菜，有菠菜，有豌豆尖，有芹黄，以及洋莴笋、鸡窠菜等，但蒜苗仍为主要生菜，无之，则一切乏味，倘能代以西洋大蒜苗译名"波哇罗"的，将更美妙矣。然亦以此而有季节性焉，必候蒜苗上市，而后围炉大嚼，自秋徂冬，于时最宜。要之，吃牛肚火锅，须具大勇，吃后，每每全身大汗，舌头通木，难堪在此，好过亦在此。高雅而讲卫生的人，不屑吃；性情暴躁而不耐烦剧的人，不便吃；神经衰弱，一受刺激便会晕倒的高等华人，不可吃；而吃惯了淡味甜味，一见辣子便流汗皱眉的外省朋友，自然更不应吃，以免受罪。牛毛肚火锅者，纯原始型之吃法也。与日本之火锅仿佛，又似北方之涮锅，只是过分浓重，过分刺激，适宜于吃叶子烟的西南山地人的气分。故只管处在清淡的菊花鱼锅的反面，而仍能在中下层吃家中站稳者，此也。

其四曰：牛肺片，名实之不相符，无过于明明是牛脑壳皮，而称之曰肺片。中国人吃猪皮已为西洋人所诧异（猪皮做的菜颇多，至高且能冒充鱼翅，而以热油发成的响皮，简直可媲美鱼肚，此关乎食谱，非本文旨趣所应及，故不细论），而况成都人且吃牛脑壳皮焉。牛脑壳皮煮熟后，开成薄而透明之片，以卤汁、花椒、辣子红油拌之，色泽通红鲜明，食之滑脆辣香。发明者何人？不可知，发明之时期，亦不可知。在昔，只成都三桥上有之，短凳一条，一头坐人，一头牢置瓦盆一只，盆内四周插竹筷如篱笆，牛脑壳皮及牛脸肉则切成四指宽之薄片，调和拌匀，堆于盆内。辣香四溢，勾引过客，大抵贫苦大众，则聚而食之，各手一筷，拈食入口。凳上人则一面喝卖，一面叱责食客曰："筷子不准进嘴！"一面以小钱一把，于食客食次，辄置一钱于有格之木盘中以计数，食毕算账，两钱三块，三钱五块也。有穿长衫而过者，震其色香，欲就而食，则又腼腆，恐为知者笑，越趄而过，不胜食欲之动，回旋摊头，疾拈一二片置口中，一面咀嚼，一面两头望，或不为熟人察见否？故此食品又名"两头望"。今则已上席列为冷荤之一，皇城坝之摊头亦易瓦盆为瓷盆，于观感上殊清洁多也。

其五曰：麻婆豆腐，上文已及麻婆豆腐，以其名闻遐迩，不能不谈，故言四项，于兹又添一项，并非蛇足，不得已耳。以做豆腐出名之麻婆，姓陈，成都人皆称之陈麻婆。既曰婆，则为老妇可知，既曰麻，则为丑妇可知，然而皆与做豆腐无关。缘陈麻婆者，成都北门外万福桥头一家纯乡村型的小饭店——本名"陈兴盛饭铺"，"麻婆豆腐"出名后，店名反为人所遗忘——之老板娘也。（万福桥已于民国三十六年阴历丁亥岁被大水打毁，迄今民国三十七年阴历戊子岁八月犹无修复消息，据云，此桥系清光绪丁亥岁重修，恰恰享寿一个花甲六十岁。）万福桥路通苏坡桥，在三十七年前，为土法榨油坊的吞吐地，成都城内所需照明和做菜之用的菜油，有一多半是取给于此。于是推大油篓的叽咕车夫经常要到万福桥头歇脚吃饭（本来应该进出西门的，但在清朝时，西门一角划为满洲旗兵驻防之所，称为少城，除满人外，是不准人进出的），而经常供应这伙劳动家的，便是陈家饭店。在早饭店并没有招牌，人们遂以老板娘为号，而呼之为陈麻婆饭店。乡村饭店的下饭菜，除家常咸菜外只有豆腐，其名曰"灰磨儿"。大概某一回吃饭时，劳动家中的一位忽然动了念头，想奢华一下，要在白水豆腐、油煎豆腐、炒豆腐等素食外，加斤把菜油进去。同时又想辣一辣，使胃口更为好些。于是老板娘便发明了做法：将油篓内的菜油在锅里大大地煎熟一勺，而后一大把辣椒末放在滚油里，接着便是猪肉片、豆腐块，自然还有常备的葱啦、蒜苗啦，随手放了一些，一烩，一炒，加盐加水，稍稍一煮，于是辣子红油盖着了菜面，几大土碗盛到桌上，临吃时再放一把花椒末。劳动家们一吃到口里，那真窜呀！（窜是土语，即美味之意。有写作爨字的，恐太弯曲了。）肉与豆腐既嫩且滑，同时味大油重，满够刺激，而又不像用猪油做出的那么腻人。于是陈麻婆豆腐自此发明，直到陈麻婆老死后，其公子小姐承继衣钵，再传到孙辈外孙辈，犹家风未变。虽然麻婆豆腐在四五十年中已自乡村传到城市，已自成都传到上海、北平，做法及佐料已一变再变。记得作者在民国二十六年"七七"抗战以后，携儿带女到万福桥陈家老店去吃此美馔时，且不说还是一所纯乡村型的饭店：油腻的方桌，泥污的窄板凳，白竹筷，土饭碗，火米饭，臭咸菜。及至叫到做碗豆腐来，十分土气的幺师（即跑堂的伙计）犹然古典式地问道："客伙，要割多少肉，半斤呢？十二两呢？……豆腐要半箱呢？一箱呢？……"而且店里委实没有肉，委实要幺师代客伙到街口上去旋割，所不同于古昔者，只无须客伙更去旋打菜油耳。

成都众生相[*]

傅崇矩

成都人之性情积习

　　约略举之。人情狡诈，千变万化，不能尽也。

好换帖。

子弟好赌博。

好结交官场，终被官场欺制。

绅士好学官派。

乡间富户多以结会保家。

绅士不固团体，好排挤。

谋事不遂，好造谣坏人。

好饮食，有饭食便口软。

＊节选自《成都通览》，标题为编者所加。

乡间绅粮好管公事。

茶铺聚谈，好造风谣。

青年子弟好戴眼镜冒充学生，及学洋派。

好看戏，虽忍饥受寒亦不去，晒烈日中亦自甘。

性情柔懦，最怕官长。

阅报者不及百分之一。

识字者不及十分之六。

以出入衙门公局为荣。

以与官场同财为恃力。

青年子弟穿着好奢华。

相貌最丑，偏好装饰。

街上夜行，口中好唱戏。

好聚谈。

卜事好求神筊。

妇女最信僧道及女巫、卦婆。

公馆妇女最信卖花婆。

妇女好将小儿拜接僧道及乞丐。

妇女好看戏，不怕被戏子看她。

富者赏戏班之钱，十倍于作善之数。

好游监视户。

好在柿子园后面城垣上俯看园中监视户。

苦力者性情傲妄。

抬炭背米抬轿者，一日挣钱即日用完。

每逢水心开日，必令小儿发蒙识字。

每逢金满斗日，家家必做裹肚及裆裤。

好扯地皮风。

假意留客，客已离座，方假言："吃饭再走。"

男子遇友人于路，必相问曰："在何处去？"早晨或相问曰："吃早饭莫有？"午相遇则曰："吃晌午否？"夜相问曰："消夜否？"

平民妇女，问人吃饭否，必续问曰："吃什么菜？"

凡友人得子，必送月礼，鸡蛋、肉、糖、衣料之类，必兼问之曰："乳够用否？大人好否？"大人指产母也。

凡得功名，必自己写报条，大书特书遍送亲友，公然自称为"某老爷""某大人"。

凡修宅落成，自己做匾对，上书众亲友拜贺，上款公然自题曰："某硕德、仁兄某"。

凡讼事毕，无论胜负，其亲友各放炮道喜。

产母临产，床前燃七星灯，所有箱柜抽屉均开出不关，否则子难下地。

产母房门，必用锁倒锁上，否则乳浆必为生人带去。

产母须四十日，方准出房门及走人户。

子生三日，谓之"洗三"，弥月谓之"满月"，一年谓之"做岁岁"。

过九头虫，家家户户拍响器以逐之。

做噩梦，或眼跳，必书四句贴墙上。

凡新到一父母官，无论贤劣，保正及局绅必建立德政碑，下书"阖邑士庶恭颂"，其实为保正、局绅数人所为者也。

居丧开奠，唱戏娱宾，已经禁止。然尚有一等重孝之子孙，在服内唱戏、游监视户者，无处不有。

无论何等人，均不顾国体，自私自利而已。

贫民于年下多放火自焚，以图得赈恤者。

贫民于年下夜间，妇女坐于街铺檐下，以求米飞钱飞。

好赌咒，谓有咒神。

民家商店最尚忌讳，早饭前禁说"人熊""豹子""老虎""鬼"等字，童子无知，偶言不忌，故春贴必书"童言无忌"四字。

溺女及弃私孩者，一时尚未革尽。

上所举者不过约略道其现状，记者希其改良风俗，故统言之，未暇分为上等社会、下等社会，或城内或乡下也。然成都人有一种特别之性质，又未可厚非者，列如下：

士类纯正，绝不闻革命谈。

民俗淳朴，实难见桀骜气。

乡风古板，尚不入靡丽派。

成都之普通应酬话

进铺店必曰："恭喜恭喜。"或曰："唉，恭喜发财。"初到人屋，说："擅造。"乍相见，曰："恭喜。"早晨相遇，曰："很早。"早膳时相见，问曰："吃早饭没有？"午曰："吃晌午没有？"夜曰："消夜没有？"或曰："过早没有？过午没有？消夜没有？"久未见，曰："久违。"乍相见，曰："好么？"或加问："老伯、伯母可好否？"问人眷属，曰："嫂夫人好否？"街相遇，曰："过哪里去？"或曰："到哪里去？"坐轿乘马相遇，曰："得罪。"送客到门外，或上轿，曰："请了。"曰："改天请来耍。"客已辞去，必曰："吃了饭走。"吃人酒食，在席前必曰："太费事。"第二日，相揖，曰："昨天道谢得很。"传口信，或对下人，必曰："与你某人请安。"生客初交，必曰："久仰。"乍见，曰："很忙。"或问："某人常见么？"问生人，曰："贵姓？"问居址，曰："府上在哪里？"或曰："贵处？"问行号，曰："台甫？"曰："次章？"求人做事，曰："费心费心费心。"讲联络，曰："你哥子尽管请到舍下耍。"道劳，曰："改日再酬。"答辞或曰："没来头。"或曰："不要紧。"或曰："尽管。"或曰："随便。"或曰："要啥子紧。"客或问菜价，必对曰："吃了才说。"主人呼泡茶，客必曰："不必不必。"主人呼烟，客亦曰："不吃烟，不吃烟。"主人添菜，客必曰："尽够了，尽够了。"客要走，主人必曰："再要一阵，忙啥子。"初见面，必曰："我早就要请安的。"主留客，客固辞，必假说："我耽搁一阵就来。"或曰："改天再会。"

成都之口前话

即戏书所谓常言道也，即古书所谓谚有之也。

旁观者清。

抱膀子不嫌注大。

十陕九不通，一通便成龙。

接亲娘子送亲客。

媒人不担担，保人不还钱。

无利不成借。

我是钟鼓楼上的麻雀，吓破胆的。

只准州官放火，不准百姓点灯。

阎王注就三更死，谁敢留人到五更。

久赌神仙输。

扯根眉毛下来比你腰杆粗。

不怕输得苦，只怕断了赌。

黄鼠狼想吃天鹅蛋。

人穷志在。

我就是鬼。

不听老人言，一辈子受饥寒。

你不是与贼娃子递拖①。

一分钱一分害。

酒醉心明白。

在你头上屙屎，还嫌你脑壳不平。

水深人难过。

一麻不硬手。

人怕三见面。

与矮子宽心，你还要长呢。

说话莫详，吃屎莫尝。

女生外向。

我走我的阳关道，你过你的独木桥。

男人嫌妇人隔张纸，妇人嫌男人除非死。

一哭二饿三睡觉，四吃洋烟五上吊（此数句说尽妇女之情弊）。

来说是非者，便是是非人。

---

① 递拖，方言，即暗传消息。

桥还桥，路还路。

寡妇门前是非多。

张和尚帽子拿给李和尚戴。

掩耳盗铃。

成都之民情风俗

正月 过年

放炮	拜年	闹年鼓	敬财神	迎喜神
装财神	飞名片	穿新衣	挂挂钱	耍龙灯
耍狮子	听扬琴	听相书	请春酒	走喜神方

初一天游各庙，以武侯祠、丁公祠二处为热闹。初一元旦，忌用刀剪针类，并忌吃饭，以面代饭。除夕之夜，街户灯烛辉煌，火炮达晓。元旦之夜，反觉冷淡。元旦日街市停贸易，关门闭户，只有小本营生者，专售小儿女之钱，如甘蔗、橘子、面食、凉粉、花炮、响簧、小灯、大头和尚、戏脸壳、灯影、糖饼、花生、升官图、纸牌、骰子之类。初九日夜起，各庙宇、各人户，均点灯笼，谓之上灯，直点至十六日为止。初一日起，早晚均燃香烛，敬天地祖宗，有敬至十五日者，有敬至初九者，有敬至破五者（破五即初五）。初一日，商铺即有开张者，谓之提门，随即掩闭，不过用红绫纸稞挂上招牌耳。初二日后，提门者甚多。其大开张之日，均另择吉期。十五日后，遂通行开张。初九日起，十六日止，繁盛街道之花炮，以东大街为极盛，乡下于夜间大放花炮，轰烧龙灯。

初一日、初五日、初九日、十五日，均游武侯祠。

初一日，多游丁公祠或望江楼。

初六日，妇女回娘家，拜年，或择吉使小儿出行。

初七日，游工部草堂。

初九日，出灯。

十三日，夜间，看出令。

十四日，夜间出令。

十五日，过大年，吃元宵（即汤圆也），敬神送年，烧去纸门钱，夜出令。

十六日，游百病（周游城垣），夜放花炮，过厚脸年，夜仍出令。

按：正月，或看迎春，或看戏、看牌坊，或赌，或择吉期，亲送子弟上学，或为子弟觅事，或送出学习生理，或收拾铺宅。

二月

十五日，赶青羊宫花会。

按：二月惊蛰，有闻雷抖席子之事，谓可免蚤虱。

三月

初三日，买荠荠菜，扫灶头，可免虫蚁，抢童子，敬娘娘神。

按：三月清明节上坟，或蒸清明馎馎，又名清明糕粑粑，或折柳枝，戴在身旁，谚云："清明不戴柳，死去变黄狗。端阳不戴艾，死去变妖怪。"

四月

初八日，浴佛，看放生会，嫁毛虫。

二十八日，药王会，医生、药铺收礼敬神。

按：立夏日，用大戥秤人，计其斤数，谓夏至秤人，不害病。

五月　过端午，俗名过端阳。

收　账　开　账　送节礼　包粽子　煮盐蛋

包盐蛋、皮蛋、灰蛋　买红白糖、酒、雄黄、蒜　送草香

做香包　洗澡药　挂菖蒲、陈艾　取蟾酥

做艾虎　拜　节　送扇子　买鳝鱼吃　搽雄黄酒

六月

初六日，做王爷会。

十九日，观音会。

按：六月伏日，做胡豆瓣，晒皮衣。

七月

初七日，土地会，夜间敬巧神，买豆芽乞巧。

初十日起，至十五日止，做盂兰会，烧袱子，俗名"祖宗过年"，又云"初十日开鬼门关，十五日收鬼门关"。

二十一日，各商铺做财神会。

按：立秋日，吃秋水，谓可免痢疾。

八月　中秋节

收　账　开　账　买月饼　敬月光　买麻饼

小娃耍满天星　买牛肉　送节礼

买果木：核桃、柿子、石榴、板栗、梨子、佛手。

二十七日，做孔子会。

九月

初九日，重阳，登高，到望江楼或城内之鼓楼蒸酒。

十九日，做观音会。

十月

初一日，牛王会，打糍粑，乡间牛角上戴铁糍粑，看城隍出驾，送寒衣，上坟。

冬月

十九日，做太阳会。

按：冬至日祭祖，杀猪腌过年肉，或装香肠。

腊月

初八日，煮腊八稀饭。

十六日，名曰倒牙。

二十三日、二十四日，焚灶，拆祭灶用果品、白麻糖、茶酒、灶马。

按：祭灶后，商铺均开账飞，四处收账。十六日后，均有吃年饭者，办年货，打扬尘，刮对子。

三十日，除夕，守岁。

合年饭　迎新灶神　贴门神　贴春联　贴喜门钱

出天方　收　账　开　账　办年货　放　炮

辞　年　打米酥　粘米花

送年礼　蒸年糕　买　花　摆　花　装点心

办新衣　买新帽　买挂面　点百果灶　制新鞋袜

铺上门上贴拜年名片

成都之假货

假货不胜枚举，只要买物者勿贪便宜，便少上当矣。

瓜皮小帽　有旧裙子及烂衣服滚条所造者，又有绫子所制者，东顺城街及夜市摊上有，又各乡市。

纸底皮鞋　夜市上售，价廉，系草纸所造者，面上加油漆。

纸糊衣箱　会府等处有售箱子者，多用皮纸糊面，盖土红，上加油漆，与真皮箱酷肖。常有携上街售者，见雨即破烂而不可收拾。

纸皮帽盒　在旧衣箱铺售。

假砚　假造端砚及汉瓦砚，多在收荒担摊及手中过街携卖者。

假春茶　多用老茶叶及用过之春茶叶，用煳米水炒过，造成春茶形，面上用真春茶为面子。

麻做假笔　夜间街上多袖笔以求售者，麻造之笔也。

假棉絮　外包好棉，内藏旧絮或烂布筋等。

假眼镜　用玻璃为之，价最廉，玳瑁夹者每架不过钱钞二百文。

假首饰　假玉片、假照绿玉片、假珊瑚珠、假碧牙玺、假珍珠等，难以尽言。在购者自防之可也。

假字画　如李次星之假金冬心，赵鹤琴之假杨建屏，徐子舟之假刘又幼老，王介之假何贞老，皆有可取者。近又有假刘聋道人之指画者，多出于裱背铺中。凡成都之造伪古字画者，多用旧绫为之，又有用绢用纸者，购时宜细辨之。

假古铜器　其造铜绿铜锈之法，多以盐水搽于铜之表里，七日后，埋之土中，则斑蚀可爱矣。总之，古铜器质轻，伪古器质重，宜辨之。

假麻绳　粗麻绳多有用草包为芯者，不可用。

假皮捧盒　用皮纸造成，皮坊街有专铺。

成都之假料首饰　假料首饰如础石、铜、锡、白蜡等原料所造之首饰也。销行甚远，特列之。

础石玉之簪环手镯　铜镀银之帽花手镯　铜煮黄之手镯簪饰锡质之手镯及一切首饰　铜点翠之帽花珠花及一

切首饰　烧料圈环簪珥及假珠玉花片

成都之街市普通食品

虾羹汤　六文、八文、十二文。

荞面　六文、八文，分大荤、小荤，有开铺者，有肩挑者。

合芝粉　与荞面同售，价亦同。

凉粉　有漩子，有荞凉粉，有煮凉粉。有摆摊者，有肩挑者。

糖豆腐脑　肩挑者，石膏造成，二文。

熬醋豆腐脑　肩挑者，每碗二文。

相料馓子豆腐脑　肩挑者，四文。

蒸蒸糕　肩挑者，红糖的每十个价九文，白糖的每十个十八文。

糍粑　有开铺者，有肩挑者，六文、八文、十二文不等，鼓楼街村记所售每斤钱四十文。

凉糍粑　中夹洗沙，挑担售三文、六文。

醪糟糍粑　东大街、顺城街、东玉龙街有铺，六文、十二文。

醪糟　早晚方有，挑担者兼煮汤圆、糍粑、鸡蛋，数文至十余文不等。鼓楼街村记所售每斤五六十文。

汤圆　早晚方有，挑担者均红糖、洗沙、白糖三样。每三枚价五文，如加芝麻酱另给钱二文。

油糕　一早方出，有铺售者、提篮售者，三文、四文。其品目有馓子、合糖油糕、灯笺窝、油条、糍粑、馃子、麻花等名目。

天鹅蛋　米粉油炸者，三文、四文钱一个。

黄糕　铺售，有白糖者三文钱一个，有红糖者八文钱三个。

方黄糕　早携笼售，夜挑担售，一二文钱一枚。

珍珠馍馍　米团中包红豆粗沙，每个三文，三个八文。

马蹄糕　每枚三文。

艾蒿馍馍　每个三文。

烘苕　秋冬方有。

玉米　夏初方有。

凉粉　摊上售。

玉米馍馍　夏五六月方有，油炸的。

煎饼　三文钱一枚。

蜘蛛抱蛋　三文钱一枚，油面品。

锅盔　有和糖、椒盐、油旋子、白吉子、糖饼子五类。四文钱一枚，七文钱两枚，十文钱三枚。

酥锅盔　书院街口方有，六文钱一枚，仿邛州式造。

甜水面　席馆晨售，每碗十六文，太粗无味。挑担者六文一碗。

炉桥面　每碗六文，在米粉馆买。

攒丝面　十六文、二十四文、三十二文。

杂酱面　每碗十六文，或二十四文不等。

白提面　随要。

素面　每碗六文。

卫生面　冻青树有，二十四文一碗。

卤面　八文、十二文。

牛肉面　皇城坝有，十二文、十六文。

水饺子　每枚二文，有相料[1]。

面棋子　八文。

---

[1] 相料，方言，即作料。

牛肉水饺子　每个二文，有相料。

鸡蛋卷　会府北街有。

芡实烘糕　科甲巷有。

米花糖　每封九文。

玉米花糖　每个一二文。

白麻糖　每斤五六十文。

羊肉烧饼　每个六文。

牛肉焦包　三桥有。

米粉　二十文一斤，童子街有作坊，面粉馆亦有。

抄手面　各街有。

蒸馍　童子街有铺，三四文一个。

豌豆糕　油炸品，一二文一个。

虾子糕　油炸品。

花生糕　油炸品。

胡豆花　油炸品。

花生米　油炸品。

盐煮花生　九文钱十堆。

沙胡豆　九文钱十堆。

油炸豆腐干　一二文。

糖包子　每个四文。

洗沙包子　四文。

附油包子　四文。

干菜包子　四文。

大肉包子　六文，九龙巷口。

南虾包子　四文。

春卷　十二文。

烧麦　四文。

油花　四文。

油旋子　四文。

教门油酥　皇城坝售，每两六文。

贯香糖　随买。

火腿包子　六文。

口蘑包子　十二文。

干菜饼　十二文。

鲜花饼　十二文。

枣泥饼　十二文。

粽子　四文。

挂面　布政司侧有铺，八文、十二文一碗。

麻饼子　六文。

桂花糕　二十余文。

薄脆　一文钱一个。

糯米酥　油炸品。

油饼子　有甜、咸二样，每个六文。

肉饼子　每个六文。

肉饺子　每个三文，面馆内有。

馓子　四文钱一把，油炸品类。

油炸糍粑　每个三文，三桥上有。

春饼　正二月有，在锅盔摊售，每斤六十四文。

酥饼　锅盔摊上定售，两面芝麻。

茶汤　豆粉炒面随要。

夏天食品　须热天方有售者

冰粉　米凉粉　凉糍粑　凉虾　藕稀饭　糖水
绿豆稀饭　荷叶稀饭　豆浆稀饭

特别食品

肉松　蔗饭　薰鱼　永川桃片　桃脯　桃糕
金丝枣　卫生面　蜜樱桃　酥鱼　京酱　东坡肉
烧甜鸭　卫生年糕（杏酪四百、猪油三百）

滑头成都佬

雷铁崖

成都人素以滑头著，在四川中民气独浇薄，一似绝不足有为者，以故川中各属见成都人，则望望然去之，若将浼焉者。而以今日变局观之则大异，始而惊惶，继而痛哭，更继而罢市罢课，热潮愈高，众心愈奋，竟一举而诛锄清吏，占领全城，独立之旗飞扬锦里，自由之花开满蓉城。前之滑头者，今日竟断头而不顾，果何故耶？令我索解不得矣！

语曰：士别三日，便当刮目。记者别成都人八年，雄飞进步，自当别具眼光。而今犹以"滑头"目之，毋乃为成都人笑哉！

关于川剧

黄　裳

三年前经广元入蜀，在成都勾留十天，听了两次川剧，曾经写过一篇随笔。那里记录了我对于川剧最初的感印，现在照录如下：

"在成都曾经听过一次川戏。是与 T 同去的。记得那一天我们在春熙路上徘徊了许久，想在书店里找一本指南之类的书来看一下，结果是找到了一家据说是演出正宗标准川戏的地方。四川的文化恐怕以保存于成都者为最丰富也最真粹了吧。这锦官城似乎还不曾失掉它的古味，这在我们这次看的戏里，就得到了证明。

如果看过点梨园史料的人，总会知道一些清末的梨园界情形，那和晚近是大不相同的。没有名次的高下，大家所拿的是同样的戏份（当然也稍有区别），戏码的先后也全以戏的本身为定而不是以角色为标准的。场面大抵只备一副。胡琴的调子也只有一种，操琴者从不更换，所以那时的戏子的嗓门，必须够到普通的标准才可以，举例来说，《二进宫》里大面青衣老生三人对唱，如果有一个嗓门特低的就不成。而且那时的腔调也差不多相同，没有出奇立异的花腔，以致非得带"私房胡琴"不可。这种现象最近是不大看到的了。大抵每一个角都携有专用的琴师，那么才可以衬托出他或她独具的奇巧的调子来。甚至有时因为两人之一的调门特别，而临时将弦压低，那声音是很不入耳的。更有老生唱好一段，旦角将要张嘴之际，两人的琴师就要在台口调来调去，看了也很使人不舒服。

我们所去的那一家川戏院就是古风犹存的一家。院里没有绝对的台柱，排戏以轻重为分。据说是唯一保存了旧班规范的一家。

川戏的戏名很特别。很有昆曲里的"折名"的意味。我们听过一出是妲己使伯邑考教琴，从而诱惑之但终未成功的故事。女主角相当风华，身段也非常繁复，表演喜怒的情感，颦笑都可观。大轴是陆秀夫金山之役的故事，陆由正生扮，据说是川戏中的谭叫天了。有几段反二黄使我觉得川戏中特别多凄楚之音，反二黄在京剧中即甚悲凉，而在川剧里尤其凋伤得厉害。川戏的乐器中有一种很特别的响器，发出呜呜然而又清越的调子，使人想起胡笳。另一特点则是京戏中所无的和音。每逢主角唱完一句，大家（包括场面上人）都一齐应和，普通倒不觉怎样，离乱之际的逃难的场面，听了则颇为凄楚了。总之，我从川戏所得的主要印象是繁音促节，急管繁弦，自然不同于昆曲，与京戏也有殊。宜于写离乱之音，而不宜于写儿女情怀，"小红低唱我吹箫"，盖非是江南的产物不可也。

到重庆后也曾于茶馆中听唱川戏，这是一种清唱，但锣鼓是齐全的，一个大胖子高坐在茶座上，他是唱黑头的。另一个小生则是坐在茶馆一隅的瘦小的茶客，彼此互相应和好像并不相关似的，这种作风也颇有趣。

京戏随了下江人而入川，渐有取而代之之意，这在重庆特别如此。但在成都川戏仍有它的势力，每天总是客满，里边全是茶余酒后来欣赏这乡土艺术的人。裙屐联翩，情况是相当热烈的。

后来定居重庆，三年之间，未曾踏进一次川剧院。然而时时经过剧院门口，听见金鼓的声音，心情激动，殊不愿再听这离乱之音，然而旧有的印象，却仍留存。沧海波澜，战乱未已，这种蜀音，简直发展成为全国的声音了，呜呼！

闲

黄 裳

一个在上海住惯了的人初到成都，一定会有一种非常鲜明的感觉，就是这个城市的悠闲。

从成渝铁路终点站走了出来，天正好下雨。手里提了两件行李站在泥泞的空地上，想找车子。可是只看到几位悠闲地坐在那儿休息的三轮车、人力车工友同志。向他们提出请求，他们就摆摆手，摇摇头，发出悠长的声音来，说道："不去喽！"

真是无法可想。

焦急的心情碰上了悠闲的姿态，就正像用足了力气的一拳结果却打在一大团棉花絮上，垮了。

好容易挨到了要去访问的机关门口，取出、交上介绍信后，就被安置在一间休息室里坐。坐在古色古香的红木雕花椅子上，望着好大的庭院里的绿色植物和轻轻地落在叶子上的小雨。这时候，不管有怎样不安的心情，也一定会沉寂下来的。

走进办公室以后，坐下来，泡上一碗茶，还是照例从天气谈起，从寒流的突然降临，一直谈到特异的龙卷风。最后才接下去谈正事。

写介绍信的同志，真像绣花一样地进行着她的工作，那么细致，那么舒徐，那么轻柔审慎地落笔，盖章。最后，当她微笑着像完成了一件艺术品似的把信交给我时，我也笑了。她一回头就又熟练地拿起毛线团来。

这一切似乎都无可非议，只是使我感到生活的节奏被突然拉长了。

自然，我没有到过热火朝天的工地，也没有访问过某些工作紧张的机关。上面的印象很可能是极不全面的，但我心里到底留下了那么一种被放在真空里似的感觉。

成都的街上有着数不清数目的脚踏车。"过江之鲫"这句成语，真是说得好，那情景就正是如此。人们悠闲地踏着，慢慢地刹车，优美地转弯，文雅得出乎意料。好像在山国里的人一下子都来到了平原，尽情地踏起自行车来，顺便欣赏街头的景色……

这些脚踏车百分之九十以上都是公家的。这些挤在春熙路、总府街上的车子，是否都是因公出差，也很值得怀疑。至少从骑车人的姿态上看，他们办的不会是什么"要公"。

利用旧皇城改建的市人民委员会的大门，是三个极大的城门洞，现在成了天然的存车场。我亲眼看见过几十百辆车子挤在那里的"盛况"，据说这些车子的保养情况是很差的。公家要不时付出大笔的修车费来维持它们在街上游行。

有的干部从办公室出来到几十步外面的饭厅里吃饭，也要利用一下车子。可见在成都骑脚踏车已经成为一种十分时髦的事了。

茶馆是成都的特色之一。茶馆有很多优点，我也是承认的。

我自己就喜欢坐茶馆。曾经到过大大小小形形色色许多成都的茶馆。人民公园（从前的少城公园）里临河的茶座，春熙路上有名的茶楼，由旧家花园改造的"三桂茶园"……都去过。只要在这样的茶馆里一坐，是就会自然而然地习惯了成都的风格和生活基调的。

这里有唱各种小调的艺人，一面打着木板，一面在唱郑成功的故事。卖香烟的妇女，手里拿着四五尺长的竹烟管，随时出租给茶客，还义务替租用者点火，因为烟管实在太长，自己点火是不可能的。卖瓜子花生的人走来走去，修皮鞋的人手里拿着缀满了铁钉样品的纸板，在宣传，劝说，终于说服了一个穿布鞋的人也在鞋底钉满了钉子。出租连环图画的摊子上业务兴隆。打着三角小红旗，独奏南胡，演唱"流行时调歌曲"的歌者唱出了悠徐的歌声……

这里是那么热闹，那么拥挤，那么嘈杂，可是没有一个人不是悠然的。

在城外武侯祠侧的"隔叶听鹂之馆"里，也挤满了茶客，连竹制的小矮凳都坐完了。鹂是听不见的，塞满了耳朵的都是人声。

在成都的公共汽车上，我获得了安心欣赏司机同志驾驶技巧的好机会。他们是那么稳重地开着车子，离开站头还有三四个街口时就嗒的一声把油门关掉了。这时他手里掌握着方向盘，悠然地使车子在马路上荡，就像在太湖里飘摇的一叶扁舟，荡，荡……一直等车子的惯性完全消失以后就正好停在第二个站口上。这种熟练的技巧真使我看出了神，发生了极大的兴趣。也体会到这种节约汽油措施的必要性。但这也只有在没事上街的时候才行。如果真的身有要公，要保持这样冷静欣赏的态度，怕就非得失败不可。

人民公园间壁有一家门面非常漂亮的美术摄影服务部，橱窗里放了不少美丽的照片，引起了我去冲洗底片的欲望。走进空落落的柜台前面，发现一位同志正坐在里面入神地看小说。我把胶卷递过去，他就伸出手来，说："介绍信呢？"这使我大吃一惊了，赶紧说明，介绍信没带，服务证却有。同时底片也的确是因公拍摄的。他不等我说完，就慢声说道："这是制度。"等我再行申述以后，他又说道："我是照章办事，你有意见，找我们上级去。"最后问他上级在哪里，就连回答都没有了。

必须补充说明，在整个交涉过程中，他都不曾抬起头来，我真羡慕那位拥有这样热心读者的幸福的作家。

我只好默然地走了出去。在门口又仔细端详了半日，到底没有看出这家只为有介绍信者服务的美术服务部与一般照相馆的外表区别。

然后在第二、第三、第……家照相馆里，我又遇到了态度和蔼、辩才无匹的几位同志，向我反复说明，由于某种原因（轮流休假），不能按照规定三天交货的道理。即使我申说三天以后就要离开成都，也无法动摇他们维护"制度"的热情。

他们为了维护"制度"进行辩论时，那姿态就和在茶馆里谈论一样，能使人明确地感到，这是永远不会有休止的。

为了这样一些小事而不满、焦躁，应该说是太缺乏修养了。在另外一次机会里，使我对自己得到了这样的结论。

那是从成都到灌县去的早晨。又是一个雨天。旅客很早就在成西运输站内集合了。大家站在写着"安全行车十七万公里"的客车前面，非常高兴。准时上车，准时开车了。可是车子在公路上扭动了两分钟以后，又停了下来。

旅客在车里挤得好好的，谁都不想动，司机同志离开了座位，做了很多尝试，车子还是站在那里。这时一些有经验的人下车了，站在路边点上了纸烟，悠然地在看他进行修理。

我也下了车。因为还没有吃东西，想到路边的茶馆里坐一下。就向司机打听，行不行。他坦然地向我说："去吧，来得及的。"

除了一位生病的妇女，所有的乘客都下了车。也有几位和我一起进了茶馆。

我们静静地坐在茶馆里观察事态的发展。先是司机走回去取工具，整整半小时后又回去请来了技工。又过了半小时光景，碗里的茶已经发白了以后，技工从车底爬出来，两手一摆，宣布说，"没有希望了。大家把车子推回去吧。"

乘客立刻从四面八方集合起来，把汽车推了回去。车子在泥泞的公路上蠕动，大家嘴里喊着"一、二、三、四……"

大家又回到了车站。有的去吃午饭了，有的买来了点心。等候站长调来接替的另一部卡车。我这时找着站长提出了抗议。责问为什么不做好行车前的检查工作。站长虚心地向我解释了工作的疏忽。

在站里等得无聊了，就去看墙上贴着的文告。我走到两三个同伴站着在看的一张用五彩美术字写成的文告前面。原来这是一张该站"开展站务工作良好服务月运动"的招贴，下面一共有九条公约，其第四条曰："要对行车手续，迅速正确。准时开车。做到定班准点。"

同伴回过头来，大家都笑了。

我觉得这些同伴是很可爱的。他们富于幽默感，他们善于谅解一些生活中间的细小缺点，他们能毫无意见地帮助把工作进行下去。这是成都人性格特征的一个方面，是可爱的，值得佩服的。

使我不满足的还是那种悠闲的姿态，不慌不忙，"司空见惯浑闲事"，向站长提出抗议时，弄得只有我一个人出面。

在我离开成都前一天的晚上，一位朋友到我的住处来谈天。他是成都人，热爱成都，认为成都是世界上最可爱的地方。我是理解他这样的心情的。他又说，有一年到上海来，躲在房里哪儿都不敢去。这个城市的喧嚣使他头痛极了。关于这后一点，我是不同意的，和他展开了争论。我的意见是，上海的忙乱紧张……除去很多缺点不论，倒还是和今天的时代气息吻合的。

我对朋友说，希望下次到成都来的时候，除去特定的情况以外，一般也能感染到紧张与忙的气氛，希望能看到一个面貌崭新的锦城。他微笑了，我想他是会同意我这个上海人的意见的。

漫话锦官城

纪　旬

　　"丞相祠堂何处寻，锦官城外柏森森。"没有去过成都的人们，读着这首诗句，杜工部《蜀相》诗，对于那"柏森森"的"丞相祠堂"和芙蓉成都古有芙蓉城之称掩映的"锦官城"，也许有几分追慕，或竟悠然神往吧。但以"蜀道难，难于上青天"，不能一睹风采，又不免有些怅然了！

　　目前，蜀道已经不"难"了，机械文明凿通了崇峻的山峰，填平了陡峭的溪谷，马路形成交通网线，汽车四面奔驰，坚壁高垒的成都，已然门户洞开了。因此外省的游人，来去无阻。它的神秘渐渐被人发觉，关于它的记载也就很多，不过普通的游客，因为接触的时间较短，大都只谈到一鳞一爪。所谓风景，古迹而已！在下乃是川人，过去曾在成都读了七八年书，现"前度刘郎今又来"，对于它的认识，也许较为深切吧。

　　成都的生活情形和名胜古迹，大都相似北平，故有"小北平"之称。自然城市的面积，市井的繁荣，还赶不上旧京，但气候温和，街道清洁则又胜过几倍。其中最值得称述的，要算生活低廉。

锦官城外，土地平坦，周围八九十里，都是稻田麦地，在那温和的气候中，肥沃的泥土上，农作物的收获便很丰富了。有这么多的出产，供给城里的消耗，于是造成了一个物价低廉、生活便宜的社会环境。大概说来，学生的伙食，每月不过三四元，而且还吃得很舒适（四五年前只需要二三元，近来因为政局的关系新添了许多机关，同时连年匪祸，新搬来许多住户，人口增加，生活程度也就稍高一点），普通中小人家更便宜几倍。游客在这儿，如果不以居住吃食为重，那每天连"衣食住行"合算，也不过一元几角。这种生活，在全国的大城市中都难找到的，就是著名"生活便宜"的北平，也要自愧呢！

也许由于生活便宜，成都的有闲阶级才那么考究吃食。久跑江湖的朋友，大都知道广州的"烧烤"、北平的"清炖"、成都的"小炒"是中国食谱上的"三绝"。其实与其说"小炒"，倒不如改写"小吃"来得确当，譬如"麻婆豆腐""椒麻鸡""棒棒鸡""姑姑筵"，都是小玩意儿的吃法，而且又是小规模的组织，小规模的生产。然而它"小"得很精致，味道既好，价钱又巧，因此"小"之名，便传闻全国了。这儿的"小吃"发达，自然是适应社会环境，要知成都历来不是商业区，也不是大的政治中心，既少要人的阔绰的酬酢，又没有"大亨"的穷欢极乐，也就不需要大规模的餐楼，丰富的大菜。反之住在这儿的人大都是衣食足以温饱的"小亨"（贫苦在外），他们不焦虑生活，不关心国事，于是便在吃食上加点小小研究，代代相传，"小吃"就精益求精了。有了精美的"小吃"，还须寻找小小玩耍。

这儿的玩法很多，不过酒酣耳热后最好是"品茗清谈"，一则可以醒酒解渴，二则又很风流雅致。同时，既可消磨悠长的时日，又能减省许多浪费，好在这儿的茶铺林立，取资便宜招待周到，很适合小资产者的身份。所以住在成都的人，每天都在茶楼上过生活——知识分子是吹牛谈天，商人接洽生意，苦力是解除一天的疲劳（他们上茶楼大半在夜间）。不过茶楼的地方不同，布置有好坏，茶资有高下，于是茶客便自然分出阶级了。据我所知的，春熙路、东大街的茶楼为商人荟萃地，少城公园的茶楼是知识分子活动的地盘。至于穷人苦力，则在街头巷尾或城门附近的小茶馆溜进溜出了。茶楼生意最好、最考究的，要算商业区兼旅游区的春熙路（本街上有"春熙大舞台""新明电影院"，北头有"智育电影院"及两家川戏场）。但清幽雅致就推少城公园的茶楼了，这儿有密密的树林，有稀疏的花木，有小桥曲径，有清溪流水。"枕流茶社"紧傍溪边，"浓荫茶楼"隐藏茂林深处，每当春天，花儿含笑，叶儿争妍，既听黄莺的清歌，又看绿水的微颦，虽说身在茶社，而心已飘到"武陵仙馆"了。

到了茶馆兴衰的时候，如果有钱有闲，必须找寻快乐，那就不妨看电影，好在"大光明影戏院"相距咫尺（在公园内），轻移脚步便到门边，里面的装置虽不及上海的"大光明"，在成都却称最新式的头等戏院了。假如嫌它价钱较贵（最贵一元），那就花几分车钱（成都的黄包车很便宜），跑到"新明""智育"。假如对电影不生兴，也可以听京戏或川戏，不过京戏的角式，比之北平、上海，有点"那个"罢了！

茶楼坐倦了，电影看腻了，京戏听厌了，还要找寻清雅的玩法，那最好趁车赴城，浏览名胜古迹。

成都这个古老的城市，它周围的自然环境，原是天生秀丽，兼之有过帝王建都，有过诗人遨游，因此名胜古迹遍处皆是。我们如果有一定游历的程序，那首先便出东门"望江楼"。这儿原是诗妓薛涛的故居，现改为"郊外第一公园"，美人所留下的真正香迹，只有那口涓涓滴滴的"薛涛井"了。井水十分清洁，烹茶格外可口，城内的阔人，大都在这儿汲取饮料，每处都有几十匹骡马驮着扁桶，运水进城，饮水怀人，也许别有一番滋味吧。美人所居"枇杷巷"为苍松掩荫，修竹环绕，更觉清幽雅致，不过年代久远，房屋亭台当已几经改变，壁上虽有一幅石刻的古装像，然而已非美人本来面目了！石像两边，还有几副木质竹质对联，都是后辈文士骚客，故意卖弄风流的表现。离这儿一箭之外便是望江楼，此楼已经苍老，不高不宽，唯面临"锦江"，渔船游艇一眼皆收，历来都辟为茶社，约容二三十座，喝香茶回味美人风韵，看绿波消受目前景色，少城公园的"枕流""浓荫"亦当自愧不及呢！所以此地的生意，也很有可观，尤以春夏二季，更为踊跃，而锦江边上可算"士女如云"了！

游罢东关胜迹，再转南关，首先应该拜访的，是"诸葛武侯点将台"，此地距南门约二里，车马均可到达，不过最好是步行，因为沿途的景色太值得慢慢领略。点将台现在还有三丈多高，直径约三四丈，均为泥土筑成，若在当年想必更为雄壮。台的形式恰像一个"凸"字，又像一座石磨，顶上一层，想必是主帅发号令之地，第一层则为将校听令的所在，下面广场就是士卒的竞技场了！风清日朗之日登上台顶，不禁地想起张飞的勇猛，赵云的勇壮，自己好像就是儒巾道服的孔明。若在秋日的黄昏，登台闲眺，则见雾霭笼树，吹炯萦水，衰草斜阳，令人想起"出师未捷身先死，长使英雄泪满襟"之句，不胜悲怆！

离台不远，便是风景绝好的"华西坝"：绿槐成荫，青柳飘带，再加清溪蜿蜒，小径曲折，较之有格律的公园，更富自然风趣。每当艳阳天气，游人之多不亚于望江楼。不过这块土地，已成外人发展文化的领域（华西大学的校址）。有心人见着那高耸的礼拜堂，听着那"耶稣爱我"的歌声，是要感觉帝国主义文化侵略的恐怖的！

出南门转右手，有一条宽大的马路，直通川边的松潘、茂县。沿马路约行四里，便发现一座墙壁灰暗的庙宇，庙后十余株古柏苍松，显露着饱经风霜、久历岁月的龙钟老态，这就是杜工部所歌颂的，人们所渴慕的"丞相祠堂"，可惜"柏森森"的气象已不复见了！自民国成立迄今，这座"武侯祠"常充兵营，现今又改为"反省院"，普通的游客是不能进内的，里面的神像早已脱尽颜色，神橱帐幔破旧不堪，武侯有知能不感叹？

由武侯祠向西，寻觅乡村小径，可到诗人旧居——工部草堂寺。寺外一片稻田、菜地，鸡犬之声随风送入耳来，竹篱茅舍尽收眼底。久居城市的人，到了这儿是要身心俱爽的。寺院不甚宽大，可是有凉亭、水阁、鱼池、荷塘，也就显得清幽雅致。不过这儿也是常常驻有军队，兼之离城较远，游人就很稀少了！

西门外的名胜是"青羊宫"，庙宇宽大，为"道士"所居。"昭烈墓"便在庙后，周围高墙环里，平时禁止参观，要到"花会"起时，间或开放一天两天。同时青羊宫也在花会开时才很热闹。花会的性质，等于全省的出产展览会（大约有十六七年的历史了），每年由二月初至四月底照例作为会期。到了这时候，各县的特产（如顺庆的绸子，江油的石器，江安的竹黄等）都运到这儿来陈列或发卖，成都的商店也要在这儿设立分销处，餐馆茶社更摆得密密层层了。到了三月便是花会的极盛时代，左边摆擂，右边唱戏，诸般杂耍一齐集合。于是引得锦官城内男男女女都向花会场挤来，每天都是人山人海，城里的繁华热闹全移到此地了。

花会中真是"五光十色"，有包小脚的乡村姑娘，有奇装艳服的摩登小姐，有朝山拜佛的善男信女，有欺诈撞骗的恶棍痞子，总之各种人型都集中在一时一处，于是偷东西、吊膀子这一类的事体，每天便层出不穷了！

总计以上所说的名胜古迹，也够游人浏览，其实北门外的"昭觉寺"，城内的"文殊院"，都是修竹掩荫、古柏参天的清凉胜地呢！可惜这么多好去处，竟麇集在一个城市，有许多都给人冷落，这是多么抱歉的事呵！

浣花溪

思 蜀

浣花溪水水西头，主人为卜林塘幽。

已知出郭少尘事，更有澄江销客愁。

无数蜻蜓齐上下，一双鸂鶒对沉浮。

东行万里堪乘兴，须向山阴上小舟。

——杜甫：《卜居》

一

浣花溪在成都少城西郭外。

在春天，当百花开放的时候，沿着溪流望去，是一带的花团锦簇；春既暮，溪里却漂浮着一瓣瓣的残花；成都的人们称它作百花潭，真名实相符呢！

即使在这么炎热的夏天，浣花溪的美丽、幽趣，也不会因之

111

而减少丝毫；相反地，它正被许多人作为消夏的胜地，跟避暑的佳境。

的确，它，浣花溪是值得令人留恋的地方。

溪水是一片的澄清、碧绿。

水浅处，野荷正开放，荷叶一朵朵地平铺在水面，让溪水洒着一颗颗亮晶晶的珍珠，在它的圆叶儿上；花间、叶上、水面飞舞着弱不禁风的蜻蜓，连紫燕儿也梭子似的穿来穿去，在溪的领空里。

溪水当急流时，发出潺潺的声音，似玉之铿锵。

水滨泊着几只采莲的小艇跟游溪的画舫。

溪底左岸是个茂林修竹的去处，苍葱茂密的林荫里微露出几座消夏山庄的高楼飞阁，从此飘起了凄绝悠扬的琴声。

溪底右岸几株垂杨，垂杨的四周芳草如茵。

上游，水曲折成一座半岛形的沙洲，芦苇丛中泊着几只捕鱼的小舟。

沿溪丛生着野花，熏风过处，一阵阵的芬芳袭入游人们的鼻里，心神也为之而清快。

所以在夏天——尤其薄暮，浣花溪的游客真不少呢！

二

人们遨游浣花溪，很容易联想到唐代大诗人杜工部来。因此，工部草堂便成了游客们驻足之所。

堂在万里桥西，即浣花溪西岸江流曲处。

浣花溪蜿蜒曲折地环抱着草堂。杜甫有"清江一曲抱村流"

句，当即指此。

草堂跟古寺比邻而居。四周绕以千百株修竹，跟参天的苍松、古柏。

荒荆丛生的古道丛林里横穿而过，直达草堂寺前门。此外，一条泥沙面的马路弯弯曲曲地，像黄蛇似的从青青的田畦之中爬到了草堂侧的古寺前。

草堂的建筑像座庙宇。从侧门进去，是一块小小的池塘。有草亭，有小桥临在池上，塘里荷芰丛生，杂草蓬蓬。

跨过小池是"正殿"。石碣一方，上刻工部戴笠像。久经风化，已模糊得只可看出一些轮廓。

殿里供工部牌位，有老道士司香火。

穿过正殿踱过曲折的回廊，是草堂的花圃。桃树几株，老干槎丫，相传是工部手植。

这里也有座草亭，不过行将朽坏，颇有几分古意罢了！

草堂有小门直通僧舍，据说：工部初抵成都时，曾寓居在这里。

不过现在这里变作兵房去了！

三

成都自民元以来即常遭兵荒马乱之苦，二十一年刘田在成都巷战，这里——浣花溪、草堂寺——也曾作过战场。即在平时，沿浣花溪也都是兵营，澄清的溪流成为他们浣衣的所在；同时还做了他们露天的浴堂！

工部在唐时，即饱尝干戈之苦，流浪至蜀，浣花溪畔结庐，也无非以此尚有一块干净土。谁料宝应元年徐知道反，成都也不得太平！这还不够，千百年后，草堂也不免罹枪林弹雨之厄！倘工部死而有知，将怎样悲痛其生世之多难呢！

这里，我忆起了工部的诗句：

> 成都乱罢气萧索，
>
> 浣花草堂亦何有！
>
> ——《相从行赠严二别驾》

川游杂记

第三辑

蓉行杂感（节录）

张恨水

北平情调

不才随重庆新闻界参观团往成都，《上下古今谈》须停笔若干天，以代其缺。自然卖担担儿面的也不会做出鱼翅席，还是古今谈解数。

到过成都的人，都有这样一句话，成都是小北平。的确，匆匆在外表上一看，真是具体而微。但仔细观察一下，究竟有许多差别。凭我走马看洛阳之花的看法说，有一个统括的分析，那就是北平是壮丽，成都是纤丽；北平是端重，成都是静穆；北平是潇洒，成都是飘逸。自然这类形容词，有些空洞，然而除了这空洞的形容，也难于用少数的字去判断。若一定要切实地说一句，应当说是成都之北平味是"貌似"而微，而不能说是具体而微。

成都这个城市，决不同于黄河以南任何都市。就是六朝烟水的南京，历代屡遭劫火，除了地势伟大而外，一切对成都都有愧色，苏杭二州更是绝不同调。由江南来的人，看到了这个都市，自然觉得这是别一世界。就是由北方来的人，也会一望而知这不是江南，成都特殊之处就在此。

看成都的旧街道，两层矮矮的店铺夹着土质的路面宽达三四丈，街旁不断的有绿树。走小巷，两旁的矮墙，簇拥出绿色的竹木，稀少的行人，在土路上走着，略有步伐声。一个小贩，当的一声敲了小锣过去，打破了深巷的寂寞，这都是绝好的北平味。可是真正的老北平，他会感到决不是刘邦的新丰。人家的粉墙上，少了壁画，门罩和梁架上，少了雕刻，窗栏未曾构成图案，一切建筑，是过于简单了。

看一个地方的情调，必须包括人民生活，自不定光看建筑，而旅客对于人民生活的体念又是一件难事。然则我们说成都之北平味，是貌似而微，不太武断吗？我说不，建筑也是人民生活之一部分，在这上面，可以反映到他的生活全貌。试看苏州人家的构造，纵有园林，也只有以小巧曲折见胜，你就可以知道苏州人之闲适，而不会是北平人之闲适。于是以成都之建筑，考察到北平风味，是不中不远矣。

驻防旗人之功

成都作为都城，在历史上，可以上溯到先秦。然而，它不能与西安、洛阳、开封、北平、南京比，因为它不过是一个诸侯之国，或僭号之国的都城而已。比较成为政治重心的时代，共有两次：一次是刘备在这里继承汉统，一次是唐明皇避免安禄山之乱而幸蜀。但这在当时，为时太短，到如今又相距很久，留给成都的遗迹，那恐怕是已属难找。自赵宋灭孟氏之后，只有张献忠在这里大翻花样。然而，那并不是建设，是彻底的破坏。所以，我们看成都之构成今日的形式，应该是最近三百年来的储蓄，谈谈太远，那是不相干的。

满清一代，成都是西南政治军事文化据点之一，尤其是那班驻防旗人，他们扶老携幼，由北京南来，占了成都半个城，大大地给成都变了风气。他们本站在领导的地位，将北京的缙绅生活带到这里，自然会给人民一种羡慕荣华的引诱。在专制时代，原有"宫中好高髻，城中高一尺"的倾向，成都人民在旗人的统治与引诱之下也不会例外，由清初到辛亥这样继续的仿效共二百多年。然则这里的空气，有些北平味，那是不足为怪的。

桐花凤

自我们念过王渔洋的词："郎是桐花，妾是桐花凤。"我们就联想到桐花凤是怎样一种鸟？这回在灌县离堆的李冰祠面前，我们有个机会仔细地看到了。鸟贩子将竹丝笼子，各关着两头或三头，送到游客前面来兜售。这小小的动物，它比燕子或麻雀，还小到一半，嘴长而弯，像钓鱼钩，紫色头，大红脖子，胸脯黄，与颈毛交错，翅翎深灰色，中间夹着淡黄，尾长二寸余，约为身体之两倍，翡翠色。总而言之，美极了。就为了它太美，捕鸟者，就把它关在笼子里了。

它是怎样被捕的呢？这里有无数的桐花树，高达六七丈，淡紫色的桐花，大如酒杯，作喇叭形成球样地开在枝上。大概是花蕊里有蜜，桐花凤与蝴蝶一样，在树枝上飞来飞去，时时钻进花里吃蜜。捕鸟人利用它这个弱点，将长竹竿接上两三根，顶上涂以胶着物，再抹些香蜜，它就被粘着了。据说，这鸟被关在笼里，顶多一个月就死，甚者只可过两三天。小鸟不住将头伸出这竹丝笼子里来，便知它是如何焦躁了。"妾是桐花凤"，的确不错！有美丽的羽毛，又想吃蜜者，可以鉴诸！

武侯祠夺了昭烈庙

到成都的人，都会想起了这两句诗："丞相祠堂何处寻？锦官城外柏森森。"但据此间考据家的观察，现在的武侯祠，实在是昭烈庙，原来的武侯祠，已经毁灭，不过，后殿有诸葛亮父子的塑像而已，这话我承认。因为我游普通人所谓"武侯祠"，看到那大门上明明写着昭烈的匾额了。那么，为什么臣夺君席呢？那就为了"诸葛大名垂宇宙"之故。

这庙的前殿，两廊有蜀国文武臣配享，殿左右也有关张的塑像，正殿左手还有个神龛，供着那个哭祖庙而自杀的刘谌。殿右角却空着，似乎是扶不起的刘阿斗，在这里占一席，而为后人驱逐了。

关于以上两点，我发生着很大的感慨，觉得公道存于天地间。凭一时代的权威供着长生禄位牌，终于是会与草木同腐的。王建在这里做过皇帝，他的陵墓当然是好，可是就成了庄田一千年。而现在发掘出来，人家都以为是奇迹了！

夜市一瞥

无意中在西城遇到一回夜市，在一条马路的人行道上，铺了许多地摊，夹街对峙。那菜油灯光的微光，照着地摊上一些新旧杂货与书本，又恍然是北平情调。这虽然万万赶不上北平夜市的热闹，可我跑了许多城市，还不见第三处有这作风，恐怕这又是驻防旗人所带来的玩意儿了。

夜市中最让我惊异的，就是发现有十分之三的地摊，都专卖旧式婴儿帽箍，这种帽箍，是用零碎绸片剪贴，或加以绣花，有狮子头，莲花瓣等类。不说我们的孩子，就是我的兄弟辈，也没有戴过这种帽儿，它早被时代淘汰了。今日今时，在这些地摊上，竟是每处都有千百顶，锦绣成堆，怪乎不怪？于是我料想到这是到农村去的东西，并推想到川西坝子上，农人如何富有，又如何不改保守性。而成都的手工业，积蓄很厚，也不难于此窥见一斑。这些做帽箍的女工若能利用起来，是不难让她们做些更适用的东西吧？欧洲在闹着人力荒，我们之浪费人力，却随处皆是。

茶　馆

北平任何一个十字街口，必有一家油盐杂货铺（兼菜摊），一家粮食店，一家煤店。而在成都不是这样，是一家很大的茶馆，代替了一切。我们可知蓉城人士之上茶馆，其需要有胜于油盐小菜与米和煤者。

茶馆是可与古董齐看的铺，不怎么样高的屋檐，不怎么白的夹壁，不怎么粗的柱子，若是晚间，更加上不怎么亮的灯火（电灯与油灯同），矮矮的黑木桌子（不是漆的），大大的黄旧竹椅，一切布置的情调是那样的古老。坐惯了摩登咖啡馆的人，或者会望望然后去之。可是，我们就自绝早到晚间都看到这里椅子上坐着有人，各人面前放一盖碗茶，陶然自得，毫无倦意。有时，茶馆里坐得席无余地，好像一个很大的盛会。其实，各人也不过是对着那一盖碗茶而已。

有少数茶馆里，也添有说书或弹唱之类的杂技，但那是因有茶馆而生的，并不是因演杂技而产生茶馆。由于并不奏技，茶座上依然满坐着茶客可以证明。在这里，对于成都市上之时间充裕，我极端地敬佩与欣慕。苏州茶馆也多，似乎仍有小巫大巫之别。而况苏州人还要加上一个吃点心，与五香豆糖果之类，其情况就不同了。一寸光阴一寸金，有时也许会作个例外。

厕所与井

据农业专家说，人粪是中国一项最大的收获，全国粪量，每年至少五千万万斤，若按每百斤粪值法币一元计算，也共值五十万万元，而事实上却数倍不止。粪里含有重要的肥田物质氮、磷酸与加里[①]，是农家的宝物。成都一部分置产者，也许看透了这一点，所以除了家中大概有一个积粪的茅坑外，每条街或街巷口上，都有一个公厕，以资收获。这在经济上说，是无可非议的，而于公共卫生上，及市容上说，却是这花鸟之国的盛德之累。小学生也知道，苍蝇可以传染许多疾病，而茅坑却是生产苍蝇的

_____

① 加里，即钾元素。

大本营。公厕太多，又没消毒和杀蝇的设备，这是一个可注意的事吧？

其次，我们就联想到井。成都是盆地，到处可以掘井，除了公井外，成都许多人家都有私井，这井与茅坑相隔很近（某外国名字的大旅馆的井与茅坑就相距不过三丈），茅坑里的粪水渗透入地，似乎跟着潜水，有流入井中的可能。这样，热天就极易传染痢疾。我想成都市当局，决不会不考虑及此，何以至今还没有加以改良呢？

下次再来成都，我将在厕所与井上，以考察市政进步之程度。

安乐宫

记不起是在哪条街上，经过一座庙，前面像庙门敞着，像个旧式商场，后面还有红漆栏杆，围绕了一座大殿。据朋友说，那里供着由昭烈祠驱逐出的安乐公刘阿斗，这庙叫安乐宫，前面是囤积居奇的交易所。这太妙了，阿斗的前面也不会有爱国家爱民族的人，他们是应该混合今古在一处的。朋友又说戏台上有一块匾，用着刘禅对司马炎的话，"此间乐，不思蜀矣"那个典故，题为《此间乐》，我想此匾，切人切事，很好，可是切不得地。请想，若引号里的话，出之囤积商人之口，岂不危乎殆哉？

蜀除帝喾之子封侯，公孙述称蜀王，李雄称成都王外，还有三大割据皇帝：刘备、王建、孟知祥，而都不过二传，他们的儿子，刘禅荒淫庸懦自不必说，王衍虽能文而不庸，可是荒淫无耻，孟昶更是奢侈专家，七宝便壶，名扬千古。因之他们也就同走了一条路，敌人来了就投降。

于是，我们下个结论："川地易引不安分之徒来割据，割据之后，就以国防安全感而自满。自满之后，就是不抵抗之灭亡了。"此间乐，其然乎？岂其然乎？

王建玉策

在博物馆里，我们看见由王建墓里挖掘出来的许多东西，而尤其使我发生着感慨的是一排玉策。每条策上的楷书，还算清楚。他儿子"前蜀后主"王衍，一般以正统自居，开宗明义，大书"大行皇帝"云云。我们可以想到历史上割据四川的人物，向来是无法无天的了。

在这里，我们不妨谈谈王建之为人。五代史前蜀世家记着，他是舞阳人，字光图，年轻时，以屠牛盗驴贩卖私盐为生，后从军，为队将，黄巢造反长安，他就转进入川，作了四川节度使，唐室不得已而封他为蜀王。唐亡，他就称帝，这个人是彻头彻尾的一个不安分之徒，生之时，他享尽荣华，死之后，还有一番大排场，与其说是他八字好，毋宁说是四川地势便宜了他。设若唐代有一条大路通成都，王建恐怕做不了二十八年皇帝。所以据我们书生之见，治蜀还是以交通第一。

川戏《帝王珠》

生平最怕读《元史》，君臣许多铁木耳（或贴木耳、帖睦耳，其音一也），皇后总是弘吉剌。且兄弟叔伯，出入帝位，像走马灯一样，实在记不清。在川戏台上，遇到一出《帝王珠》，被考倒了，一直到现在，无法知故事的出处。

戏的内容是这样：皇帝率两弟还都，杀文武臣四人，太后原与文人私通，出面干涉，帝当后前杀一人，太后刺激过甚就疯了，皇帝因太后淫荡之态太过，不能堪，就让他的卫将，把太后当场刺死。我们查遍《元史》，并无此事。而懂川戏的人说，那个年轻皇帝是铁木耳，当是元成祖，但成祖并没有杀过太后，而且他的太后弘吉剌，有贤名。只有一点可附会，就是铁木耳死，丞相阿忽台谋奉皇后伯岳吉临朝垂帘听政。铁木耳侄"爱育黎拔力八达"（仁宗）与海山（武宗）入朝，杀丞相，并废杀皇后。但这分明不是太后，且与铁木耳无关，和剧情又不同了。

但就戏论，萧克琴扮演老年妇人的性心理变态，极好。相信此戏剧创作者，必有所讽刺。若不出五十年，那就应该是刺西太后的了。清末，汉人多用金元故事以讥讽满廷，这或者是一例子。

手工艺

物产展览会的手工艺品，真是琳琅满目，美不胜收。这何用说，是好好好！

然而，我有另一个感想，觉得往年的四川保路会，实在给予四川一个莫大的损害。假使川汉铁路成在十年之前，把西洋的机器运入成都平原，以成都工人这一双巧手，这一具灵敏的脑筋，任你飞机上的机件如何复杂，我想，他们决不会是目无全牛的。

走过昌福馆，看到细致的银器；走过九龙巷，看到美丽的丝绣；同时发现那些工人，并不是我们所理想的纤纤玉手的女工，而是蓬头发，黄面孔，穿了破蓝布褂的壮汉。让我想到川西人是相当地"内秀"，不能教他造飞机零件，而让他织被面，实在可惜之至！

虽然经过某街，看到印书匠还在雕刻木版，舍活字版而不用，又感到好玩，手工艺，是成都一个特殊作风。

杨贵妃惜不入蜀

遍成都找不出唐明皇留下的一点遗迹，于是后人疑到天回镇便回去了（可能此镇取名于李白诗："天回玉垒作长安"）。天回镇到成都十四华里，唐明皇至此，岂有不入城之理？事实上，明皇从天宝十五年入蜀，七月至成都。做太上皇之后一年，肃宗至德二年十一月离开成都，在蓉已有一年多了。然而在成都城里，实在不能揣测唐明皇行都之所在。

我这样想：假使杨玉环跟着李三郎入蜀，那情形就当两样，至今定有许多遗迹被人凭吊。试看薛涛，不过是个名妓，还有着一个望江楼，开下好几个茶社。枇杷门巷的口上（尽管是附会）还有一个亭榭拓着薛姑娘的石刻像出卖呢！以杨氏姊妹之名花倾国，正适合成都人士风雅口味，其必有所点缀，自不待言了。

孟知祥之不如孟昶有名，就因为他没有花蕊夫人。在这些地方，你就不能不歌颂女人伟大了。明皇无宫，薛涛有井，此成都之所以为成都也。则其在今日无火药味，何怪焉。

由李冰想到大禹

李冰是四川人最崇拜的一个人，其功虽大，有时也许过神其说。若以治水而论，我想一切不必是李氏的发明，一部分当是承袭古法，这我有个证据。《华阳国志》记望帝之事说："其人开明，决玉垒以除水害。"玉垒便是离堆的主峰，李冰凿离堆以成内江，岂不是先有了开明为之在前吗？又李氏治水，有"遇弯截角，逢正抽心"八字诀。我们看了大禹治水，也不外乎此。黄河由北而南，阻于龙门，禹凿龙门以通河，这又是凿离堆以前的方法了。

大禹这个人，我们自不必认他是"一条虫"，那太离奇了；但亦不必断定硬有这个人。可是上古的水患，各诸侯之国曾自为治理，而又经过一个人更系统地修一下，或者去事实不远。假如这个假定可以成立，这个人就是大禹了（虽然他不一定叫大禹）。既然有人在李冰之先，大治过水，那么，李冰有所取法乎前人，那也是必然之事。

此外，我们又有所引申，李冰治成都之水，父启子继，费了许多时候。禹治全国之水，却只九年，应当是不可能。所以《禹贡》一篇，我们可以用孟轲之言："尽信书，则不如无书。"

青蓉略记

老 舍

今年八月初，陈家桥一带的土井已都干得滴水皆无。要水，须到小河湾里去"挖"。天既奇暑，又没水喝，不免有些着慌了。很想上缙云山去"避难"，可是据说山上也缺水。正在这样计无从出的时候，冯焕章先生来约同去灌县与青城。这真是福自天来了！

八月九日晨出发，同行者还有赖亚力与王冶秋二先生，都是老友，路上颇不寂寞。在来凤驿遇见一阵暴雨，把行李打湿了一点，临时买了一张席子遮在车上。打过尖，雨已晴，一路平安地到了内江。内江比二三年前热闹得多了，银行和饭馆都新增了许多家。傍晚，街上挤满了人和车。次晨七时又出发，在简阳吃午饭。下午四时便到了成都。天热，又因明晨即赴灌县，所以没出去游玩。夜间下了一阵雨。

十一日早六时向灌县出发，车行甚缓，因为路上有许多小渠。路的两旁都有浅渠，流着清水；渠旁便是稻田：田埂上往往种着

127

薏米，一穗穗地垂着绿珠。往西望，可以看见雪山。近处的山峰碧绿，远处的山峰雪白，在晨光下，绿的变为明翠，白的略带些玫瑰色，使人想一下子飞到那高远的地方去。还不到八时，便到了灌县。城不大，而处处是水，像一位身小而多乳的母亲，滋养着川西坝子的十好几县。住在任觉五先生的家中。孤零零的一所小洋房，两面都是雪浪激流的河，把房子围住，门前终日几乎没有一个行人，除了水声也没有别的声音。门外有些静静的稻田，稻子都有一人来高。远望便见到大面青城雪山，都是绿的。院中有一小盆兰花，时时放出香味。

青年团正在此举行夏令营，一共有千名以上的男女学生，所以街上特别显着风光。学生和职员都穿汗衫短裤（女的穿短裙），赤脚着草鞋，背负大草帽，非常精神。张文白将军与易君左先生都来看我们，也都是"短打扮"，也就都显着年轻了好多。夏令营本部在公园内，新盖的礼堂，新修的游泳池；原有一块不小的空场，即作为运动和练习骑马的地方。女学生也练习马术，结队穿过街市的时候，使居民们都吐吐舌头。

灌县的水利是世界闻名的。在公园后面的一座大桥上，便可以看到滚滚的雪水从离堆流进来。在古代，山上的大量雪水流下来，非河身所能容纳，故时有水患。后来，李冰父子把小山硬凿开一块，水乃分流——离堆便在凿开的那个缝子的旁边。从此双江分灌，到处划渠，遂使川西平原的十四五县成为最富庶的区域——只要灌县的都江堰一放水，这十几县便都不下雨也有用不完的水了。城外小山上有二王庙，供养的便是李冰父子。在庙中高处可以看见都江堰的全景。在两江未分的地方，有驰名的竹索桥。距桥不远，设有鱼嘴，使流水分家，而后一江外行，一江入离堆，是为内外江。到冬天，在鱼嘴下设阻碍，把水截住，则内江干涸，可以淘滩。春来，撤去阻碍，又复成河。据说，每到春季开水的时候，有多少万人来看热闹。在二王庙的墙上，刻着古来治水的格言，如深淘滩、低作堰等。细细玩味这些格言，再看着江堰上那些实际的设施，便可以看出来，治水的诀窍只有一个字——"软"。水本力猛，遇阻则激而决溃，所以应低作堰，使之轻轻漫过，不至出险，水本急流而下，波涛汹涌，故中设鱼嘴，使分为二，以减其力；分而又分，江乃成渠，力量分散，就有益而无损了。作堰的东西只是用竹编的篮子，盛上大石卵。竹有弹性，而石卵是活动的，都可以用"四两拨千斤"的劲儿对付那惊涛骇浪。用分化与软化对付无情的急流，水便老实起来，乖乖地为人们灌田了。

竹索桥最有趣。两排木柱，柱上有四五道竹索子，形成一条窄胡同儿。下面再用竹索把木板编在一处，便成了一座悬空的，随风摇动的大桥。我在桥上走了走，虽然桥身有点动摇，虽然木板没有编紧，还看得到下面的急流——看久了当然发晕——可是绝无危险，并不十分难走。

治水和修构竹索桥的方法，我想，不定是经过多少年代的试验与失败，而后才得到成功的。而所谓文明者，我想，也不过就是能用尽心智去解决切身的问题而已。假若不去下一番功夫，而任着水去泛滥，或任着某种自然势力兴灾作祸，则人类必始终是穴居野处，自生自灭，以至灭亡。看到都江堰的水利与竹索桥，我们知道我们的祖先确有不甘屈服而苦心焦虑地去克服困难的精神。可是，在今天，我们还时时听到看到各处不是闹旱便是闹水，甚至于一些蝗虫也能教我们去吃树皮草根。可怜，也可耻呀！我们连切身的衣食问题都不去设法解决，还谈什么文明与文化呢？

灌县城不大，可是东西很多。在街上，随处可以看到各种的水果，都好看好吃。在此处，我看到最大的鸡卵与大蒜大豆。鸡蛋虽然已卖到一元二角一个，可是这一个实在比别处的大着一倍呀！雪山的大豆要比胡豆还大，雪白发光，看着便可爱！药材很多，在随便的一家小药店里，便可以看到雷震子、贝母、虫草、熊胆、麝香，和多少说不上名儿来的药物。看到这些东西，使人想到西边的山地与草原里去看一看。啊，要能到山中去割几脐麝香，打几匹大熊，够多威武而有趣呀！

物产虽多，此地的物价可也很高。只有吃茶便宜，城里五角一碗，城外三角，再远一点就卖二角了。青城山出茶，而遍地是水，故应如此。等我练好辟谷的功夫，我一定要搬到这一带来住，不吃什么，只喝两碗茶，或者每天只写二百字就够生活的了。

在灌县住了十天。才到青城山去。山在县城西南，约四十里。一路上，渠溪很多，有的浑黄，有的清碧：浑黄的大概是上流刚下了大雨。溪岸上往往有些野花，在树荫下悠闲地开着。山口外有长生观，今为荫堂中学校舍；秋后，黄碧野先生即在此教书。入了山，头一座庙是建福宫，没有什么可看的。由此拾阶而前，行五里，为天师洞——我们即住于此。由天师洞再往上走，约三四里，即到上清宫。天师洞上清宫是山中两大寺院，都招待游客，食宿概有定价，且甚公道。

从我自己的一点点旅行经验中，我得到一个游山玩水的诀窍："风景好的地方，虽无古迹，也值得来；风景不好的地方，纵有古迹，大可以不去。"古迹，十之八九，是会使人失望的。以上清宫和天师洞两大道院来说吧，它们都有些古迹，而一无足观。

上清宫里有鸳鸯井，也不过是一井而有二口，一方一圆，一干一湿；看它不看，毫无关系。还有麻姑池，不过是一小方池浊水而已。天师洞里也有这类的东西，比如洗心池吧，不过是很小的一个水池；降魔石呢，原是由山崖裂开的一块石头，而硬说是被张天师用剑劈开的。假若没有这些古迹，这两座庙子的优美自然一点也不减少。上清宫在山头，可以东望平原，青碧千顷；山是青的，地也是青的，好像山上的滴翠慢慢流到人间去了的样子。在此，早晨可以看日出，晚间可以看圣灯；就是白天没有什么特景可观的时候，登高远眺，也足以使人心旷神怡。天师洞，与上清宫相反，是藏在山腰里，四面都被青山环抱着，掩护着，我想把它叫作"抱翠洞"，也许比原名更好一些。

不过，不管庙宇如何，假若山林无可观，就没有多大意思，因为庙以庄严整齐为主，成不了什么很好的景致。青城之值得一游，正在乎山的本身也好；即使它无一古迹，无一大寺，它还是值得一看的名山。山的东面倾斜，所以长满了树木，这占了一个"青"字。山的西面，全是峭壁千丈，如城垣，这占了一个"城"字。山不厚，由"青"的这一头转到"城"的那一面，只需走几里路便够了。山也不算高。山脚至顶不过十里路。既不厚，又不高，按说就必平平无奇了。但是不然。它"青"，青得出奇，它不像深山老峪中那种老松凝碧的深绿，也不像北方山上的那种东一块西一块的绿，它的青色是包住了全山，没有露着山骨的地方；而且，这个笼罩全山的青色是竹叶、楠叶的嫩绿，是一种要滴落的、有些光泽的、要浮动的淡绿。这个青色使人心中轻快，可是不敢高声呼唤，仿佛怕把那似滴未滴、欲动未动的青翠惊坏了似的。这个青色是使人吸到心中去的，而不是只看一眼，夸赞一声便完事的。当这个青色在你周围，你便觉出一种恬静，一种说不出，也无须说出的舒适。假若你非去形容一下不可呢，你自然只会找到一个字——幽。所以，吴稚晖先生说："青城天下幽。"幽得太厉害了，便使人生畏；青城山却正好不太高，不太深，而恰恰不大不小使人既不畏其旷，也不嫌它窄；它令人能体会到"悠然见南山"的那个"悠然"。

山中有报更鸟，每到晚间，即梆梆地呼叫，和柝声极相似，据道人说，此鸟不多，且永不出山。那天，寺中来了一队人，拿着好几支猎枪，我很为那几只会击柝的小鸟儿担心，这种鸟儿有个缺欠，即只能打三更——梆，梆梆——无论是傍晚还是深夜，它们老这么叫三下。假若能给它们一点训练，教它们能从一更报到五更，有多么好玩呢！

白日游山，夜晚听报更鸟，"悠悠"地就过了十几天。寺中的桂花开始放香，我们恋恋不舍地离别了道人们。

返灌县城，只留一夜，即回成都。过郫县，我们去看了看望丛祠；没有什么好看的，地方可是很清幽，王法勤委员即葬于此。

成都的地方大，人又多，若把半个多月的旅记都抄写下来，未免太麻烦了。拣几项来随便谈谈吧。

一、成都文协分会：自从川大迁开，成都文协分会因短少了不少会员，会务曾经有过一个时期不大旺炽。此次过蓉，分会全体会员举行茶会招待，到会的也还有四十多人，并不太少。会刊——《笔阵》——也由几小页扩充到好几十页的月刊。虽然月间经费不过才有百元钱。这样的努力，不能不令人钦佩！可惜，开会时没有见到李劼人先生，他上了乐山。《笔阵》所用的纸张，据说，是李先生设法给捐来的；大家都很感激他；有了纸，别的就容易办得多了。会上，也没见到圣陶先生，可是过了两天，在开明分店见到。他的精神很好，只是白发已满了头。他的少爷们，他告诉我，已写了许多篇小品文，预备出个集子，想找我作序，多么有趣的事啊！郭子杰先生陶雄先生都约我吃饭，牧野先生陪着我游看各处，还有陈翔鹤、车瘦舟诸先生约我聚餐——当然不准我出钱——都在此致谢。瞿冰森先生和《中央日报》的同人约我吃真正成都味的酒席，更是感激不尽。

二、看戏：吴先忧先生请我看了川剧，及贾瞎子的竹琴、德娃子的扬琴，这是此次过蓉最快意的事。成都的川剧比重庆的好得多，况且我们又看的是贾佩之、肖楷成、周慕莲、周企何几位名手，就更觉得出色了。不过，最使我满意的，倒还是贾瞎子的竹琴。乐器只有一鼓一板，腔调又是那么简单，可是他唱起来仿佛每一个字都有些魔力，他越收敛，听者越注意静听，及至他一放音，台下便没法不喝彩了。他的每一个字像一个轻打梨花的雨点，圆润轻柔；每一句是有声有色的一小单位；真是字字有力，句句含情。故事中有多少人，他要学多少人，忽而大嗓，忽而细嗓，而且不只变嗓，还要咬音吐字各尽其情；这真是点本领！希望再有上成都去的机会。多听他几次！

三、看书：在蓉，住在老友侯宝璋大夫家里。虽是大夫，他却极喜爱字画。有几块闲钱，他便去买破的字画；这样，慢慢地，他已收集了不少四川先贤的手迹。这样，他也就与西玉龙街一带的古玩铺及旧书店都熟识了。他带我去游玩，总是到这些旧纸堆中来。成都比重庆有趣就在这里——有旧书摊儿可逛。买不买的且不去管，就是多摸一摸旧纸陈篇也是快事啊。真的，我什么也没买，书价太高。可是，饱了眼福也就不虚此行。一般地说，成都的日用品比重庆的便宜一点，因为成都的手工业相当发达，出品既多，同业的又多在同一条街上售货，价格当然稳定一些。鞋、袜、牙刷，纸张什么的，我看出来，都比重庆的相因着不少。旧书虽贵，大概也比重庆的便宜，假若能来往贩卖，也许是个赚钱的生意。不过，我既没发财的志愿，也就不便多此一举，虽然贩卖旧书之举也许是俗不伤雅的吧。

四、归来：因下雨，过至中秋前一日才动身返渝。中秋日下午五时到陈家桥，天还阴着。夜间没有月光，马马虎虎地也就忘了过节。这样也好，省得看月思乡，又是一番难过！

新津游记

顾颉刚

二十九年①十二月二十一日晨八时，我和双流叶县长们在熏风塔旁握别后，便坐上胶皮车，顺着川滇公路南行，沿途经过的村落市镇都不繁盛。十时五分到花园场，双流、新津两县在此分界，这个场子就是新津东部的第一道门户。场名的来源，传说是蜀王曾种花于此。但是蜀有前后之分，蜀王也不止一人，不知道这位种花的究竟是谁？这正和牧马山牧马的蜀王一样令人难以明白。从双流县过来，这段公路老是靠着牧马山的西边走。新津境内，五分之二是山，五分之一是江，就生产来说，自然不如双流县了；然而却因水道的凑集成为交通的枢纽。我们沿途见有一件比成都好的事，就是妇女的劳动分子相当多。拉车的、推车的、担物的，大都是妇女，她们真能吃苦耐劳。

西南的交通，抗战以来算是突飞猛进了，可是我们还觉得不

---

① 指民国二十九年，即公元 1940 年。

够。譬如从双流县到新津城，相距不过五十华里，然而八时三刻动身，途中又没有耽延，差不多费了四点钟工夫方才到达。最麻烦的要算是渡河。新津的东南郊，正当金马河（岷江的第三支流）、西河（文井江的下流）、南河（一名赤水）三水的交汇点。王勃诗所谓"城阙辅三秦，风烟望五津"，相传这里就是五津所在。旧时建有长一里半的汉安桥，夏水秋涨，总易毁坏，年年修理，人民每以为苦，后来干脆把它废掉了。现在这个渡口只搭了一座浮桥，每年四五月间将它拆去，到八九月间水落时又搭起来，所以一年之中有五个月必须舟渡。我们隆冬过此，固然有浮桥可行，只是桥的宽度不能通过胶皮车，所带的行李只有雇个女工背起走。她们既想多得钱，虽然东西过重，也抢着勉强走，不肯让同伴分背。这样一来，走两三里路也就免不了数次的休息。走到一座小石桥，旁峙"宋太子少保张商英故里"的石碑，我们才知道神宗时荐王安石为相的御史张唐英，和哲宗时攻击元祐党人不遗余力，徽宗时拜相的他的老弟商英，就是这个地方的人物。他弟兄俩不徒在政治上有相当的地位，就是在学术上也有不可埋没的成就。五代后蜀时，有个以"诗谏"出名，与前蜀欧阳彬先后辉映，自号皂江渔翁的张立，据说就是他们的祖先，更可见他们是书香世第。前行不到半里路，经过两条不算热闹的街道，便进了东门，落宿良裕旅馆。

　　卸装之后，出游全城。城作长方形，从东门到西门约两里路，南门到北门不过半里许。现在的城址是隋开皇初移治的，现在的城墙是乾隆年间建筑的。至于它的前身，《华阳国志》所载"元光四年，益州刺史任安城武阳"的武阳县城，已在东南岸相距五里的地方了，听说这遗址还存留一部分。城西北有民众教育馆一所，也由孔庙改设，规模设备远逊双流。民教馆的斜对面有个县立女子师范学院。我们绕道东门，循南河岸沿东走时，又看见县立中学和私立中华女子中学校。三个中等学校，女的竟占其二。后闻人言，"此地的中学生，男子只一二百人，女子却有四五百"。从表面看来，好像男孩子不肯读书；事实上并非如此，乃因新津离成都近，多半到成都升学去了。我们出游时，正逢星期六下午，所以满城走来走去的大都是穿着制服的女学生。

新津县城关比双流县小，可是就它的形势兑，岷江、西河、南河前后环绕，天社、修觉诸峰峙于前，鹤鸣接于右，牧马环卫于左，很富于"襟山带川"雄壮之观。将来叙昆铁路筑成，川滇、川康两大公路干线通车以后，川、滇、康、藏间货物的运输，客商的往来，肩摩辐辏，新津就可一跃而居于商业中心的地位。假若本地人不愿意放弃未来的利益，即当前从今埋头苦干，教育方面也该适应环境的需要，从速造就专门人才，好担负起开发的责任。

本县人口并不繁庶，其原因乃是三百年前遭的兵灾太惨酷了。当清顺治元年（公元一六四四年）八月，张献忠陷成都，掠崇庆州后，便入新津，不分老少男女，一概屠杀，当时全县居民十余万众，幸免于难的不过数姓而已。后来张献忠托名开科取士。招集许多青年书生，又被一网打尽，连这仅存的几家也完了。他又烧毁典籍，一切文件都无存了。遇着这样空前的浩劫以后，天府之土的新津，百里之内竟至旷无人烟。后来慢慢地募民开垦，招集流亡，邻省两湖两广一带才迁来许多人民。又经三百年来休养生息，最近丁口方增至十五万以上。就市面看，也较双流县差。听说新津的商务，在抗战前以棉花和棉纱为最，当铺和银号次之，日常生活必需品的盐、米、油，又次之。但花纱都在江西、湖北两省商人手里，商、银号的大权又归陕西人包办，盐是邻县邛崃人的专利，只有米和油的利益，本地人得与嘉定人共享。其他寻常日用品，仅能自给自足，无利益可言。所以新津的经济，实在是入超的。要想弥补这个漏洞，唯有提倡实业，从基本上促进生产。试看本地的木柴业如此茂盛，只要好好地培植森林，一面砍伐，一面添栽，使输出不致间断，天生的药材又这般丰富，只要人工种植改良，也可以增加生产，这都是无尽的利源。又瓜子亦为本地的特产，若能用心选择种子，好生栽种，外面人容易进来，工商业必然操在他们的掌握之中，本地人的生活恐将渐渐地陷入枯萎了。

二十二日早，我们到县政府，县长赵宗炜先生进县去了，教育科长苟登尧先生出来接见。适值县中高级职员们将游九莲山观音寺，船已雇好，我们就做了不速之客。南门紧临南河，九莲山在南河的西面，所以便由南河下船西行。十时十分上船。水浅船大，坐的人又多，船底与河中石子摩擦而过，走得慢极了。舟子两人在前撑篙，一人在后撑篙兼掌着舵，还有两人则背着纤在岸山走。他们这样努力，两个钟头才走了十五里路。据说夏秋水涨时，只要一个钟头就到了。

十二时到商隆场上岸，步行登山，沿途有不少小规格的汉墓，石椁随处可见。约行四里，到观音寺，寺在九莲山莲心之下，峰峦环抱，形势佳胜。观音寺的来历，据当地传说是张商英舍宅所建。然而一看寺中明弘治三年的碑记，却是孝宗淳熙辛亥年创建（按，孝宗淳熙一共十六年，第八年即公元一一八一年为辛丑。辛亥则为光宗绍熙二年即公元一一九一年。两者相差十年。不知是否明代人将绍熙误作淳熙？或将辛丑误作辛亥？若此寺确修于淳熙辛丑年，要么是甲子错了；要么确修于辛亥年的话，是年号错了）。考张商英死于宣和三年即一一二一年，创造此寺时，他已死五十年了。可见传说的不可信。这寺当初落成时，是一个极大的庙子。可惜元末毁于兵燹。到明代中叶，又由和尚们兴建起来，清代再加几次培修，才成十重殿宇，与旧址相较已经缩小了大半。中间一殿还保存明成化以来的壁画，庄严肃穆，因胶漆所绘，不易剥蚀。诸殿佛像也各极其妙，颜色凝湛，想来明代遗迹必然存留不少。寺系女尼掌管，渐归荒废，倘再不加修理，数十年以后，这些有价值的艺术恐有同归于尽的危险。

游了一处观音寺，回来天就黑了。这因一来日子太短，二则冬船往来太慢，三则新津的标准钟比成都迟一小时，因此一切人事也随着迟延。今天早晨我们的表上已过八点，可是点心铺子还刚升火。我们要吃点心，走来走去找不到，到茶馆中却已坐满了人。即此一端，便看出新津人生活的悠闲。新津的出产是这样富，未来的地位又这等重要，如果全县人民能认清未来的使命，大家都把精神振作起来，将来的兴盛真是不可限量的。

二十三日午前十一时，我们由苟、林两科长引导，渡江登修觉山，山上有修觉寺，大殿供铁铸南岳大帝一尊，高丈余，但不载铸像年月，传说与玉皇观的东岳大帝像同为唐代所铸。新津十二景："修觉诗碑"为其一，碑上刻的是杜工部和陆放翁的诗。唐明皇幸蜀，也曾驻驿。寺前有小遗址一，据说就是苏东坡昔日读书处。今名"东坡亭"。寺石岩间刻"修觉山"三个大字，字直径三尺许，半已剥落，"修"字但存在其中，"觉"已模糊，唯"山"大体尚完，相传为唐明皇驻驿时所写，或说唐僖宗幸蜀时书，但都没有确实证据，而其笔法大似东坡，因此也有东坡所写的说法。唐代建筑的双塔，排在寺门的左右，放翁"过修觉山不果登览"中："白塔映朱阁，间见青林间"两句，已经将它描写在内了。右塔侧有二井，相距数尺，泉水通流。听说春夏汲东井，秋冬汲西井，则所得甘洌异常，反之则否，呼为"灵泉"。左岩下又有一泉出自石凹，岁月久了，变成一池，虽天旱不竭，它的特效是能治愈皮肤上所生的疮疖等，这比寺前的灵泉更灵了。

玉皇观就在修觉寺的右上方，里面的塑像最整齐。所塑十二真人像，竟有文殊、普贤二真人在内，这可见封神演义的影响。作封神演义的陆西星，因他写的商末故事，而那时释迦尚未出世，所以把佛菩萨们一起拉到道教里来而改称为真人，哪知此书传到四川，道士们就真照着塑起像来，这是在别地所没有看到的。观中俯临成嘉路和岷江的一面，建有玉皇楼，此楼有"新津游览第一"之称。凭栏远眺，景色绝胜，远山近水，豁人心目，夏天于此避暑，定饶有雅趣。

下修觉山，上木鱼山，这里有不少的汉墓。汉人作墓正和河南陕西人住的窑洞一般，凿山成室，又作套间，或向旁开，或向上下开，真有"连阆洞房"之观。我们下去的两个墓，是早给人发掘过的，里边已空无所有。然而对当时作墓的制度就明白了不少。一进墓门就是墓道，现在的墓中灵床是正对墓道的，但汉墓则不然，灵床却在墓道之旁，正同住人的房间一样，床铺是搭在一边的。一墓之中分作数室，即每一死者占据一室。总而言之，生人如何住家，死人也如何住家而已。新津的山是土包石的，所以汉墓全是石室。当时的工程真伟大，石匠的本领也不小，在一块大石头里，居然劈出这许多房间来。听说去年此地又发现汉代犍为郡太守某君之墓，但我们没有找到。将来要是新搜到一大室汉墓，最好是打通之后，一切不改原样，洞口装上铁门以免盗窃，而将钥匙放在公共机关，有参观人到来，才开锁进去，好让访古的人看到墓中的全部规制。若像现在这样，发掘一个就散失一个，那倒不如任其长埋的好了。

我们披荆寻墓，身上足上带了不少的棘刺。有的墓很浅，一俯视即见石椁，那大概是中等人家的；有的墓洞口太狭，钻不进去，那是发现之后给当地人填塞的；至于依山岩所作之墓而内分数室的，那是非富贵人家办不到。进洞之时，须点火把，洞内虽黑暗，还不至于窒息，因为各室之间都有通气洞，像月洞窗一般。大概是在建筑的时候，工人们凿以透气的。

离了木鱼山，到龙岩寺，有万历石碑。寺外有二巨石，依形称为石鼓、石锣。

又到天社山，那是一所极有历史的老君庙。据碑上说是汉唐以来就有的，明末毁了一次。民国十二年又被火毁，二十年重修，造得非常巍巍庄严。上八卦亭，经石级数十，每级高尺许，举足高与手并，真可称作"上天梯"。石栏上面刻着六十四卦及十二生肖等，也和青羊宫相仿。听道士讲，"修复之际，富户捐料，工人捐工，本观所费仅油漆等项千余元而已"。宗教力量的伟大，是任何事比不上的。观中也有十二真人像，与玉皇观同。寺右有二洞，一名"观音"，一名"老君"。老君洞是天然的石洞，观音洞实即一汉墓，洞内右边尚存灵床的格式。在两洞之间还有一洞，已经填塞，道士说："此洞北通青城，南通峨眉，长七百余里，为怕人探险丧生，所以塞了。"这洞是否真通青城、峨眉，固不必论，但总是一个很深的洞，总有人进去而出不来的。

下午三时，到朝阳洞，洞在南河南岸，新近开凿，无甚可观。附近汉墓不少，汉砖遍地。

渡河回城，已经下午四时。是夜大雨，深怕明天到不了邛崃。

四川杂忆

汪曾祺

四川是个好地方

四川的气候好，多雾，雾养百谷；土好，不需要怎么施肥。在一块岩石上甩几坨泥巴，硬是能长出一片胡豆。这不是夸张想象，是亲眼所见。我们剧团的一个演员在汽车里看到这奇特情景，招呼大家："快来看！石头上长蚕豆！"

成　都

在我到过的城市里，成都是最安静，最干净的。在宽平的街上走走，使人觉得很轻松，很自由。成都人的举止言谈都透着悠闲。这种悠闲似乎脱离了时代。以致何其芳在抗日战争时期觉得这和抗战很不协调，写了一首长诗：《成都，让我来把你摇醒》。

成都并不总是似睡不醒的。"文化大革命"中也很折腾了一气。我六十年代初、七十年代、八十年代，都到过成都。最后一次到成都，成都似乎变化不大，但也留下一些"文化大革命"的痕迹。最明显的是原来市中心的皇城叫刘结挺、张西挺炸掉了。当时写了一首诗：

柳眠花重雨丝丝，

劫后成都似旧时。

独有皇城今不见，

刘张霸业使人思。

武侯祠大概不是杜甫曾到过的武侯祠了，似乎也不见霜皮溜雨、黛色参天的古柏树，但我还是很喜欢现在的武侯祠。武侯祠气象森然，很能表现武侯的气度。这是我所到过的祠堂中最好的。这是一个祠，不是庙，也不是观，没有和尚气、道士气。武侯塑像端肃，面带深思。两廊配享的蜀之文武大臣，武将并不剑拔弩张，故作威猛，文臣也不那么飘逸有神仙气，只是一些公忠谨慎的国之干城，一些平常的"人"。武侯祠的楹联多为治蜀的封疆大员所撰写，不是吟风弄月的名士所写，这增加了祠的典重。毛主席十分欣赏的那副长联："能攻心则反侧自消，从古知兵非好战；不审势即宽严皆误，后来治蜀要深思。"确实写得很得体，既表现了武侯的思想，也说出撰联大臣的见识。在祠堂对联中，可算得是写得最好的。

我不喜欢杜甫草堂，杜甫的遗迹一点也没有，为秋风所破的茅屋在哪里？老妻画纸，稚子敲针在什么地方？杜甫在何处看见

143

细雨鱼儿出，微风燕子斜？都无从想象。没有桤木，也没有大邑青瓷。

眉 山

三苏祠即旧宅为祠。东坡文云："家有五亩之园"，今略广，占地约八亩。房屋疏朗，三径空阔，树木秀润。因为是以宅为祠，使人有更多的向往。廊子上有一口井，云是苏氏旧物，现在还能打得上水来。井以红砂石为栏，尚完好。大概苏家也不常用这个井，否则，红砂石石质疏松，是会叫井绳磨出道道的。园之右侧有花坛，种荔枝一棵。据说东坡离家时，乡人栽了一棵荔枝，要等他回来吃。苏东坡流谪在外，终于没有吃到家乡的荔枝。东坡酷嗜荔枝，日啖三百颗，但那是广东荔枝。从海南望四川，连"青山一发"也看不见。"不辞长作岭南人"，其言其实是酸苦的。当年乡人所种的荔枝，早已枯死，后来补种了几次。现存的这一棵据说是明代补种的，也已经半枯了，正在设法抢救。祠中有个陈列室，搜集了苏东坡集的历代版本，平放在玻璃橱里。这一设计很能表现四川人的文化素养。

离眉山，往乐山，车中得诗：

> 当日家园有五亩，
> 至今文字重三苏。
> 红栏旧井犹堪汲，
> 丹荔重栽第几株？

乐　山

大佛的一只手断掉了，后来补了一只。补得不好，手太长，比例不对。又耷拉着，似乎没有筋骨。一时设计不到，造成永久的遗憾。现在没有办法了，又不能给他做一次断手再植的手术，只好就这样吧。

走尽石级，将登山路，迎面有摩崖一方，是司马光的字。司马光的字我见过他写给修《资治通鉴》的局中同人的信，字方方的，笔画颇细瘦。他的大字我还没有见过，字七八寸，健劲近似颜体。文曰：

登山亦有道徐行则不蹶　司马光

我每逢登山，总要想起司马光的摩崖大字。这是见道之言，所说的当然不只是登山。

洪椿坪

峨眉山风景最好的地方我以为是由清音阁到洪椿坪的一段山路。一边是山，竹树层叠，蒙蒙茸茸。一边是农田。下面是一条溪，溪水从大大小小黑的、白的、灰色的石块间夺路而下，有时潴为浅潭，有时只是弯弯曲曲的涓涓细流，听不到声音。时时飞来一只鸟，在石块上落定，不停地撅起尾巴。撅起，垂下，又撅起……它为什么要这样？鸟黑身白颊，黑得像墨，不叫。我觉得这就是鲁迅小说里写的张飞鸟。

145

洪椿坪的寺名我已经忘记了。

入寺后，各处看看。两个五台山来的和尚在后殿拜佛。

这两个和尚我们在清音阁已经认识，交谈过。一个较高，清瘦清瘦的。他是保定人，原来是做生意的，娶过妻，夫妻感情很好。妻子病故，他万念俱灰，四处漫游，到了五台山，就出了家。另一个黑胖结实，完全像一个农民，他原来大概也就是五台山下的农民。他们发愿朝四大名山。已经朝过普陀，朝过峨眉之后，还要去朝九华山。五台山是本山，早晚可以拜佛，不需跋山涉水。他们的食宿旅费是自筹的。和尚每月有一点生活费，积攒了几年，才能完成夙愿。

进庙先拜佛，得拜一百八十拜。那样五体投地地拜一百八十拜，要叫我拜，非拜晕了不可。正在拜着，黑胖和尚忽然站起来飞跑出殿。原来他一时内急，憋不住了，要去如厕。排便之后，整顿衣裤，又接着拜。

晚饭后，在走廊上和一个本庙的和尚闲聊。我问他和尚进庙是不是都要拜一百八十拜。他说都要拜的。"我们到人家庙里，还不是一样要拜！"同时聊天的有几个小青年。一个小青年问："你吃不吃肉？"他说："肉还是要吃的。""喝不喝酒？""酒还是要喝的。"我没想到他如此坦率，他说，"文化大革命"时把他们赶下山去，结了婚，生了孩子，什么规矩也没有了。不过庙里的小和尚是不许的。这个和尚四十多岁。天热，他褪下一只僧鞋，把不着鞋的脚在膝上架成二郎腿。他穿的是黄色僧鞋，袜子却是葡萄灰的尼龙丝袜。

两个五台山的和尚天不亮去朝金顶，等我们吃罢早餐，他们已经下来了。保定和尚说他们看到普贤的法相了，在金顶山路转弯处，普贤骑在白象上，前面有两行天女。起先只他一个人看见，他（那个黑胖和尚）看不见，他心里很着急。后来他也看见了。他告诉我们他们在普陀也看到了观音的法相，前面一队白孔雀。保定和尚说："你们是唯物主义者，我们是唯心主义者，我们的话你们不会相信。不过我们干吗要骗你们？"

下清音阁，我们要去宾馆，两位和尚要去九华山，遂分手。

北温泉

为了改《红岩》剧本，我们在北温泉住了十来天。住数帆楼。数帆楼是一个小宾馆，只两层，房间不多，全楼住客就是我们几个人。数帆楼廊子上一坐，真是安逸。楼外是竹丛，如张岱所常说的："人面一绿。"竹外即嘉陵江。那时嘉陵江还没有被污染，水是碧绿的。昔人诗云："嘉陵江水女儿肤，比似春莼碧不殊。"写出了江水的感觉。听罗广斌说：艾芜同志在廊上坐下，说："我就是这里了！"不知怎么这句话传成了是我说的，"文化大革命"中我曾因为这句话而挨斗过。我没有分辩，因为这也是我的感受。

北温泉游人极少，花木欣荣，凫鸟自乐。温泉浴池门开着，随时可以洗。

引温泉水为渠，渠中养非洲鲫鱼。这是个好主意。非洲鲫鱼肉细嫩，唯恨刺多。每顿饭几乎都有非洲鲫鱼，于是我们每顿饭都带酒去。

住数帆楼，洗温泉浴，饮泸州大曲或五粮液，吃非洲鲫鱼，"文化大革命"不斗这样的人，斗谁？

新 都

　　新都有桂湖，湖不大，环湖皆植桂，开花时想必香得不得了。

　　桂湖上有杨升庵祠。祠不大，砖墙瓦顶，无藻饰，很朴素。祠内有当地文物数件。壁上嵌黑石，刻黄氏夫人"雁飞曾不到衡阳"诗，不知是不是手迹。

　　祠中正准备为杨升庵立像，管理处的负责同志让我们看了不少塑像小样，征求我们的意见。我没有说什么。我是不大赞成给古代的文人造像的。都差不多。屈原、李白、杜甫，都是一个样。在三苏祠后面看了苏东坡倚坐饮酒的石像，我实在不能断定这是苏东坡还是李白。杨升庵是什么长相？曾见陈老莲绘升庵醉后图，插花满头，是个相当魁伟的胖子。陈老莲的画未见得有什么根据。即使有一点根据，在桂湖之侧竖一胖人的像，也不大好看。

　　我倒觉得升庵祠可以像三苏祠一样辟一间陈列室，搜集升庵著作的各种版本放在里面。

　　杨升庵著作甚多，有七十几种。有人以为升庵考证粗疏，有些地方是臆断。我觉得这毕竟是个很有才华、很有学问的人，而且遭遇很不幸，值得纪念。

　　曾有题升庵祠诗：

桂湖老桂弄新姿，
湖上升庵旧有祠。
一种风流谁得似，
状元词曲罪臣诗。

大　足

云冈石刻古朴浑厚，龙门石刻精神饱满。云冈、龙门的颜色是灰黑色，石质比较粗疏，易风化。云冈风化得很厉害，龙门石佛的衣纹也不那么清晰了。云冈是北魏的，龙门是唐代的。大足石刻年代较晚，主要是宋刻。石质洁白坚致，极少磨损，刻工风格也与云冈、龙门迥异，其特点是清秀潇洒，很美，一种人间的美，人的美。

有人说佛像都是没有性别的，是中性的，分不出是男是女。也许是这样吧。更恰切地说，佛有点女性美。大足普贤像被称为"东方的维纳斯"，其实是不准确的。维纳斯就是西方的，她的美是西方的美。普贤是东方的，他的美是东方的美。普贤是男性（不像观音似的曾化为女身），咋会是维纳斯呢？不过普贤确实有点女性，眉目恬静，如好女子。他戴着花冠，尤易让人误会。

"媚态观音"像一个腰肢婀娜的舞女。不过"媚态"二字不大好，说得太露了。

"十二圆觉"衣带静垂，但让人觉得圆觉之间，有清风滚动。这组群像的构思有点特别，强调同，而不强调异。十二尊像的相貌、衣着、坐态几乎是一样的。他们都在沉思，但仔细看看，觉得他们各有会心，神情微异。唯此小异，乃成大同，形成一个整体。十二圆觉的门的上面凿出横方窗洞，以受日光，故室内并不昏暗。流泉一道，涓涓下注，流出室外，使空气长新。当初设计，极具匠心。

我见过很多千手观音，都不觉得怎么美。一个人肩背上长出许多胳臂和手，总是不自然。我见过最大的也是最好的千手观音，是承德外八庙的有三层楼高的那一尊。这尊很高的千手观音的好处是胳臂安得比较自然。大足的千手观音我以为是个奇迹。那么多只手（共一千零七只），可是非常自然。这些手足怎样从观音身上长出来的，完全没有交代，只见观音身后有很多手。因为没法交代，所以干脆不交代，这办法太聪明了！但是，你又觉得这确实都是观音的手，菩萨的手。这些手各具表情，有的似在召唤，有的似在指点，有的似在给人安慰……这是富于人性的手。这具千手观音的美学特点是把规整性和随意性结合了起来。石刻，当然是要经过周密的设计的，但是错落参差，不作呆板的对称。手共一千零七只，是个单数，即此可见其随意性。

释迦牟尼涅槃像（俗谓卧佛），佛的面部极为平静，目微睁（常见卧佛合目如甜睡），无爱无欲，无死无生，已寂灭一切烦恼，圆满一切功德，至最高境界。佛像很大，长三十余米，但只刻了佛的头部和胸部，肩和手无交代，下肢伸入岩石，不知所终。佛前刻了佛弟子约十人，不是站成一排，而是有前有后，有的向左，有的向右，弟子服饰皆如中土产；有一个斜头鬈发的，似西方人。弟子面微悲戚，但不像有些通俗佛经上所说的号啕擗踊。弟子也只露出半身，腹部以下，在石头里，也不知所终。于有限的空间造无限的境界，大足的佛涅槃像是一个杰作！

川　菜

昆明护国路和文明新街有几家四川人开的小饭馆，卖"豆花素饭"和毛肚火锅。卖毛肚的饭馆早起开门后即在门口竖出一块牌子，上写"毛肚开堂"，或简单地写两个字："开堂。"晚上封了火，又竖出一块牌子，只写一个字："毕"，简练之至！这大概是从四川带过来的规矩。后来我几次到四川，都不见饭馆门口有这样的牌子，此风想已消失。也许乡坝头还能看到。

上海有一家相当大的饭馆，叫作"绿杨邨"，以"川菜扬点"为号召。四川菜、扬州包点，确有特色。不过"绿杨邨"的川味已经淡化了。那样强烈的"正宗川味"上海人是吃不消的。

一九四八年我在北京沙滩北京大学宿舍里寄住了半年，常去吃一家四川小馆子，就是李一氓同志在《川菜在北京的发展》一文中提到的蒲伯英回川以后留下的他家里的厨师所开的，许倩云和陈书舫都去吃过的那一家。这家馆子实在很小，只有三四张小方桌，但是菜味很纯正。李一氓同志以为有的菜比成都的还要做得好。我其时还没有去过成都，无从比较。我们去时点的菜只是回锅肉、鱼香肉丝之类的大路菜。这家的泡菜很好吃。

川菜尚辣。我六十年代住在成都一家招待所里，巷口有一个饭摊。一大桶热腾腾的白米饭，长案上有七八样用海椒拌得通红的辣咸菜。一个进城卖柴的汉子坐下来，要了两碟咸菜，几筷子就扒进了三碗"帽儿头"。我们剧团到重庆体验生活，天天吃辣，辣得大家害怕了，有几个年轻的女演员去吃汤圆，进门就大声说："不要辣椒！"幺师父冷冷地说："汤圆没有放辣椒的！"川味辣，且麻。重庆卖面的小馆子的白粉墙上大都用黑漆写三个大字："麻、辣、烫。"川花椒，即名为"大红袍"者确实很香，非山西、河北花椒所可及。吴祖光曾请黄永玉夫妇吃毛肚火锅。永玉的夫人张梅溪吃了一筷，问："这个东西吃下去会不会死的哟？"川菜麻辣之最者大概要数水煮牛肉。川剧名旦李文杰曾请我们在政协所办的餐厅吃饭，水煮牛肉上来，我吃了一大口，把我噎得透不过气来。

四川人很会做牛肉。赵循伯曾对我说："有一盘干煸牛肉丝，我能吃三碗饭！"灯影牛肉是一绝。为什么叫"灯影牛肉"？有人说是肉片薄而透明，隔着牛肉薄片，可以照见灯影。我觉得"灯影"即皮影戏的人形，言其轻薄如皮影人也。《东京梦华录》有"影戏犯"就是这样的东西。宋人所说的"犯"，都是干的或半干的肉的薄片。此说如可成立，则灯影牛肉已经有好几百年的历史了。

成都小吃谁都知道，不说了。"小吃"者不能当饭，如四川人所说，是"吃着玩的"。有几个北方籍的剧人去吃红油水饺，每人要了十碗，幺师父听了，鼓起眼睛。

川　剧

有一位影剧才人说过一句话："你要知道一个人的欣赏水平高低，只要问他喜欢川剧还是喜欢越剧。"有一次我在青年艺术剧院看川剧，台上正在演《做文章》，池座的薄暗光线中悄悄进来两个人，一看，是陈老总和贺老总。那是夏天，老哥儿俩都穿了纺绸衬衫，一人手里一把芭蕉扇。坐定之后，陈老总一看邻座是范瑞娟，就大声说："范瑞娟，你看我们的川剧怎么样啊？"范瑞娟小声说："好！"这二位老帅看来是以家乡戏自豪的——虽然贺老总不是四川人。

川剧文学性高，像"月明如水浸楼台"这样的唱词在别的剧种里是找不出来的。

川剧有些戏很美，比如《秋江》《踏伞》。

有些戏悲剧性强，感情强烈。如《放裴》《刁窗》《打神告庙》。

《马踏箭射》写女人的嫉妒令人震颤。我看过阳友鹤和曾荣华的《铁笼山》，戏剧冲突如此强烈，我当时觉得这是莎士比亚！

川剧喜剧多，而且品位极高，是真正的喜剧。像《评雪辨踪》这样带抒情性的喜剧，我在别的剧种里还没有见过。别的剧种移植这出戏就失去了原来的诗意。同样，改编的《秋江》也只保存了身段动作，诗意少了。川剧喜剧的诗意跟语言密不可分。四川话是中国最生动的方言之一。比如《秋江》的对话：

陈姑：嗳！

艄翁：那么高了，还矮呀！

陈姑：唉！

艄翁：飞远了，按不到了！

不懂四川话就体会不到妙处。

川丑都有书卷气。李文杰告诉我，进科班学丑，先得学三年小生。这是非常有道理的。川丑不像京剧小丑那样粗俗，如北京人所说"胳肢人"或上海人所说的"硬滑稽"，往往是闲中作色，轻轻一笔，使人越想越觉得好笑。比如《拉郎配》的太监对地方官宣读圣旨之后，说："你们各自回衙理事"，他以为这是在他的府第里，完全忘了这是人家的衙门。老公的颠颠糊涂真令人忍俊不禁。川剧许多丑戏并不热闹，倒是"冷淡清灵"的。像《做文章》这样的戏，京剧的丑是没法演的。《文武打》，京剧丑角会以为这不叫个戏。

川剧有些手法非常奇特，非常新鲜。《梵王宫》耶律含嫣和花云一见钟情，久久注视，目不稍瞬，耶律含嫣的妹妹（？）把他们两人的视线拉在一起，拴了个扣儿，还用手指在这根"线"上嘣嘣嘣弹三下。这位小妹捏着这根"线"向前推一推，耶律含嫣和花云的身子就随着向前倾，把"线"向后拖一拖，两人就朝后仰。这根"线"如此结实，实是奇绝！耶律含嫣坐车，她觉得推车的是花云，回头一看，不是！是个老头子，上唇有一撮黑胡子。等她扭过头，是花云！车夫是演花云的同一演员扮的。这撮小胡子可以一会儿出现，一会儿消失（胡子消失是演员含进嘴里了）。用这样的方法表现耶律含嫣爱花云爱得精神恍惚，瞧谁都像花云。耶律含嫣的心理状态不通过旦角的唱念来表现，却通过车夫的小胡子变化来表现，化抽象为具象，这种手法，除了川剧，我还没有见过，而且绝对想不出来。想出这种手法的，能不说他是个天才吗？

有人说中国戏曲比较接近布莱希特体系，主要指中国戏曲的"间离效果"。我觉得真正有意识地运用"间离效果"的是川剧。川剧不要求观众完全"入戏"，保持清醒，和剧情保持距离。川剧的帮腔在制造"间离效果"上起了很大作用。帮腔者常常是置身局外的旁观者。我曾在重庆看过一出戏（剧名已忘），两个奸臣在台上对骂，一个说："你混蛋！"另一个说："你混蛋！"帮腔的高声唱道："你两个都混蛋嗻……"他把观众对俩人的评论唱出来了！

一九九二年四月六日

成都·灌县·青城山纪游

袁昌英

天下最大名胜之一，伟大峻秀的峨眉，我去观光过两次，而至今未曾想到去写游记，这次去游了几处名声远逊的地方，倒要来写篇记事，这岂不是滑天下之大稽！然而天下事固不必如此规规矩矩的。文章总依兴会而来。兴会不来，峨眉就是比喜马拉雅山还高还秀丽，怕也逗引不出我的文章。可是两次峨眉的相遇，实也经验过不少可歌可泣的情趣。除了几封与朋友的信里，略略说了，以外别无记载，于今只好让这些美妙的情绪，仃伶孤苦地消失于淡烟浅霞的记忆中罢了！

五月十三日，得好友张先生之伴，约了顾陆二友，同上成都。张先生是我在英国爱丁堡大学的老同学，一向和我们家里的交谊是很深的。他现在担负着后方建设的重任，领着人员，往各处已建的及尚在计划中的重工业区域视察。我们和他同行，当然各有各的目的。我除了要配一副眼镜的重要事件外，还要去看一个阔别四年，初从英国返国的少年朋友周小姐。

155

那天天气很热，汽车后面的那卷偌大白尘，简直如水上飞机起升时尾巴上搅起的那派万马奔腾的白泡沫一样，浩浩荡荡地尾随着，让路上行人的肺部太有点吃不消，使乘客的良心不免耿耿然。然而岷江两岸，一望无际的肥沃国土，经数十万同胞绣成的嫩绿田园，葱翠陇亩，万紫千红的树木，远山的蓝碧，近水的银漾，占据了乘客的视线，捉住了他的欢心，无暇顾及后面的灰云滚滚与行人的纠葛了。

到了三苏的发源地：眉山县，就在原为东坡祠，现改为公园的绿荫深处度过了正午的酷暑。"四川伟大"一言，是不错的。任你走到哪个小市镇，你总看见一个像样的公园，一座像样的中山堂。眉山的公园，也许因为代表三苏父子人物伟大的祠堂的关系，也就来得特别宽敞、清幽而洁净，浸在优美的环境里面，而又得沱茶与花茶的激刺，谈笑也就来得异常热闹了。一餐清爽的午饭后，吐着灰云的汽车把我们一直送到成都。

到了成都的第二天（十四日），我的两个目的都赶着完成了。眼镜配了光之后，朋友早就来到旅社来找我们了。四年不见面的少年朋友竟还是原来面目。短短旗袍，直直头发，活活跳跳的人儿，连昔日淡抹脂粉的习惯也都革除了。可是又黑又大又圆的眼睛上面，戴上了一副散光眼镜，表示四年留英在实验室内所耗费的时光有点过分的事实。她的母亲周夫人特由重庆来尝尝老太太的味儿，这回显得特别年轻了，仿佛完全忘记了战争所给予她的一切苦痛与损失，似乎得了博士，做了教授的女儿的事实改变她的人生观。潇洒达观是她的现在。

十五日的清晨，我们从灌县出发。在城门口遇着了约定同去的刘先生。刘先生也是我们爱丁堡的老同学。豪爽磊落，仍不减于昔日，可是无由得添上了满腮颚的黑胡须，加上了他无限的尊严与持重，大约也是要表现他已是儿女成行的老父亲了吧！赶到灌县公园，已是午牌时分。在公园里，一餐饱饭后，去找旅馆，不幸新式清洁的四川旅行招待所客满了，只得勉强在凌云旅社定了几间房子之后，大家就出发去参观灌县的水利。

耳闻不如目见。历史只是增加我们对于现实的了解与兴味。秦朝李冰父子治水的事迹，在史册上只是几句很简单的记载。不料摆在我们眼前的，却是一件了不得的伟大工程！灌县的西北，是一派直达青海新疆的大山脉。群山中集流下来的水，向灌县的东南奔放，直入岷江，春季常成洪潦，泛滥为灾。山潦入岷江口的东北角上有石山挡住，阻塞大水向东流淘，使川中十余县缺乏灌溉。李冰是那时候这地方的太守，秉着超人的卓见，过人的胆量，居然想到将石山由西往东凿出一条水道，将山潦分做外江与内江二流。他自己的一生不够完成这伟大的工程，幸有贤子继承父志，如愚翁移山般，竟将这惊人的事业成就了。块然立在内外二江中间所余的石山，名为离堆，成为一个四面水抱的岛屿。灌县公园即辟于此离堆上。外江除分为许多支流外，直入岷江，向南流淘，灌溉西川十余县，因为水量减少，从此不再洪水为灾了。内江出口后，辟成无数小河，使川中十余县成为富庶的农业区，使我民族已经享受了二千余年的福利，而继续到无尽期。读者如欲得一个鸟瞰的大意，可以想象一把数百里长的大马尾展开着的形势。马身是西北的巨大山脉。由马身泄下来的山洪，顺着一股股的无数的马尾鬃，散向东北东南徐徐而流，使数百里之地，变为雨水调匀的沃壤。我们后辈子眼见老祖宗这种眼光远大，气象浩然，竟以既无现代科学的工具，只以人工与耐力完成了这样功业的事实，何能不五体投地而三致敬意！

离堆四面及内外江两岸，常易被急流冲毁。我们老祖宗所想出的保护方法，恐怕比什么摩登工程师所设计的还要来得巧妙而简单。方法是：将四川有的竹子，劈成竹片，织成二三丈，直径二三尺的大篓子，里面装满菜碗大小的卵石，一篓篓密挤地直顺地摆在险要处，使急流顺势而下，透过石隙，而失其猛力。这可谓一种对于水的消极抵抗法。据说这以柔克柔的方法，在这种情形之下，较诸钢骨水泥还要结实得多！可是竹质不经久，每年必新陈代谢地更换一次。灌县水利局当然专司其事。

由离堆向西北数里地方，水面很宽，水流亦极湍猛，地势当然较高。那里就是天下传名的竹索桥的所在。索桥的起源是一个动人的故事。我的老同学美髯刘先生是本地人，他把那凄怆伟大的故事，用着莞尔而笑，徐徐而谈的学者风度，说给我们听了，不知几何年月以前，彼此两岸的交通是利用渡船的。有乡人某，家居南岸，有一次适逢母病，求医得方后，必来往在北岸的县城检药。他急忙取了药，匆匆向家途中前奔。到得渡船处，苦求渡老急渡，而后者竟以厚酬相要挟。乡人穷极，窘极，实无法多出渡资。渡老毕竟等着人数相当多，所得够他一餐温饱，始肯把他一同渡过。乡人回到家里，天已黑，而老母亦已辞世多时了。

不知若干年后，这乡人的幼子，又遇病魔侵扰。在同一情形之下，也因渡老不肯救急，一条小性命竟冤枉送掉。乡人在悲愤填胸，痛定思痛之余，推想到天下同病者的愁苦，乃发宏愿，誓必以一生精血来除此巨害。他以热烈的情感，跪拜的虔诚，居然捐募得一笔相当醵金，在不久时间中，果然在洪流之上建起了一座索桥。

可是"故天将降大任于斯人也，必先苦其心志……"的天意，实在有点不可捉摸！据说这初次尝试的索桥建造得不甚牢实，也许是醵金有限，巧妇做不出无米之炊的缘故，索桥好像有些过分简陋。

一日，在大风雨中，这乡人和他的索桥都被风雨送到洪流中去了！

有其夫，而且有其妇！他的妻子，在饱尝丧姑丧子丧夫的悲哀中，继承夫志；破衣草履，抛头露面，竟也捐募得一笔更大的醵金，架起得一座货真价实的索桥，从此解除了不可以数字计算的同胞的苦痛！

索桥长数十丈，阔八九尺，全是用竹与木料造成的，连一只小铁钉也没有。桥底三四根巨索及两边的栏杆，均是用篾片织成的，粗若饭碗的竹绳，系于两岸的巨石及木桩上。桥面横铺木板，疏密不十分匀整。桥底中央及每相距数丈的地点，有石磴或木桩从河底支撑着。可是整个桥面是柔性的，起伏的，震荡的，再加以下临三四丈的水声滔滔，湍流溅溅，不是素有勇气而惯于此行者，不容易步行过去。

我们参观此桥时，适逢大雨。张先生病脚，颇以不能一试其勇气为恨。只有苏王二先生曾来去地走过一趟。女子里面，只有周夫人还有那番雄心壮志，在上面蹒跚了一二丈远，其余的均只得厚颜站住脚，默默凭吊那对远古的贤夫妇的卓绝精神与功垂万世的遗德。

索桥北岸附近有二郎庙，倚山而立，建筑相当宏敞，园地亦甚清幽。庙内有李冰父子神像，乃都江十四县人民对于先贤崇敬的具体表征。庙侧有一崇奉土地菩萨的偏阁，上面挂一颇为有趣的匾："领袖属于中央"六个大字，平立于中，旁署光绪某年月立。我们当时计算一下，距今有五十多年了。灌县传为可喜的预言。其实，中央者五行中之土也。原立匾的人无非尊敬土地菩萨而称其为领袖之意而已。然而"领袖属于中央"在当时实也是一种不普通的说法，称之为一种可悦的预言亦无不可。

由索桥往上，再一些距离，地势更高，水流更急，也就是都江堰的所在地。堰者就是一种活动的堤。冬季渠水于堤内，每春清明时节，开堰放水，以滋农事。每年开堰典礼是全四川认为最郑重的一种仪式，由县政府主持，各县及省政府均派重员参加。百姓观礼者总以万计，人山人海，道常为之塞云。

我们参观一遍之后，雨势愈来愈大。对于索桥既未能一尝那心惊胆战，目眩足软的味道，对于都江堰更是不能尽见其详细建筑。在那春漾乍冷，郁郁的氤氲中，大家不免有衣单履薄，春野不胜寒的感觉，只得各购竹笠一顶，冒雨向凌云旅社的归途中奔回。

那夜在凌云旅社所遭遇的，恐怕是我平生第一次的经验。恰巧电灯厂修理锅灶，电能短缺。在小油灯的微光中，周夫人发现我们的床上埋伏着无数的棕色坦克车，在帐缘、床缘及铺板上成群结队地活动着，宛似有什么大员在那里检阅的神气。我们甜血动物最怕这种坦克车。周夫人和我就大大地怀起"恐惧病"来了。其余三位，虽是色变，可是病症来得轻松一点。周夫人坚持着不肯睡，我是简直不敢睡。然而夜深了，疲倦只把我们向睡神的怀抱里送，实在不能熬下去了。她们三位早就呼呼打打地睡熟了。可是，哎呀！痒呵！你瞧这么大个疙瘩！……梦呓般的传到我们耳内。最后，我也不顾一切糊涂地倒在床上了。周夫人最后的一个故事，大约失了一半在我的梦里。她一人也就和外套斜歪在我的旁边，用尽心思去提防坦克车的侵犯。我大约蒙眬了五分钟，脖子上一阵又痛又痒又麻木的感觉把我刺醒了，两手往脖子上一摸，荸荠大小的疙瘩布满一颈。赶着把手电筒一照，只见大队坦克车散队各自纷逃。气愤之余，一鼓作气，我一连截获了五大辆。捷报声中，以为可以得片刻的安宁，无奈负伤过重，用了朋友大量亚蒙尼亚，亦无法再睡下去。

十六号早晨，八位同伴，聚在一堂，吃早饭的时候，都各将一夜与坦克车周旋的战讯报告了。在那谈虎色变的渥然欢笑中，都共庆天雨乍寒不受飞机侵扰的幸事。突然中张先生离餐桌数步，右手反向背心，捻住衣服，不动声色地说着："咦！没有放警报，怎么发高射炮？我这背上，仿佛有不少的高射炮在那儿乱开咧！"这一阵笑，不是相当西化的我们当之，一餐早饭怕是白吃了的！

不错，那绵绵的春雨把内地旅行所不免的三种摩登武器的侵害，减少了一种：飞机的刺股；可是原定上青城山的计划不得不因之而有拖延了。在阴雨无聊的下午，一部分的我们竟去看了一阵子平戏。三毛钱一座，我们赶上了马蹄金（即宋江杀妻，通名乌龙院）及雁门关（即陆登死守潞安州的壮烈史事）两出戏。戏做得不太好。有一处，我大约表示要叫倒彩的神气，张先生微笑着说道：三毛钱，你还要求更好的货色吗？我才始恍然大悟自己的苛求！可是反转来说：三毛钱在这地方这时节，能买得几声平调听听，总算不错，况且这还是朋友的惠赐咧！

回到凌云旅社，寒气确实有点逼人。张先生命人买了木炭，我们围灶向火，大谈起天来。索桥起源的故事是刘先生这时候讲给我们听的。那一夜我们与坦克车的苦战也一样够劲。我一人所截获的就比昨夜还多一辆咧。

十七号早上，天霁了。大家欢欢喜喜束装上青城山。八乘滑杆，连人带行李，熙熙攘攘，颇是个有声有色的小小军队。一路上，天气清丽，阳光温而不灼，歪在滑竿上，伴着它的有节奏的动摇，默然收尽田野之绿，远山之碧，逶迤河流的银晖，实令人有忘乎形骸的羁绊，而与天地共欣荣的杳然之感。中途过了两渡河。也许是因为水流过急的关系吧，渡船驶行之法，颇不普通。横在河上，有一根粗如拳的竹绳，系在两岸的木桩或石磴上。另有一粗竹绳，系于船尾，他端则以巨环套在横绳上。于是船上只需一人掌舵，任东任西，来去十分自如地渡过。如此，不特船本身不受急流冲跑，即人工亦减少过半，我常觉得四川人特别聪明，好像无论遇着什么环境都应付裕如的。

青城山远不及峨眉之大之高之峻拔之雄奇。然而秀色如长虹般泛滥于半空，清幽迎面而来，大有引人直入琼瑶胜境之概。至于寺宇的经营，林园之布置，其清雅则又非一般寺院可比。小小亭榭，以未去粗皮的小树造成，四角系以短木，象征灯笼，顶上插以树根象征鸟止，完全表现东方艺术的特色。我们在这里觉得造物已经画好一条生气蓬勃的龙，有趣的诗人恰好点上了睛，就是一条蜿蜒活跃的龙，飞入游人的性灵深处，使他浑然与之同乐了。东方的园林艺术是与自然界合作的，是用种种极简单而又极相称的方法，来烘托出宇宙的美，山林的诗意，水泽的微情的。西方的山水常有令人感觉天然与人意格格不相入，人意硬夺天工的毛病。西方的山水，很是受"征服自然的学说"的影响，因而吃亏不少。

天师洞的腊味、泡菜、绿酒，非常可口。逛山水，住寺观，而能茹荤饮酒，那是峨眉山上所不可得，而是道家特别体贴人情的地方。晚饭后，山高风厉，寒气不免袭人。我们八个同伴于是又令人焚起熊熊的炭盆，一路剥着落花生，嚼着油炸豆腐干，一路大摆龙门阵（四川人称谈天为摆龙门阵）来。主要的题目是相法。苏先生对于相法颇有研究。相法的故事又多又妙，可惜不能一一记得清楚了。只记得某人的鼻子生得奇紧，连风都吹不进去，所以他的为人非常犹太。据相法而论，我的一生好处都生在鼻子上，但是我的手，指缝生得太松疏，任如何合紧，也是一个个的空洞，照见白光的。所以我的鼻子赚来的钱，全由两手的指缝里漏出去了！难怪十年一觉粉笔梦，赢得两袖尽清风！命也如斯，其何言哉！可是笑声送入的梦来得异样甘香。一夜清洁温暖的睡眠，把前两夜坦克车苦战所耗费的精神都完全恢复过来了。

十八日为得要赶回成都的缘故，一清早就带着滑竿赶往上清宫。中途经过朝阳洞，洞只是一个宽而不深的大岩窖，里面摆着几座菩萨，朝下可以收览很远的田野，清晨可以看日升的名胜而已。可是靠山的绿荫里面有一栋小小的别墅，蓝窗红门，上有瓦顶，下有地板，倒是十分有趣，很有点像枫丹白露宫的皇后农庄，可谓贵而不骄，朴实而风雅的人间住宅了。

到了上清宫，满以为可以一瞻名画家张大千先生的风采，借此可以在他的笔里见到青城山更深一层的神韵。不幸他下山了。只得用自己的俗眼，去欣赏了一番青城山的全景，另外买了一张大千名笔的照相，聊以慰情而已。画为平坡上一棵大树，树下迎风立住一诗人。画右题字云："人洁心无欲，树凉秋有声。高天日将暮，搔首动吟情。"张先生也买了一张非常秀美的观音送他的夫人，因为他的夫人信奉佛法。

由青城山岭乘滑竿一直回到灌县，为时不过一二个钟头。在路上是同样舒服而静穆。在灌县与刘先生一家会齐了，在公园里用了午餐之后，我们回成都。到了成都郊外，刘家下了车，回到他们的乡居；我们就赶着向城内奔进，因为日已西沉，为时不早了。

车子刚刚停在春熙路口，苏王等三四位，下车去找旅馆。在车上的人，正在议论夜饭的地点。说定我做东，因为我一直是做客，最后总该做一次漂亮的东了。正是姑姑筵？不醉无归小酒家？四五六？镇江楼……议论纷纭，莫衷一是……呜——呜——警报来了。顾先生素有临事不乱的本领，一听警报，即知姑姑筵等今夜均无缘见面了，连忙买了两磅面包，以备充饥。苏王各位赶回汽车之后，车子即向城外奔，不料在某街上被军警阻止了，因为空袭警报中，汽车不准行动，以免有碍群众的逃避。可是因为我们是外来客人，不识成都方向，终被有情军警通融了这一次。我们直向某城门外奔，到了一个相当远的所在，即停下来，以为可以躲避，不料下车一问，始知正停在飞机场！这一下把我们吓住了，只嚷，快开走！快开走！大约又飞奔了十余里，才停下来。我和三位男先生及周夫人躲在一座土墙根下。旁边有捆稻草，我们搬至墙根，覆在上面静候着。不到十分钟，隆隆！隆隆！……飞机来了，在我们头上经过。我们的探照灯把飞机九架照住在薄云上面，只见银翅斑斓，在白云里漾来漾去。我们的飞机早已上去，与之周旋。那夜月虽如水，却银会暧暧，飞机不易低飞，且因我们自己的飞机在上面与之搏斗，恐有误伤，故各色不令放高射炮的信号满天飞舞。一时彩色飘漾，机声隆隆，枪声噼啪，颇为美观。最后来机仍掷下来一些烧夷弹。转瞬间，只见烟火冲天，红光四射。我们当时一阵心酸，痛心同胞的苦难，以为去年"八一九"嘉定的我们所身受的惨剧，又遭遇到成都人身上了。可是不到数分钟，烟消了，火熄了，一轮明月照天空，大地静得如梦样的甜蜜！我们不得不欣感成都救火队救火的神速！

隆隆！隆隆！……第二批又来了。这一批不知从何方而来，并未从我们头上经过。可是这次连一个蛋也没下，就被我们的飞将军赶逃了。

隆隆！隆隆！第三批又由我们头上飞过了。我方的探照灯、驱逐队，把他们逼住在云间。他们一时逃不出圈子，就放下十二个照明弹，把一个伟大的成都照得明如白昼。十二盏照明弹散挂在天空中，与我机所放的各色信号，混然杂然飘动着，简直是一幕壮丽奇美的战舞，而隐隐在云端里飞机相互搏斗的机枪声，可谓陪舞的音乐了！惨绝人寰的空战竟有如此之幽丽，亦是老天爷特与人类的恶作剧吗？这一批虽然投下了许多炸弹，却大多落在荒丘，城内毫无损失。

第二天张先生见形势不佳，飞机不免还要光临，赶着替我们找了便车，把我们送回嘉定了。我们回家之后，一连是五次夜袭与无数次的日袭。我们在这些无止息的威胁之中，还是继续苦斗着，忍耐着，努力做自己的职务。我在上课改卷以及丧失爱妹的悲哀与其他种种忧虑里面，而能在警报声中写完这篇游记，亦可谓这种不屈不挠的精神的明证。

民国二十九年六月十日完稿于嘉定城郊警报声中

由桑镇到成都

沙　汀

　　在离开故乡的前三天，在一家茶饭馆里，一个老头子紧张地说："连重庆都被炸了！"

　　老人还穿着过旧历年穿上的新蓝布大衫，上罩黑缎马褂：略已发红，是旧式的缎褂改修成的。皮黄肌瘦，稀稀几茎花白胡子。染黑的博士帽戴得很低，一直盖着耳朵，使得帽顶像个圆锥一样。

　　他坐在茶馆主人的火盆边，两手展开报纸，偷看了我一眼后，又继续说道：

　　"怎样，你真的要走吗？"他的眼睛里充满着关心。

　　我把我的意向告诉了他。

　　"还要带家眷，"他不满地呻吟了，"倒是听人劝好些！……"

　　讲老实话，对于轰炸的味道我是尝过来的，那并不高妙。我曾经在大世界门口看过血肉模糊的头，肢体；在梵王渡等车的三个钟头我更不会忘掉；而陆一先生还亲口讲过一个如下的故事：

　　在保定车站一列装满人和军器的火车，它刚才开到，便被敌机光顾了。受难者当中的一个妇人，当路工搬走她那残缺的尸体时，她那幸存的孩子，至多不过四岁，却一直哭闹着，叫喊着不许动他的妈妈。

这个无知的小人，也许以为她是在睡觉呢！……

可是我却照旧依着我的意向做了。我有我不能不走的理由，并且，看一看我们这堪察加临难时的情景，也不是无意义的。我们在一年前就嚷着"动员"和"指导"，嚷着"防空"，现在，应该是"过硬"的时候了。

在路上，我没有看出任何异样来。绵竹的大曲，什邡同汉州的板鸭和兔子，都照常受着人们欢迎。虽然大都关门闭户的。但这是为了要征收营业税的缘故。时常听见的是关于省政府改组的问题。

就连我那包车夫，也曾经发表过一篇如下的意见。

"那自然不能怪他呵，"他边走边喘气地说了，"你想想吧！他是外省人，他以后只顾自己叽里哇啦地讲，不听你们，也不管你听不听得懂……"

我忍不住发笑了。

"哈哈！"别一个车夫也笑将起来，并且纠正他道：

"快去爬吧！他自己也是四川人呢！"

在成都，参加这种讨论的更加普遍。不管是在茶酒馆里，普通的住宅，一切生活角落，大都在谈着这个使人激动不已的事情。据许多人判断，成都市商民的无形歇业，也同时是对这事情的表示。

一致意志，都希望维持原状，虽然他们所根据的理由有着参差，有的甚至单从个人的利害出发，并没有想到民族抗战的前途。

我的一个老友，三十多点，但已被长期的小职员生活弄成一个半老的老人了，马褂，鸡婆鞋，背有点驼，黄而打皱的瘦脸上架着一副玳瑁眼镜。他已有五个小孩，所以一见就是叹气。

"我就不赞成他来！"一天，这个"八品文官"动情地抗议了，"你去问看，×州人现在连十元以上的小职员也当不成了，变成了殖民地。你想，他未必又不带一大批人来么？我有五个孩子……"

但是，使人兴奋的，倒并不仅是这些形形色色的论调。这是早在预料中的。我很高兴我无意中参加了火炬游行，这是成都第一次的壮举，为影响全世界反侵略运动而发起的。我到达成都的一天恰恰赶到。

是晚间六点多钟。我由走马街穿上春熙路南段，想去拜会两三位熟人；但给头戴草色钢盔，手提光身马枪的宪兵拦住了：要我走人行道。接着我才警觉出来，马路上的确没有人，都聚在阶沿上，显出张望期待的神气。

因为在停市期中，霓虹灯已经收拾起了，只有少数电灯在黯淡地闪烁着。一想到这便是我们成都唯一的闹市，就不免发生出某种恐怖的预感。

向路人打听吧，毫无结果，于是我到新民报馆去。不久，我又出现在人丛中了，邀来一位记者，想要仰仗他探出一个究竟。然而直到几团火炬在东大街口光亮起来，歌声也高响入云了，我们才弄清楚宪兵们"静街"的意义。我们立刻挤到便于观望的处所去了。

就在中山先生铜像对面的阶沿上。那辉煌的行列拖拖过来，是必要经过我们面前的；我们兴奋着，而那火光和歌声也更使我们的脉搏跳动起来。倘要说兴奋，这的确可以称作兴奋了。

当歌声激越的时候，人们便一律高举一下熊熊的火炬：

"起来！不愿意做奴隶的人们！……"

在高呼口号的时候也一样。

"打倒国际法西斯强盗！"

从我们对面已经走过了长串的行列，直拖至提督街了；但它的尾巴却还洒荡在东大街上。确是空前的壮举，歌声，火光，一条中华民族抵抗的脉搏。看了这情形，谁也不相信中国人会沦为法西斯强盗的奴隶。

火光下闪耀着各种白黑字的标帜：米粮同业公会，在野军人学会，大商社，群力社……在文救会的旗帜下，我认识出几位熟人，而他们也看见我了。

拖着我的朋友，我们进入行列中去。并且立刻各得了一支火炬，是拉船的竹绳做的，两条一束上面浸了石油。有的是用筋竹梢做成，当中箍着浸透油脂的纸捻；这是参加人自备的，火焰特别粗大。

一个奇怪念头来到我心里：

在需要我们流血的时候，同志们！也一样吧！

沿途的群众只呆看，这是一桩恨事。但当经过漱泉茶楼的时候，观众中却喊出呼喊口号的声音来了：很凄厉，似乎还混杂有眼泪。若是没有行列中巨大的回答，谁也不会听清他在叫着什么……

最后，我要直言，许多人基于这次运动而发生一种廉价的乐观，是要不得的；因为我总忘不掉三个月以来的沉闷日子，当天夜里某一部分情形以及那漂亮的整齐的乐队。

一九三八年十一月八日追记

锦城游记[*]

谢国桢

一九六三年一月间接徐中舒兄来信，约我到成都四川大学去讲学。我本想在五六月间去的，旋以授课时间关系，须提前到成都。不久历史研究所组织上表示同意，并通知我到川大讲学的日期，还为我购得四月四日下午八时往成都的火车票。这样，久想到四川去游历的愿望遂能够实现了。

四月四日

早晨准备应带讲课的参考书籍，老妻为我检点行李。下午磨墨，替朋友写字，写得实在生疏不好。晚饭后辰生八弟夫妇、刘永成同志的爱人刘士荣和彬珍侄女均来送行，同到车站。八时登车，八时二十八分火车慢慢地开行。我就拥被大睡，在睡梦中听见火车到了我的故乡安阳。一觉醒来，已经到新乡了。

<small>*原文五月十七日后日记写离蓉后之事，故略。</small>

五日

从郑州到洛阳，火车路线两旁的建筑焕然一新。古老的洛阳已经是工厂林立，大非昔比。要不是解放，哪会有这样辉煌的建筑呢！这正是清明时候，微飘着细雨，一路上桃红柳绿，田地上到处长着青青的麦苗，煞是好看，大有丰年气象。车到潼关，已经是吃晚饭的时候了。我坐在餐车上，看见窗外山上有皑皑的白雪，山下面一片绿树林中点缀着粉红的桃花，在暮色苍茫的时间里，火车蜿蜒着过去，别有一番景象，遂诌诗一首：

千山万水远相迎，雪映桃花一片青；

细雨迷蒙云雾里，时间端合是清明。

六日

我在未来以前，已诵读了杜甫发秦州以后的诗句，是为着要寻看剑门和栈道的遗迹，但是火车经过时，穿山越岭，开得很快，崇山峻岭，涧水山松，转眼即逝，两眼应接不暇，看得不能仔细。自解放以来所修建的宝成和鹰厦铁路，同为国内最伟大的工程，古来的栈道是难与伦比的。尤其是在穷僻的深山里，火车两旁出现了新的工厂和新的城市。我还想到去年春天从厦门到福州去的时候，坐在火车上，在深夜里看见离福州不远，有一片灯火新兴的三明城市。这次我乘火车过秦岭，有些坝子与新兴的村镇，和它的情况也差不多。若拿风景而论，秦岭有它的雄伟，武夷有它的峻丽，各有各的好处，未可以遽分高下。火车经过阳平关，看见山岩上有一座红栏绿宇的庙，风景是幽雅的。晚间十时到达成都，徐中舒兄和川大党支书刘同志已到车站接我，晚上住在川大招待所，地方非常清洁安静。

七日

早上，中舒兄同我看望多年老友蒙文通、缪钺诸先生，中午在政协餐厅吃午饭。下午独游望江楼和薛涛井，听蒙文通先生说：薛涛井本在万里桥，这是明代蜀王制笺纸的地方，遂把薛涛的故址迁移地方了。望江楼在锦江边上，锦江水并不甚大，但是望江楼和吟诗亭的建筑，画栋飞甍，连阁垂廊，极尽绮丽之致，我在吟诗亭小坐移时而归。晚饭后，沿着学校的林荫道散步，穿过池塘，柳叶倒垂，花树密茂，时听见蝉声。在绿树林中的教室大楼，已经是灯光灿烂，倒影到池塘里。微风吹来，使我觉得心旷神怡，这才知道锦官城的幽美。遂做了一首七绝：

> 暮春三月已闻蝉，默默池塘静晚烟；
>
> 无限风光诗意足，锦江环绕校门前。

旋走到绿杨村访华忱之兄，谈到九时始归。

八日

早预备为川大历史系座谈会的讲话，题目是"我这几年来学习的经过"。下午乘公共汽车到春熙路温泉浴室去洗澡。在街上遇见北京书友吴希贤君，陪我到古籍书店楼上去看书，买了《天启黄山大狱记》和《工部浣花草堂考》。晚上访冯汉骥先生，谈省博物馆情况。

九日

座谈会改在星期四举行，这两天我没有事。吃过早餐后，就到水井街访蒙老，未遇。与他的文郎蒙默同志同访赵幼文先生，谈了一个小时，略谈彼此离开北京后的情况。分手后，蒙默同我到街上游览，先逛了文殊院。这是成都城内一座大寺院，建筑得非常雄伟，尤其是以窗格著名，四围全是竹林。我们在禅堂里稍坐，喝了一杯茶。时已过午，出了文殊院，想到闹市找一家饭馆去吃饭。我看见成都的街市上有几个特点：一是茶馆多，茶馆内摆着好几排竹椅子和矮桌子，许多劳动人民在那里喝茶休息，而不是品茶。二是草药店多，有医治百病的雪莲花、石枣子，各种各样的名色，听说吃得恰当了很有效验。三是小吃多，大街上挂着很多奇异的招牌，什么田抄手呀，陈麻婆豆腐呀，就在这条街上。我们就到陈麻婆豆腐家去吃豆腐，虽然很辣，味道却很美。蒙默酒量甚豪，记闻博洽，颇有父风，我仅衔杯濡唇而已。蒙默抢着会账，只有谢他的盛意了。饭后又到古籍书店，小坐一会儿，乘四路汽车返校。晚上与缪彦威先生略谈，遂写日记。

十日

早九时，冉光云同志陪我到省图书馆去看书，该馆藏的全是普通的书籍。馆中负责同志介绍我到光明街十六号善本室去阅览。这个藏书的地方，是一座古老的宅第，颇像北京的四合院子。承善本室王位中同志的招待，给我拿出来颇多的书籍，在版本方面，如明蓝格钞本《册府元龟》，有"季振宜""沧苇"等收藏印；渭南严氏钞本顾炎武《肇域志》；明嘉靖甲子成都刘大昌刻《华阳国志》；张澍《蜀典》八卷稿本。在史料方面，有旧钞本吴世济纂《太和县御寇始末》，记明崇祯八年张献忠率领农民军进攻太和事。丹棱彭延庆著《当阳县避难记》一卷，记清嘉庆初年，川、陕、楚三省教军起义事，述农民军组织颇为详备。佚名著《滇匪纪闻》一卷，记同治初年云南农民起义事。佚名著《平黔纪略》

二十卷，记独山杨元保起义事。赵熙著《辛亥疏钞》，记辛亥革命事。以上各书颇有史料价值，均值得注意。看完书后，又到文物商店去看碑帖字画，没有什么可看的。与冉光云同志到春熙路吃水饺和汤圆。回校已经二时了。晚上写日记。

十一日

早晨预备功课，下午在新会议室参加川大历史系所召集的座谈会，主要谈的是我这几年来，怎样与集体一同工作和学习，以及参加写中国通史所得到的教育。谈话两个半小时，四时三十分散会。晚到华忱之兄处夜谈，归来写讲稿。

十二日

今天为星期五，教工食堂打牙祭，杀了两头猪，早餐时看见地锅内正在煮猪肉，热气腾腾，厨师傅们在那里切肉，准备午餐。我到校内理发室理发。下午开始讲课，共讲两个课题，一为明清重要史籍介绍，二为明末清初史专题研究，拟分为五个小题目：一、明末清初社会的背景及南明王朝的建立；二、清兵之入关及其统治政策；三、明末农民抗清之战争；四、以郑成功为首的东南抗清战争；五、明末清初之学风。听课的有二三百人，讲到四时半下课。晚到春熙路散步。

十三日

早写讲稿，华忱之兄来谈。下午稍睡，徐中舒兄来谈，漫谈往事，不觉已到晚饭时候了。今天为星期六，晚上学校请我在大礼堂看川剧，所演的剧目，以当头棒原名刘承吉所演的《绨袍赠》，表演得最为精彩，做工细致，刻画入神。川剧为我国优良传统剧种之一。清朝初年，昆腔就流传到四川。清乾嘉间川剧名演员魏长生曾到过北京，红极一时。京剧在表演细腻的地方，即吸收川剧之所长，丰富了京剧的内容。听蒙老说到清咸丰同治间吴棠做四川巡抚的时候，他最喜欢看戏，川剧才繁荣起来。因为他请江苏人在四川候补的官僚，懂得戏曲的人来教戏。在当时是官僚中荒淫无耻的举动；但是在无形中把川剧汇合了吹腔、弹戏、高腔、秦腔等项声调，而加上精彩细腻的做工，成为川剧中的特点。有些剧本还是蜀中文人像赵尧生等人所编的，词句也很优美。到民国初年军阀割据时期，艺人为生活所迫，投武人所好，戏剧就流于庸俗，并有些黄色不健全的成分。自解放以来矫正了以往的情况，编制了新的剧本，发挥其优良的传统，川剧才慢慢地发展起来。

十四日

今日为星期日。早，修改旧稿。十时，徐中舒兄约我到青羊宫去游玩并聚餐。我们先到盐市口逛书店，买了一本《成都风光》。就乘公共汽车，靠近青羊宫河边下车，顺着河沿走，就到了青羊宫门前。看了一会儿花会，陈列着农民用具和各种货物，仿佛旧时北京隆福寺的庙会，不过青羊宫是一座花园，陈列的花木特别多罢了。我们游览过后，就到海棠春饭馆，座间已有蒙文通、冯汉骥、朱竹修及裱画家刘少侯等共有九人。因为客人太多，厨师傅忙不过来，三点钟才能吃饭，先在这里吃了蛋糕和鲜橙汤作为点心，蒙老就引我们去逛道院。蒙老一边走一边对我说：青羊宫重修于清乾隆时，是苏州张清夜道人所修建的。我们进得青羊宫的道院里来，院中摆着假山石，假山石旁边陈列很多花木盆景，微淡的太阳，照在花木上，别有风致，屋子里面也收拾得非常洁净，我看见抱柱上有一副对联，写的是"涧松寒转寂，碧海阔逾澄"，题"长洲八十老孩张清夜"书。道士邹率一很恭敬地端上茶来，陪着坐谈。蒙老介绍给我们说，邹炼师是一位诗人。大家在那里大厅上坐谈，我一面听他们谈天，一面欣赏院中的景物，就作了一首五律：

久闻邹居士，诗名满阆中，高谈惊四座，茗椀酿春风。

日澹园愈静，林深花满丛，我至时何晚，归来听远钟。

说着已经快到三时了，我们重回到海棠春去吃饭，喝的茅台酒，吃的是道地的川菜。蒙老对我说：川菜是山东的烹调汇合而成的，所以菜味清腴，汤清见底，在前些年最有名的厨师是黄师傅，现在流传下来的，所谓黄派。今天所吃到的除了鱼肉海味之外，还是四川春天的名产，鲜笋、胡豆、王瓜、豌豆，最足以饱我的朵颐。可惜我不能喝酒，只能濡唇了。饭后，中舒、蒙老陪我到二仙庵看花鸟虫鱼，各样的花木极为茂盛，而且鲜艳，阶前花池中丈把高的牡丹，虽然盛开已过，可是还有红润的花瓣。正是杜甫所说的"晓看红湿处，花重锦官城"了。虽然早晚不同，但是露湿欲滴，花的秀丽色彩是一样的。这时天已近晚，游客渐散，笼中的鸟鹊，有的学人说话，有的在那里喳喳地叫。我们回到校中，已近七时了。

十五日

早点后，缪彦威先生约我去逛玉龙街的旧书店，又到春熙路文物商店看书画，没有什么可看的，其实我对于书画什么也不懂。我和彦威是多年老朋友，他前几年到天津南开大学来看过我，我们互谈往事，他就请我在春熙路几家小吃店小吃。下午写讲稿。傍晚的时候，出得校门，沿着锦江散步，重游望江楼，在吟诗楼上徘徊了一回。我看见楼下大厅抱柱上有一副对联，是清代伍生辉所撰，而且是谢无量补书的。对联是："古井冷斜阳，几树枇杷，何处是校书门第？大江横曲槛，点楼烟月，要平分工部祠堂。"写得颇有气魄。望江楼公园以竹子著名，园中栽种了五十多种竹子，各种形式不同，色泽也不一样。我从吟诗楼又往前走，到锦江春色楼，楼内楼外陈列了无数竹子盆景，有的像老树杈丫，有的似铺地丛生，临风荡漾，飒飒有致，可说是一个竹公园了。归来吃晚饭后，一灯独对，温习旧业，重写讲稿，四壁凄清，颇觉适然。

十六日

早备课，下午在第一教室上课，听课的除了本校的以外，还有西南师院、民族学院、川剧院的听众，济济一堂。回想起来，那时我预备得不够，实在是惭愧之至。

十七日

早，看袁庭栋同志写的《张献忠传》的稿子。下午，参加历史系的政治学习。今天阴雨迷蒙，天气突然变凉。晚饭后乘公共汽车到东大街散步。我是喜欢吃南食的，在小吃店里吃到珍珠圆子和叶儿粑一类的东西，不减江南风味，其是"逸性复思吴"了。遂乘公共汽车到九眼桥下车，时浓云密布，天色漆黑，沿着锦江慢慢地走回。看见对岸人家稀疏的灯火，岸旁泊了两三个船只，那样寥落的微光，想起了杜陵"锦江春色来天地，玉垒浮云变古今"的诗句。祖国的锦绣山河，何地无人才？何地无景物？唯有伟大的诗人杜甫才把锦城的风光刻画出来。读了杜甫的诗，更足以知道锦官城之美也。回校后兴致盎然，遂写这几天的日记，一看手表快要到午夜了，马上入睡，睡得很浓，一觉醒来，已经日上三竿了。

十八日

中舒兄及系中同志来谈，并写讲稿。下午上课。晚到中舒兄处闲谈。上课时眼为粉笔灰所迷，颇为不适。

十九日

早备课，下午上课约两个半小时。晚饭后到缪彦威兄处闲谈，归来读有关清初史事的书籍。天气连日阴沉，突然降温，夜间读书，微觉寒冷，小有不适。

二十日

今日为星期六。早餐后，冒着细雨，乘公共汽车去游武侯祠，即现在的南郊公园。在南门外车站下车，看见红色的墙壁，那就是武侯祠了。杜少陵的诗："丞相祠堂何处寻？锦官城外柏森森。"我进得祠来，虽然没有看见古老的松柏，但是新植的松柏，青翠成林，原因是在国民党统治时期，树木砍掉，房屋倒塌，毁塌得不成样子，解放以后，把祠宇重新修建起来，栽种了花木，改辟为南郊公园。我从祠门走到了正殿，在静远堂中看见了诸葛武侯的塑像，两庑里陈列着有关诸葛武侯的书籍，和南阳隆中各地方遗址的照片，唐柳公绰所写的诸葛武侯碑，所谓"三绝碑"依然存在。我在静远堂的旁边，临着荷花池的曲槛上坐了一会，碧树参天，水清见底，鸟鸣鱼跃，颇有自得之趣；就从走廊后出去，经过刘备的陵墓，围着园子，穿过杂木林、楠木林和柏树林，再往前走为果圃。走了一遭，到茶亭里吃了一杯茶，歇了歇脚，身上觉有微汗，精神顿觉爽适。一看手表已经快要到十二点钟了，即乘车到盐市口成都餐厅吃饭。饭后略睡午觉，预备功课。晚上又乘车到春熙路五一茶社听四川清音。李月秋所唱的《赶花会》，以清脆的歌喉，唱出四川本地的风光，唱得最为好听，其次是四川的相声，表演得也颇有趣。未及散场，我就回校，写这两天的日记。

二十一日

今日为星期日。早九时在微雨当中，中舒兄陪我去游杜甫草堂。在南郊下了公共汽车后，因为找不到草堂的大门，我们在田野的小径上兜了一个大圈子，从梵音寺（又叫草堂祠）走进去，再转过去就是杜少陵的草堂，祠门前有一副对联，写的是："吏情更觉沧州远，诗卷长留天地间。"祠堂正屋有一副何绍基写的对联，是"锦水春风公占却，草堂人日我归来。"与济南历下亭何氏所写少陵的诗句"历下此亭古，济南名士多"，有异曲同工之妙。左边是杜诗版本展览室，右边是有关少陵事迹所画的图画和字迹展览室，多为近人之作。我们从草堂出去游王氏园，为昔日四川军阀的别墅，现在已与草堂合并在一起。我们在水槛上略为休息，遇到了冯汉骥先生，一同到茶亭中去吃茶。喝完茶后，就从正门中出去，游赏了一会儿浣花溪。我觉得浣花溪的小桥流水，绿树婆娑，真是柳暗花明，大有"黄四娘家花满蹊"的光景，要是没有杜甫的诗句，也显不出浣花溪的优美了。冯先生对我说：成都的风俗，每逢春节旧历的正月初一必游武侯祠；人日必游草堂祠，到了那时，真是游人如鲫。冯先生是去游玩过的。我们由浣花溪步行到青羊宫，仍在海棠春聚餐。时已过三时，在座仍为蒙、冯诸君。他们对我说：前次聚餐所说川菜中的黄派，就是姑姑筵的嫡传，所谓姑姑筵、哥哥传，是四川儿童们拿小锅小碗烧火做饭做着玩儿的意思，当时起这个名词有自谦和别叫人笑话的意味，实际上我已经两次吃到姑姑筵的风味了。吃完饭后，中舒同我去访梁仲华先生。回校已经七时了。

二十二日

早，备课写讲稿。十一时后访黄少荃先生。因为天气突然降温，衣服穿少了，偶感不适。午后略睡，即赴人民公园散步，人民公园在旧的少城旁边，门前环绕着小河，水上漂荡着浮萍。再往里走，绿树荫中有一个水榭，有许多游客在那里吃茶，颇似吴门风味。我围绕着园林闲步一过，身出微汗，精神渐觉舒服。回校吃晚饭，饮了一杯广柑酒，服药睡觉。

二十三日

早仍觉感冒，但不甚重。中舒兄陪我参观川大历史系所藏的巴县档案，同志们正在那里作整理工作，分门别类，已经整理出来不少的文件，这些文件起始于清乾隆二十二年，迄于民国三十年，有十三万件之多，旧存于重庆的公署内，一九五七年从重庆博物馆移到四川大学来整理的，已经整理的尚不及十分之一，同志们把已经整理而装裱起来的给我看，有乾隆二十九年严防啯噜子的告示，乾隆四十五年九月的十家牌，大意是十户立一牌，十牌立一甲长，互相联络，轮流稽查。嘉庆七年壬戌楚黄机碑。这都是清朝政府严禁农民起义及约束手工业工人定有工资价格，制止叫歇（罢工）的重要文件。下午讲课，明清重要史籍介绍业已讲完，开始讲明末清初史专题研究。

二十四日

早备课，午睡起来到春熙路古旧书店去看书，买到沈菽园旧藏明嘉靖刻本白棉纸印唐荆川辑《左传始末》八卷六册，价人民券十八元，书品颇好，价钱也廉。又到玉龙街姚姓的书画店里闲看，没有什么可买的。就在陈麻婆豆腐店吃晚饭。晚上回来，中舒兄来看我，因为中舒是研究《左传》的，就把这部书让给中舒兄了。

二十五日

早备课，下午讲课二小时半，尚不甚累。晚上到成都剧场去看川戏，因为没有什么好看，未看完就回校了。

二十六日

早应冯汉骥先生之约，与中舒、忱之诸兄去参观省博物馆。先到陈列室参观博物馆所藏的历代古物，我对于考古本来是门外汉，冯先生给我讲解了一番，如同上了一堂课。我所感觉到的是战国时代巴和蜀的铜器形象花纹上都有所不同，巴的铜器铭刻上，有象形文字，同时兵器戈头上挥出去是有响声的，这就是所谓鸣镝之流了。还有新津出土的汉代石画，刻画着墓中人的事迹，并有文字，如"孝妇赵夫人字义文""南常赵买字未定""贤儒赵橡字元公"，以及耕种、舞乐的图像和土偶，如汉代说书人的土偶，绘声绘形，形象逼真，都在那里陈列着。其他如新出土的食案，案上摆着杯箸饮食器具，由这些实物中引起我重新研究汉画的兴趣。参观完了后，又到客厅里来，拿出了很多的名人字画，有宋刘松年和元赵松雪的大幅立轴，尤其是张大千旧藏的石涛山水册页，在我看来颇感到兴味，我看过后，把一幅山水上的题诗抄在下面。原诗是："千峰蹑树树为家，头鬓蓬松薜萝遮；问道山深何所见？鸟衔果落种梅花。""枝下人济为至老道先生博笑，乙亥。"承冯先生这番盛意的招待，至为感谢。遂返校午饭，下午上课。

二十七日

今天是星期六，本来约好到蒙老家中去的，吃过早餐后，有人敲门，突然进来一位梳着两条大辫子的年轻女同志，她说她的父亲名叫马清臣，她的母亲是我的三姑母，她的名字叫马孝聪，在建筑学院任助教。我和三姑母三十多年不见了，她在报上看见我来成都了，非常高兴，甚至当天晚上没有睡着觉，所以叫她女儿来看我，我答应她今天下午就看她们去。等她走了，我就步行到水井街去看蒙老，坐了一会儿，他同我到东大街古大圣慈寺去吃茶，大圣慈寺俗叫太慈寺，据说是唐玄奘出家的地方，是一座古刹，虽然没有古柏，但建筑得却非常雄伟。我们到大殿上去游览，又围绕着院子走了一圈，就到东偏院厅堂去吃茶，竹篱茅舍，地方却非常清洁，已经有许多老人在那里喝茶谈天，颇有悠闲自得的趣味。我们拣了一个座位坐下，服务员沏上两杯盖碗茶来。我一面喝茶，一面听蒙老的高论。他说他年轻时期，曾在南京内学院读书，中年又曾在南京前中央大学今南京大学教过书。他熟于古代史事，精通巴蜀的掌故，并且写过有关辩论窥基、圆测学术异同的文章，从而又谈到川剧的源流。他老先生是老成都，认识人是最多的，茶座上到处有人与他打招呼。这时候恰巧来了一位七十多岁的老先生，蒙老招他同坐，并介绍给我说：这位是成都老艺人兼编剧导演家徐鉴庵老先生，因为他住在南门，而又精通戏剧，依着成都称精通戏剧的叫圣人，因之大家都称他为"南方圣人"。我们坐定以后，仍然继续谈论戏剧。徐老先生说：当清同光年间，成都的剧种很多，有演秦腔的泰鸿班，有演昆腔的舒颐班，有南门外演高腔的庆华班。到民国初年，这些剧种就汇合而为一台了。蒙老连忙说：徐老先生就是昆乱不挡，擅长须生，能演一百多出戏的老手。徐老先生谦让着说：我哪能够像我的老前辈黄吉安老先生呢。我就问他黄吉安的历史，他说：黄老先生关心时事，是一位戏剧改革家，黄先生曾编过一百多出戏剧，像《江油关》《哭祖庙》《探狱》（演文天祥事）《杜十娘》等戏，至今还在演出，都是他老人家编的。他还长于作诗，遗留下来的诗集约六厚册。因为他对于清末的时局，深感不满，尤其是中日甲午战争以后，遭到帝国主义的入侵，处处失败，而且官吏贪污、政治腐败已极，他写出了好多爱国忧时的诗句，或编为戏剧，以抒发他的烦闷。黄先生故后，已无人过问，我们代他保存起来。又因为他无后，每逢清明，黄门的弟子都要到坟墓上去祭扫。解放了，成都文化局才把他的剧本编出来。北京中央戏剧学院又把他的诗集抄了一部带回北京，准备整理后出版。蒙老又问徐老先生：还演出吗？他说：有时高兴时凑个热闹，下星期三在南门外茶馆里，有几个老朋友等着我，因为班配齐全，或者要清茶相候呢。我说：到那一天我深盼听一听老先生的清音。说着已经快过午了，彼此分手后，蒙老同我到东大街上一家小吃店内吃小笼蒸牛肉、锅盔及豆花等类，饱尝了成都风味。谢别蒙老，我就乘公共汽车到老西门三道街看我的姑母和姑丈。多年不见的姑母，已经白发苍苍了，三姑丈久患胃病，最近还摔伤了脚，身体非常瘦弱，但是儿女满堂，家境过得还是很好的。我就把家中的情况，天南海北地闲谈了一下午。回到学校已经快要到六时了。

二十八日

今天学校本来要招待我游桂湖，参观杨慎的遗址，因为没有车，未能去成。财务科江同志为我买了一张荀慧生所演《铁弓缘》的戏票。晚上到锦江剧场去看戏，顺便在文物商店买了一本郭尚先题跋的《兴福寺碑》，并不甚好。荀慧生演这出戏，以七十老翁作小儿女之态，看得很不快意，而且也没有什么戏情，我本约冉光云同志一块儿去的，他也不积极看下去，戏未演完，我们就回校了。

二十九日

早备课写讲稿，黄少荃先生来访。午睡后，仍游春熙路文物商店及古旧书店，购得《北宫词纪》残本而归，因为卷六有版画一帧尚精，为他本所无，所以把它买下来，至今尚存箧中。晚上写日记。

三十日

早备课，下午讲课二小时半。晚，华忱之兄约我到锦江剧院看川剧《百花公主》。因为明天是假日，排队近半小时才挤上了公共汽车，又在春熙路吃赖汤圆，粘以芝麻糖酱，别具风味。及至到了剧院，已经开演多时了。我不明了这出戏的戏情，可是表演得极为纯熟。散戏后，我与忱之兄夫妇散步街头，见万家灯火，饮食店里供应各样的饮食，热气腾腾，游人如织，非常热闹。回校已经十一时了。

五月一日

今日为劳动节。中舒兄约我到政协餐厅去吃午饭，因为常扰他，我辞谢他没有去，在屋里看了半天书。下午三时后，访蒙文通先生。他约我到芙蓉餐厅便餐，蒙老酒兴甚豪，我请教他所研究的《山海经》和《华阳国志》。他说《山海经》上所写的尧舜，和《尚书》上所说的尧舜，迥然是两回事。如通常所说尧"生于鸣条，卒于苍梧"。那时隔山阻水，交通极不方便，尧生在北方何以能够死于苍梧？这显然是各地方对于创世的始祖，皆有尧舜的传说，后来把各地方所传说尧舜的故事混为一谈了。至于常璩著的《华阳国志》，是研究吾国西南古代历史的重要书籍；但是其书亦有所本，所记巴蜀的古代史迹，主要的是本于《蜀王本纪》和《三巴纪》。他已把这两部书的佚文搜辑起来。我这次来成都，受到蒙老和中舒兄的益处很多，在研究先秦两汉史上颇有所启发，更坚定我写汉代社会生活史的决心。吃完饭后，同去南门大街茶

馆里去听"南方圣人"的清唱，四川话叫作"去听围鼓"的。到
了那里，因为节日，茶馆中人太多，没有容足之地，没有演出。
我们闲步街头，逛了逛百货商店和人民市场，时候已经不早，彼
此分手，我就回学校了。

二日

上午看袁庭栋所写《张献忠传》的稿件。四川师范学院派杨
同志约我去讲学，我因为连日讲书，比较累了，答应他下星期去
讲学一次。下午写讲稿。晚上读袁小修《游居柿录》，即《袁小修
日记》。

三日

早餐后，闲步江畔，因为近来连日小雨，春水丛生，锦江上
的水，业已盈溢，水波荡漾，两岸的杨柳拂人，从堤上走到望江
公园，甚觉幽闲有致。在公园的茶座上，沏了一碗香片茶，坐下
来写讲稿。十一时半回校。下午讲课两小时有半，把课题全部讲
完了。看见听众颇有喜色，我心中也觉得如释重负，总算是松了
一口气。晚到中舒兄处闲谈，他说梁仲华先生约我和中舒到他家
里吃晚饭。冯汉骥先生还约我明天晚看川剧，仍是《百花公主》。
我从中舒兄家归来后，把《袁小修日记》读完。虽然是晚明公安
派的小品文字，但他有时反映现实，破除风水迷信也有可取的地
方，至于文字写得极为峭利。看完了写家信，并写日记。今日为
我的生日，早已忘掉，到了晚上才想起来。

四日

昨天晚上突然腹泻，今早到校医室去看病，服了药后，不久
即告平复。冉光云同志陪我谈天，到十一时半，与他一起到春熙
路吃午饭，吃的是矮子斋的抄手，我因为腹泻初停，未敢多吃。

下午回来睡午觉。四时后，中舒兄与我一道到梁仲华先生家吃晚饭，饮绍兴酒，吃枣和怀山药小米粥，腹中颇感舒适。恰有古玩客人来，我买了黄寿山石章一对。因为晚间要看戏，未及与梁老细谈，就到锦江剧院看川剧去了。十一时回校。

五日

因为学校的汽车坏了，许校长和丁书记改约我到青羊宫去吃午餐。盛情不可却，八时到校长办公室，遂与许校长、丁书记、陈主任和中舒兄共五人，一同乘车先游昭觉寺。我们坐车先经过郊外新建的工厂区，有刃具厂、拖拉机厂等，高楼大厦，烟囱林立，气象宏伟，焕然一新。再走过一片原野，就到了昭觉寺。昭觉寺是成都著名的古刹，进得庙门，走了一条很长的楠木树林，穿过前殿，又走了好几层殿宇，才到大雄宝殿，殿门锁了，不能进去。我就看墙壁上所嵌的碑额，知道这庙建于唐僖宗乾符四年丁酉，是休梦禅师所建造的。到明末清初由丈雪和破山和尚重新修建过，香火甚盛，僧众达一千多人。我正在那里看碑，陈主任和庙中交涉，出来了一位圣雨和尚，引导我们去参观后院的观音堂和禅房，真是曲径通幽，花木茂盛，极为清洁，尤其是院中的兰花和松竹花木的盆景，数十年的罗汉松长在盆中的山石上，甚是青翠可喜，这是旁处难以看到的。我又走到观音堂的后面塔院，见有清康熙甲辰（三年）邑人刘道开撰《双桂堂破山法师塔铭》。说是明末李鹞子骚扰蜀中，破山劝他不要杀人，李鹞子说：只要和尚吃肉，他就不杀人，因之破山就开戒吃肉，当时有人就叫破山为吃肉和尚。通常书里边都说破山劝张献忠，而碑文中明明说的是李鹞子，这可以说明凡是杀人的事情，统治者都归罪于张献忠身上了，统治阶级所写的历史，不可信如此。和尚还引导我们参观香积厨中可以煮三石米的大铜锅，像这样的大锅共有四个，足够斋僧一千多人吃饭之用。参观完了之后，已经十一时有半，就乘汽车到青羊宫管理处在二仙庵后殿里特设的招待处去休息。院中的花木非常茂盛，而且有假山长着莓苔，日光照过去，极为幽雅。先在后殿的走廊上吃茶，一面谈天，一面看着园中的花木。过了一会儿，就到屋中进午餐。成都的小吃和风味菜，可算是样样具备，这样的招待，实在感愧万分。吃过饭后，时近三时，就一同乘汽车回学校去了。我午睡了一个多小时，快要天黑了，就到黄少荃先生家，约她明天一同去访老友李孝同先生。恰巧这天晚上黄先生的女儿和系中青年教师童恩正定婚，就约我在她家吃饭，我只好忝陪末座了。可惜我午饭吃得过饱，黄先生亲手烹调的佳肴吃不下去，只喝了一杯陈绍兴酒的喜酒，表示对主人的敬意，饭后围坐闲谈。回屋子里已近八时。连日困于酒食，颇觉疲倦。

六日

早与中舒、少荃诸先生乘学校所备的汽车去访成都大学李孝同先生。孝同是梁任公先生的内侄，我很早就认识他。他学经济，为人颇为诚恳，不见已经三十多年了。这回见了，情挚恳恳，虽然说话不多，然颇有依依不舍之感。他住的房屋颇小，但门前环绕着流水，卧榻上就可以听到泉声，颇有意致。十一时返校。午睡后写日记。晚，冯汉骥先生约中舒兄贤伉俪和我到锦江剧院看川剧，这天晚上演的五出折子戏，全是成都老艺人演出的，尤以陈书舫和刘承吉所演的《秋江》，表演纯熟，最为动人。

七日

早备课。下午到四川师范学院去讲课，题目是"我对于学习明清史的几点看法"。在大课室授课，讲课约三小时。川师是从一九五六年由南充迁到成都的。校址建筑在狮子山上，成都附近只有这一个小山，仅仅是一个平卧的山坡，所以叫作狮子山。学校四周围全是果园，流水环绕，风景幽美，颇可为读书之地。张教务长陪我参观了图书馆，馆中藏书虽不很多，然颇有善本，如旧抄本施琅《靖海记》三册，清顺治三年刻大字本刚林修《大清律例》三十卷，内阁大库档册、清初《皇父摄政王起居注》、明季万历刻本《南柯记》、宋刊本《帝学》。其他宋元刊本，名目陈腐，不甚足观。在师院用过晚饭后，就乘师院所备的汽车到状元街访清华同学黄元贲兄名绥，多年不见，真是"昔别是何处，相逢皆老夫"了。晚九时回校。

八日

今日阴雨未出门，读杜诗自遣。晚到春熙路散步，在赖汤圆家吃汤圆。回来写日记，夜窗灯火，风雨凄然，此南中景象也。

九日

上午浏览我所写的讲稿。下午二时参加顾炎武学术讨论会。我所讲的题目是"略论明末清初学风的特点"，计分为六节：一、叙说社会的背景和思想的根源；二、明末社集和明末遗民所产生的学风；三、明末的学派；四、明末清初学者的学术思想和政治思想；五、明末清初学者治学的态度和治学的方法；六、明末清初的学风在文学、艺术上的反映。讲稿约三万字，是在北京预先写好了的。这天参加开会的有各方面的同志，听众很多，我的经验又浅，心情相当紧张，我把心稍定一下，从容不迫地谈这个问题，达三个小时之久。我看见参加的成员听得尚无倦容，蒙老并为我补充了王船山所说"能"与"所"的问题，终于把这个课题愉快地完成了。这天黄元贲兄也来参加讨论会，散会后，我约他在成都餐厅吃晚饭，并到温泉茶室饮茶，回校已近十时。

十日

早到望江楼散步。在茶厅饮茶，遇到北京历史博物馆孙松年先生，他是从云南西双版纳经过成都，转回北京去的。下午继续开会，有黄少荃讲的顾亭林的抗清运动，柯达中讲的顾炎武与清初的学术思想。晚与蒙老、中舒兄应黄元贲兄之约，在他家中吃晚饭，家庖做得颇为细致。

十一日

今日为星期六。早餐后，与彭同志一同去参观王建墓。坐四路汽车到老西门，走到三洞桥，就到王建墓了。王建墓是一九四〇年国民党统治时期挖防空壕时发现的，没有人去管它。到解放后党和政府才把这残破的石冢和隧道整理修建起来，墓中的古物，如玉册和银器，现保存于省博物馆，在这里陈列着拓片和照片。但是我们到王建墓中看见石台上陈列着王建的石雕像，隆目广颡，和史书上所记载的相貌差不了多少，一定是有根据的。四川为天府之国，四面都是崇山峻岭，鸟道丛栈，有险可守。凡是统治阶级抱有政治野心的人，像李特、王建之流，拥有雄兵，一到四川，就想负固自守，称帝称王压迫人民了。我们从王建墓出来到三洞桥，三面是小桥流水，绿树成行，在桥的旁边枕泉临流，开设了一个茶馆，再往前面还有一家饭馆，竹篱茅舍，叫作带江草堂。我就和彭同志拣了一个靠河边的座位坐下，喝了两盖碗茶。我一边看窗外的自然风景，听脚下从地板中发出来涓涓流水的声音；一边吃茶，一边谈学术讨论会的情况。我回想到我童年家住在济南，就很喜欢到汇波门外去游玩。汇波门是一座水关，出了水关，全是水田漠漠，绿柳成荫，远远地在绿柳当中有一个席棚搭的茶馆叫作柳园。那时我不过十三四岁，主要的是没有钱，没有到那柳园里喝过茶，不过是望望而已。今天我能够悠然自得地在这里喝茶，而且我感觉着风景宜人，比柳园要好得多了。遂诌了一首绝句：

天涯浪迹半平生，历尽奇山千万峰；

无谓一泓桥下水，大江豪气水流东。

吃过茶后，我就与彭同志分手，到三道街去看三姑母。在她家里吃午饭，谈些家常，二时后回校。睡了一个中觉，因为天气骤变，身体颇感不适。晚上到黄先生家去，请她为我煎桑菊饮。黄先生怕我冷，并借我一条毛毯，学校中同志们对我招待的殷勤，就可以想见了。服药后回屋稍读一会儿书，就睡觉了。夜中身出微汗，顿觉适然。

十二日

今日为星期日。早餐后写日记。中舒兄约我和图书馆林名均同志在政协俱乐部吃午饭，并参观李劼人的藏画。李劼人是四川小说家，去年故去的。饭后游玉龙街旧书店，购得旧拓本《麓山寺碑》，"英英披雾"四字尚未损坏，但涂抹损字太多。黄少荃先生约我和中舒、彦威诸兄在她家吃晚饭。由黄先生亲手做的豆花和东坡肉，味道很美，饭后畅谈甚快。

十三日

早餐后，到川大图书馆。所藏的书籍，以地方风土志为最多。见有费经虞及其子密所编的《剑南芳华集》二十卷传抄本。此书向无刻本，昨在旧书店见有一部，较此抄本为旧。馆中还蓄存有战前华西大学所出的《集刊》，虽多为考证文字，然外间流传不广。林名均同志并赠我邓少琴编的《益部汉隶》双钩石印本一部，对于我研究汉代史学颇有用处。下午继续开学术讨论会，由徐、蒙两先生发言。中舒兄讲的是研究明清史的重要性及顾炎武的学术思想。蒙先生讲的是王船山所提出的"能"与"所"的问题。适方国瑜先生从昆明来蓉，也参加了这次会议。方先生是要乘飞机到北京参加编纂杨守敬历史地图会议的，在成都相逢，可算是"他乡遇故知"了。这次学术讨论会共开了三次，今天闭会。晚，到忱之兄处夜谈。晚间偶读甲戌本《红楼梦》，我对于这部书的见解是：它不但以暴露清康熙乾隆时统治阶级腐朽的情况和当时社会的背景为其主要内容；同时对于反面人物固然尽情地揭露，就是对于正面人物，如林黛玉的孤芳自赏，过于离群索居，招谗致怨，把她尖刻的地方也描绘出来，而不掩护她的短处，又如作者对薛宝钗是皮里阳秋深感不满的，可是也不掩盖她的长处。作者把每个人的思想、行动，错综复杂的地方，都委曲宛转地刻画出来，是这部书的特长之处。这不过是粗粗阅览所得到的浮光掠影的印象；若是细读起来，领会的地方还要多些。

十四日

早餐后，正要到东大街买些零星物品，适黄元贲兄来访，就同他一块儿去游街市。同访文史馆长张宾吾先生，略谈一会，就约元贲兄在政协餐厅吃午饭。下午二时参加川大图书馆所开的座谈会，讨论增辟明清史研究室问题，并托我到北京搜辑有关明清史的书籍，摄成胶卷，以充实研究明清史史料的内容。五时散会，并留影。晚与学校中来访的同志们谈话。早寝，预备明天早晨学校中招待我去游灌县。

十五日

早餐后，蒙老、蒙默和冉光云同志陪我去游览都江堰。乘十时的公共汽车赴灌县，因为路中耽搁，下午一时始到灌县，连忙与县人委会交际处联系，住在县委招待所。在街上一家青城餐厅吃过午饭，已经下午三点多钟了。灌县是一个山城，在山脚底下，有一条长街，远看着一片青山，苍翠可爱。蒙默同志是在这里灵岩山书院里读过书的，路途很熟。他就引导我们沿着这个长街，往前面走，看见街上有卖草药和虎豹皮的店铺，可见这里离深山不远，有许多猎户了。我们四人有说有笑，从这条街转过弯去，有一座南桥，桥上建筑着美丽的走廊和房屋，远远看去，好像是一条垂虹，这是北方所没有的。岷江从这座桥下流过去，水势极为汹涌。过了长桥，就到离堆公园。园内修竹幽篁，楠木成林。穿过了长林，就到了老王庙。我们走到庙中最高的楼阁上，凭栏往下看去，也不知何年何月，大约是在秦惠王时有名的匠作家李冰把这座玉垒山凭空凿了一个大缺口，真可以说是鬼斧神工。这个地方，现在叫作宝瓶口，把西边各山上流下来的大水，总汇合起来，从这个宝瓶口流出去。由这个地方，分为岷、沱二江，灌溉了成都四周围数百千万亩的田地，怒涛汹涌，气震山河，声势的雄壮，真可以说是海内奇观。老王庙是建筑在这个缺口左面一个象鼻子形的山岩上的，山岩底下水势奔放，一泄如注。凡是山上由这江中流下的木排，必须以象鼻岩作为目标，冲着这个方向走，才能够转过湾去而顺利地流下来。要不然的话，就碰得粉碎，或者留滞在山岩底下了。我们坐在危栏上，往四面看，真是山势回合，气象万千，由于楼底下的涛声激荡，觉着楼阁还在那里振动。我本想作一首诗的，但是这一支拙笔，实在是难以形容了。从老王庙回来，已经是下午六时。随便吃一点饮食，回到招待所。我们四人住在一间屋内，抵足而谈，大有"未晚先投宿，鸡鸣早看天"的景象。因为走了一天累了，不久即入睡乡，睡得极为酣适。

十六日

六时起来，略有微雨，在茶铺喝了茶，吃了一个鸡蛋。本来是游青城山的，因为下雨，桥梁已断，主要是我的腰脚不健，没有济胜之具，只好游二王庙了。原来灌县的城，是修在山坡上的。我们拾级登山，出了西门，门上嵌有石刻"西川锁钥"四个大字。再往前走，就是玉垒关。经过一个山村，茅舍里冒出了炊烟，人家正在那里吃早饭。再往前走，就到了伏龙观，俗称二王庙，是秦代李冰和他的儿子二郎的庙宇。庙修在山坳上，沿着石阶一步一步地往上走，走了好半天，才到庙门，墙壁上刻着"深淘滩，低作堰，六字旨，千秋鉴"和"逢湾截角，逢正抽心"等盈尺的大字。再往前走，登到阁子上去，往下面看山势起伏，川流密布，东流成为大江，以及江上的索桥和飞沙堰，气象浩大，一览无余，眼界为之增阔。始知山河形势的雄伟、秀丽兼而有之，这是江浙的山水所未有的。下得山来，远望着山岩树林中的老王庙画栋飞甍，真是如仙山楼阁。我们沿着江沿走到了索桥。我到索桥上走了一半，风势甚大，索桥摇摆过甚，就回来了。我们沿着原道，缓缓而归，已经是十二时了。仍到青城餐厅去吃午饭，蒙老点的菜其中有石爬鱼，形象如同鲈鱼而没有刺，是爬在石岩上，吃薜苔生长成的，肉味颇美。蒙老父子的酒量很豪，我们都喝了一点酒，微有醉意。蒙老说：此地因雪山的水初化下来，水性过寒，因之大家都感觉有一点腹泻，稍喝一点酒，是可以御寒的。本来是想搭一时半的汽车回成都，因为买不到车票，只好改搭下午四时半的车回去。吃完午饭后，我们仍到离堆公园去吃茶。茶座很是雅洁，院子里摆着盆景，闲看着远山和窗外苍翠的树林，大有"窗外青山是画图"的景象。在茶座上遇见了灵岩山住持能修和尚，是一位七十二岁的老人，态度沉稳，步履如同少年一样，蒙老和他熟识，说今天晚上要登山回庙去的。我们看见时候不早了，就到汽车站。汽车开行后，已经是傍晚的天气，我看见汽车公路两旁，田畴万顷，都是水田，活泼的流水在沟渠里流着，一片绿油油的田野，农民们正在那里插秧。成都之所以富饶，都是受到灌溉的好处呀，唯有在今天，农民翻了身，才出现了这样的太平景象。回到成都已经下午七时，蒙老请我们在提督街一家张鸭子店吃烧鹅，颇为肥美。我这次虽然未能去游青城，然看见都江堰伟大的水利工程，又有好友作陪，可以说是兴尽而返，回校已经快要到十时了。

十七日

早五时就起来，收拾行李。到八时后，有学校中同志们来同我会谈。中午，赵幼文先生请我到晋乐园吃午饭。刚刚回校，黄元贡兄来看我。接着，华忱之、缪彦威、黄少荃诸同志都来看我。学校已经为我买好了到重庆的火车票，吃过晚饭后夜九时许校长和中舒兄及刘支书都到车站送我。这次到成都来讨扰人家很多，而对于学校实在没有什么益处，可是临行时同志们都有依依不舍之意，使我更觉惭愧。同时我与中舒兄虽然是同学，久知道他的为人耿介；这次我们在一块儿差不多一个多月，更觉他平易近人，诚挚可亲，有长者之风，比我这毛手毛脚的要好得多了。因为累了一天，十时火车一开，我就睡着了。

蓉城史话

第四辑

成都历史沿革[*]

李劼人

成都是中国西南部一个古城，还在三千多年前的部落时代，已有相当高的文化。那时部落号为蚕丛氏，国名叫蜀。蜀就是蚕蛹的古义。从氏族和国度名称来看，可说中国蚕丝的发明便在这地方。

蚕丛氏时代的蜀国幅员相当庞大。川西大平原是它的根据地。但那时川西大平原尚是一片沼泽地带。由灌县漫溢出来的岷江江水，尚无一定过流河床。所以在蚕丛氏以前的部落号为鱼凫氏，它的意义就是说明了那时代的人民还生活在水中。

蚕丛氏后为开明氏。这时的蜀国与秦国有了交通。公元前三一六年，蜀国在秦岭南部开辟通道，可以驰行车马。之后，秦国遂派大兵侵蜀，灭开明氏。那时统率大兵的是秦大夫张仪和司马错。

---

* 本文由易艾迪据成都市城市基本建设档案馆藏他人抄写手稿整理。——编者注

蜀灭之后，张仪和司马错为了统治和镇压土著人民，便相度地势，在重要地点筑了三座土城，专门用来屯扎军队和官吏。这三座土城，一为邛城，在今邛崃县；一为郫城，在今郫县；一为成都城，在今成都旧城内。据书籍所载，成都城因土质恶劣，筑成了又圮，圮了又筑，直到公元前三一○年方才筑成。并因曲折不规矩颇似龟形，故在早又叫龟城。后来不知在何年代又在龟城之西筑了一座较小的城，用来居住平民和商贾，称少城。龟城称为大城。

尚在秦朝时代，蜀国改为蜀郡。曾有一郡守李冰是中国历史上有名的治水专家。他在西川的功绩人人皆知。治理灌县的都江堰，成都城外的两条河也是他疏治的。于是，四川西部平原的积水才有固定的排泄河床，并成功建了沟渠网。成都城外两条河因地形关系都是由西北并流向东南，到今九眼桥地方才合而为一。从这时起，交通更为方便。秦朝时代最为考究的能走四匹马并排拉车的"驰道"，已纵横于川西地方，从而手工业也发达起来了。成都城南便有了两处手工业集中的小土城，一为专门造车的车官城；一为专门用川西特产蚕丝制锦的锦官城。经过若干年这两座城都消灭了，但因制锦为成都特殊的手工业，故成都又称锦官城，简称锦城，并把城外两条河之一称为濯锦江，简称锦江。其余一条呼为流江，又呼沱江。

到西汉武帝时代（公元前一四○年至公元前八七年），为了沟通西南少数民族（即今茂县专区、西康、云南、贵州省的大部分），以成都为重点，遂在公元前一一五年扩大成都大城、少城，将以前少数几道城门开辟为十八门，而使四川许多地方都筑了城，并以成都为模范，造了许多防御工事，如楼橹雉堞之类。

西汉之末，中国大乱。公孙述据蜀称王（公元二四年）。到公元三六年为东汉大将吴汉所灭。这是成都建城后第一次城下之战，也是第一度作为帝王之都。

成都第二次作为帝王之都是在魏、蜀、吴三国鼎立时代。从蜀汉先主刘备于公元二一四年攻入成都算起，到公元二六三年后主刘禅出降于魏国大将钟会之时止，成都作为蜀汉都城四十八年。

直到现在尚确可指为蜀汉遗迹的只有公元二二一年刘备筑坛即皇帝位于五担山之南的那座差不多已将坍平的、由开明时代遗留下来号称五担山的土丘和可能作过蜀汉丞相府第中的一口水井，即今东城锦江街的诸葛井，以及曾经是蜀汉丞相诸葛亮的桑园，并且是刘备的陵墓所在，即今城南外面的武侯祠和昭陵（一般称为皇坟）。

蜀汉时的成都，仍然是大城、少城两座城，仍然是大城住官吏，少城住下民商贾。蜀汉的宫殿也在大城，当时蜀汉全国人口不上二百万，成都是国都，据估计两座城的人口绝不会超过十万。这是张仪筑城之后五百七十年中人口最盛的一个时期。

成都第三次作为帝王之都，是在公元三〇四年到三四七年，当中国西晋到东晋的时候，也是四川和成都在历史上最为衰败的一段时间。那时正是少数民族散处中国，纷起割据，由陇西侵入到四川来的巴西氐人李氏。侵入原因，由于饥荒，侵入人数不过三万。李氏夺得政权自立为蜀主，当地人民不能相安，四川土著曾经一次举族流亡到湖南湖北等地去的便达四十万家。因此，川西平原和成都人口在这四十三年当中减少得很厉害。所以在公元三四七年东晋朝大将桓温溯江伐汉时，如入无人之境。并且在灭李氏之后，便因成都人口太少，用不着分住两城，仅保留了一座大城，而将少城拆为平地。这是成都筑城以来第一次大变更。经过二百三十五年的南北朝，虽然变乱频频，但四川却因是边疆地方，尤其是成都偏在西陲，没有遭到许多大兵灾，人口反而渐渐增多了。因此，隋统一全国之后，公元五八二年，隋文帝杨坚封他第四子杨秀为蜀王兼益州总管。他到成都时，便感到一座城太小。据书籍记载，杨秀遂附着大城的西南，增筑了一道城墙，说是"通广十里"，也称少城。不过与秦汉时少城不同之处在于附着大城而非与大城相犄角。

杨秀所筑少城，也是土城，而所取之土就在少城内。取土既多，其地遂成为一个大池，名摩诃池，在唐宋时是有名的胜境，不亚于今天北京的三海。元、明时，已渐淤塞。清代二百八十多年中还剩有"水光一曲"。最近四十年来，已无踪影，只是摩诃池的名字还在。成都在唐宋二朝都是中国西南部一个大都会。当时在全国最富庶繁荣的，一是扬州，一是成都。尤其在唐玄宗李隆基时代（公元七一三年到公元七五五年[①]），所谓天下四大名城（长安，成都，扬州，敦煌），成都便居第二。成都恰又处在当时首都长安之南，故在李隆基逃避安禄山之乱，迁居成都时，还一度将成都改称为南京。稍后中国大诗人杜甫从甘肃避兵到成都，所作诗还题为"南京道上"。而且唐朝二百八十三年中（公元六一八年到九〇五年[②]），西川节度使大都是由负有全国威望的大臣出任。又因常与西藏、云南少数民族作战，今天的茂县专区和西康省的西昌专区，都是那时的战场，成都是兵粮转运据点，故

---

① 唐玄宗李隆基在位时间为公元 712—756 年。——编者注
② 唐朝于公元 618 年由李渊创立，907 年为后梁朱温所灭，历时 289 年。——编者注

又是当时的重镇。公元八五七年，南诏国（今云南省大理地方的白族，后即更号大理国）大兵从会理、西昌越过大渡河，由宜宾、乐山沿岷江攻到成都城外，大肆杀掠，四郊人民避入城内，不但无屋可居，据史书言，连摩诃池的水都喝干了。南诏兵围城一个半月，才战败向新津退去，这是成都遭受外患的第一次。公元八七四年，南诏大兵又进攻，前锋达于新津县，成都又一度恐慌，四郊居民又纷纷入城。据史书载，"数十万人蕴积城中，生死共处，污秽郁蒸，将成疠疫"。这是成都遭外患的第二次。距上次不过十七年。因此，在公元八七五年，唐朝大臣高骈调任西川节度使到成都，把南诏兵逐回大渡河南岸之后，便建议在成都城外当西南一面，再筑一道罗城。

这时成都城只算是一座城。原来的大城和杨秀附着西南增筑"通广十里"的少城，已是混而为一，通名为子城。虽然比起原有一城大了许多，但其中既容了一片很大的摩诃池，又因唐朝信奉佛教、道教，在城内修建了许多占地极大的崇宏寺、庙、观、宇，如今天尚部分存留的大慈寺、文殊院，已经没朽了的石牛寺、严真观、江渎祠，便是一例，因而容纳人民居住的坊和作商业交易的市，便非常不够。即在两次遭受外患以前，当公元八〇〇年前后韦皋作西川节度使时，便曾在南门内外锦江之南修建过一片可容纳一万户的"廛闬楼阁"，名为新南市。但据史书记载，人口的增加也不能拿今天情况来推想。因为就在唐朝极盛时代，全中国人口不过五千一百多万，四川绝不会占其十分之一。因为在公元九六五年，后蜀主孟昶投降北宋时所缴的户籍才五十万四千零二十九户，从前的户要大些，平均每户八人计，也不过四百二十余万，即以十人以上计也不过五百五十余万。但唐朝末年和五代时期，还因中国大乱，四川是比较安定的地方，长江一带和陕西、甘肃等地许多人家不断逃到四川，所以才增加了那么多人口。据这种理由来估计，在唐朝的四川人口绝不会达到四百万。成都固然是繁华地方，也是重镇，那时的人口也不过是占总数的二十分之一。所以当两次外患，四邻居民纷纷躲入城内，连摩诃池水都不够供给，然而据史记载也只"数十万人"而已。

就因为连二十万人都不够容纳的成都之城，所以在公元八七六年高骈便相度地势在西北角上先筑了一道长九华里的高堤，即今天的九里堤，当时称为糜枣埝。把原来的两条像衣带一样的、经由西北流向东南的内面一条河流，即称为流江又名沱江的，从这堤下另掘了一道河床，使它分由西北向正北绕正东流向今天的九眼桥，与剩下的那条外面流的锦江仍然在今天安顺桥口合流。其次，便在干涸的河床南岸，用当时由四郊坟墓掘得的砖石，砌成了一道周长二十五华里的罗城。

成都在唐朝时已很繁荣了。连在子城罗城内所修建的人民居住的坊，即今天所称的街，共有一百二十坊。有东南西北中五处商业交易的市。有全国驰名的手工业如蚕绵织锦，制药，花笺纸绢扇等。但它极盛时代尚不在唐朝，而是在从公元九〇七年到公元九六五年，五十八年的五代时期。在此时期，四川前后有两个独立国，都称蜀国。前一个称前蜀，为唐朝大将王建于公元九〇八年称帝，至九一八年病死，其子王衍即位，至公元九二五年被后唐所灭，计立国十七年。后蜀为后唐大将孟知祥于公元九三四年称帝，九三五年病死，其子孟昶即位到公元九六五年被北宋所灭，计立国三十一年。前后蜀都城都在成都。故成都可算是第四、第五次帝王之都。

这五十八年中，成都的繁荣可谓达于顶点。所以至此的原因，第一，由于四川，尤其成都不像中原和其他城市遭到不停息的战争。第二，四川的财富不但不曾外溢，而且还以四川的特产，尤其是织锦之类，换入许多财富。第三，前后蜀国的两个后主都爱好文艺逸豫，朝野之间，形成一种享乐风气。第四，赋税较轻，劳役较省，人民较安定。第五，前后蜀的灭亡都没有经过城下之战。在这时期中，成都最为显著的事件有：

一、孟知祥时为了加强外御，又在罗城之外加筑了一道比较低而不很厚的土城，用以限制骑兵驰突，当时名羊马城，长四十华里，从东北角起逶迤到西南角止。一则东南西而限于河流不易兴筑，二则也因外患之来只在西北二面。但筑城之后未使用，到孟昶时作为花坛，沿四十华里的土城上种了无数的木芙蓉，甚至连旧有罗城上都种遍了，秋来开花，斓如云锦。故成都又称为芙蓉城，简称蓉城。

二、从王建起就着意兴建宫室苑囿。他们两代帝宫都在唐节度使公署内，即今天成都市人民政府所在地。不过那两代规模却大多了。从今天东顺城街以西，几乎半个成都城的地方都是，似乎比今天北京清朝故宫和三海还为富丽优美的宫苑。从当时一位著名女诗人，即孟昶宠爱的小徐妃的一百首宫词中可以看出，除了原有摩诃池更加扩大外，还在今天半个少城地方掘了一片更大、更曲折、优美，并且具有岛屿、浦、溆、台榭楼阁等许多仙境似的龙池。而达官贵人的园林也到处都是。此外还有供平民大众游玩的胜境，如高骈改流以后那一条包在城内的无所用之的河床，便改成为一片名胜的江渎祠（即今天从南校场经由上莲池、中莲池，直到新南五门之西，所谓下莲池那一大带市街的地方），还有崇楼杰阁的五担山；西门外的浣花溪、百花潭，还有东门外的合江亭、梅园，东山，东城角外的千顷池，北门外的宣华苑、威凤山、学射山，等等；都是可以四时去游玩之处。许多地方虽在宋时更为著名和美化，但建基却是在这五十八年比较承平的时期。

三、文学艺术盛绝一时。这是因为成都在文艺方面本有良好基础，加以那时中国大乱，许多文人艺匠都来到了成都，启发了许多新的东西。今天从书籍所记载确可考出的，第一是雕刻书版，在当时不但只有成都有此一门艺术，而且传到今天，还是以那时蜀刻本为最精美。只要得到一页半页，便珍若拱璧了。第二便是绘画，无论是画在绢上、纸上、壁上，都以成都为最好、最多。尤其壁画，除宫殿中的外，凡画在各寺、庙、观、宇壁上都有记载，可惜从北宋起，历经变化，大都无存了。第三是诗词著作，那时只有在江南的南唐才能与之匹敌。就在今天，讲五代文学，也不能不以西蜀南唐作代表。

成都在公元九〇五年到北宋，仅仅二十九年，便遭了一次大兵灾。据史书言，是由于北宋认为蜀地太富庶了，灭蜀之后，除将孟氏所搜刮储积的财富全夺去外，对于蜀地人民复想出各式各样花样来尽量剥削。平民百姓简直活不下去了，于是青城县（即今青城山一带）一个平民王小波便率众反抗。不久王小波病死，众人推李顺为领袖，继续作战四年，于公元九八四年攻入成都。可惜李顺仍不免陷于历史上农民革命的规律，一入成都便忘了起义的目的，而称大蜀王登基改元，以四个月的悠长时间，坐等宋朝官吏调兵遣将反攻进成都，把他捉住了。这次战争中，城市破坏很大，许多好的建筑物烧毁了，许多难得的文物艺术也破坏无存。尤其古今无匹的壁画，所余也不到一半。但是不到五年，即公元一〇〇〇年初，又迎一次兵变。起因是统兵官歧视土著士兵，待遇不平，土著士兵愤而生变。打了八个月，使宋朝官吏很吃了些苦头，几乎从新都方向一里一里地攻到成都城外，又费了许多劲攻入罗城（是时羊马城已经颓圮了），又几乎是逐坊逐巷地才从北门攻到南门，奔出南门完事。这次激烈巷战，对城市破坏更大。据宋朝人笔记说，自此以后，由唐朝到宋朝初积累下来的文物几乎百不存一，数十年前营造得像仙景似的摩河池、龙池，在北宋时已荒芜，到南宋便渐渐淤塞。据爱国诗人陆游说，许多地方已经变为"平陆"。

不过在整个宋代（公元九六〇年到一二七六年），成都也还有它特盛处。第一，织锦手工业特别发达，并全部为官营。因为宋朝朝廷要利用这种特种手工艺品去博取辽、金、元人的欢心，并用它去掉换马匹。第二，雕刻书版愈多愈好，始终居当时临安的这项手工艺之上。第三，花笺纸也继续着唐朝余绪，未曾衰败。第四，城市建设除了前后蜀的宫苑限于当时体制未能恢复旧观外，其他很多名园胜境似乎比唐朝还要多些、好些。第五，城内河流除唐朝已开辟的一条金河外（即今天的金河，稍有变更），还开辟一条解玉溪（明末已淤为平陆），解决城内饮水、交通、消防问题。第六，创始地在"红尘涨天"的土路面上铺石板为全国各大城市取法。这都是由于三百年间除了宋初两次激烈巷战外，并未经过大变乱。尽管黄河、淮河流域，长江中下游，襄河秦岭等处有过若干次大战，而四川内地尤其是成都到底还是小康地方，人民比较得以安宁。

从公元一二二五年起，蒙古兵曾三次攻占成都。直到公元一二五八年元人才在成都树立了基础。蒙兵入城之初，杀戮破坏都很厉害，后来安定后也没大的恢复。而且，据书载，当时科差繁重。而就成往来者扰民尤重，且军官或"抑良民为奴……"。充分说明了当时四川，也是成都人民的痛苦情况。可这一百余年当中，成都是再度衰败了。

公元一三五七年（元朝末年），四川政权转移到一个湖北起义农民明玉珍手。明玉珍死于一三六六年，其子明升承继，至一三七一年为明所灭。到公元一三七三年（时明已取得四川），曾两度修复了颓圮不堪的城墙。大概城墙范围仍然照唐宋传下来的一般大小或小有修改，但已不可考了。只是唐宋时在正北、正西、南这三方面是两重城墙，故有子城、罗城之分。而从明朝起，便仅是一道砖石土混合筑的城墙。

公元一三七八年朱元璋封他第十一子朱椿为蜀王，并在一三八九年大修城墙时起，派人在五代前后蜀国宫苑遗址上，摩诃池的东边，即今天成都市人民政府所在地，给他修了一座藩王府第。虽然规模比五代时宫苑小，但以今天街市情况考起来，还是相当大的。北起今天骡马市街，南至今天红照壁街，东至今天的西顺城街，西至今天的东城根街，以今天成都街道来看，恰在城中心占了个大长方形地方。藩王府有两道城墙，内面一道在今天正在恢复的御河内沿，正南有三洞城门，一座名端礼门，上有两重城楼。此门楼今已修复，不过比原样低了三至四尺。上半截的龙形琉璃砖瓦更无法恢复。门楼还未修复。明朝时这中间有十几殿，很多崇楼杰阁，并有比往昔小一些的摩诃池。外面一道墙名夹城，只有东、北、西三面用以隔绝平民百姓。内城之外，夹城之内为园苑。但在明朝中叶，有一位蜀王改变了夹城范围，修建了一些别馆，今天在西顺城街南段之东已变为中心菜市场的安乐寺，和北段之东处在鼓楼南街，今天已改为交通所和商业所的一部分的太平寺便是一例。南面端礼门之外，原有拱桥三道，跨于御河之上。再南又有大桥三道，跨于金河之上两侧。当东御街口上原有鼓吹亭两座名龙吟和虎啸亭，一九五二年修建人民南路始发现二亭石基。大三桥之南有长达二十余丈的影壁一座，故此街称为红照壁，在一九二五年方为当时军阀拆卖无余。

从明朝起，成都又渐渐繁荣起来。丝织特产在元时也未消灭，到明朝因为民生安定，需要量大，便又兴旺了。其他许多内外销的手工业品也是这样。故成都在明朝除了藩王府建筑外，其他官署寺庙园林名胜一般都修得很好，尤其在今天的华西坝和新村一带，是当时最有名的中园，梅花极多，并有唐宋遗留下来的号称梅龙的古梅。虽然明朝二百七十五年间四川别的地方发生过几次战事，但成都还是安静的。不过那时成都人口也并不多，因为城市并没比宋时大，而城内也是除了藩王府占去一大片地面外，东城一个大慈寺就有九十六个院落，西城一个圣寿寺就占去今天少城南面一大半，北门除了五担山和今天的文殊院外，东北角还有一个绝大的益州书院。此外，官署也大也多。而为人民居住处和商场所用的地方很少。而且限于体制，平民百姓的房子大都是平房，没有高楼。以此估计在明朝算是复兴了的成都，它的人口也不过十万上下，顶多十五万罢了。

明朝复兴的成都是在公元一六四六年上半年被消灭的。事情是由于张献忠。因为大半个四川既为明朝和各地土豪据守着，不但不能征取，而且颇有联合起来向川西进逼之势。同时清兵业已进入山海关，与他同时起义的李自成退出北京，撤向山西陕西，有向湖北发展的情形。他便率领大军想由川北去湖北，但他恨极敌人，故决计绝对不留一人一物给敌人。因此，在公元一六四六年初开始有计划地将成都和川西平原上所有未曾跑散的人民都集中起来，所有城墙都拆平，所有房屋东西都烧毁。单以成都而言，在他彻底败坏了六个月，将人民和军队一起带走后，城内城外几乎全光了。古代的遗迹只剩下了五担山和金河以及城外的丘陵河流，那是无法变更的。至于人力建设的只有藩王府的端礼门，跨越金河的三座大桥，桥南两只大石狮，一道影壁，这都是明朝的建筑。有些较古艺术，如铜铁佛像等，大抵在他攻入成都时埋藏在土内，尚零星保存了一些。据书记载，从公元一六四六年起一直到公元一六五九年，十三年中成都是一片荒芜，城内只有野兽而无一个人的踪迹的。到公元一六五九年清四川巡抚高民滕奏请将省会由阆中仍移成都，才开始有了人烟。城墙和房产才因陋就简逐渐修建。到公元一六八三年，据当时最可靠的记载说，因为奖励外省移民到此的结果，城内"通衢"才有了"瓦屋百十所，余皆诛茅编竹为之，而北隅则颓垣败砾，萧然惨人"。这是在大破坏之后三十七年的景象。又经十五年到公元一六九六年，距大破坏后又五十年了，据书籍所载，成都的"人民廛市"已增多，然而也不过几千人口瓦屋数百家而已。

　　成都的恢复是在公元一七一六年前后，才陡然增加了进度。一是地方安定，出产丰富，生活较易，使人民住得下去。二是交通不便，因而凡是从前作官吏、商贾的外省人，到成都一住定就不愿再走。三是这一年清朝为征伐西藏，从湖北荆州调来满洲蒙古兵二十四旗，一千五百名连同家属约计六千人到成都来协助后防，后来就驻成都，因而人口急遽增多。四是公元一七七五年清朝对大小金川的用兵，公元一七〇一年对廓尔喀的用兵及那时前后十几年川北、陕南、鄂西白莲教的战争，成都一直是大后方兵粮转运据点。求名、求利、求安定生活的都麇集于此，故成都又很快复兴起来，但距大的破坏之后，也经过了一百四十五年。过此，每逢四川省内外一次变乱，成都人口就有或多或少的增加，一直到对日抗战发生以后也没有变更这条规律（所以成都人口全都是外来客籍）。故成都这地方在公元一九四九年解放以前，无论怎样繁荣，人口怎样增多，到底是个消费城市。虽然它也有相当数目和不少的手工业（但从历史上传留的手工艺如织锦、制花笺纸、制扇等，经战争的消灭，特别是张献忠那次破坏，果真就消灭了），却始终进入不到大的手工业生产。

在清朝时代（从公元一六四四年到一九一一年），成都比较可说的建筑物计有：

一、大城城墙。据公元一八七三年重修的《成都县志》载，第一次修复在公元一六六二年，系土筑，周长二十二里三分，计四千零一十四丈（旧营造尺），高三丈又八尺，厚一丈。东西南北四门，外环以壕。第二次大改修由当时四川总督福康安奏发币银六十万两，全部用大砖大石砌成，从公元一七八三年开始，经过三年到公元一七八五年竣工。据同一《成都县志》载：周长二十二里八分，计四千一百二十二丈六尺，垛口八千一百二十二垛，砖高八十一层，压脚石条三层，大雉房一十二座，小雉房二十八座，八角楼四座，炮楼四座。四门城楼顶高五丈。又记说在一八〇二年四角添筑了小炮台二十四处，周围的城壕也浚深浚宽了。

二、贡院。公元一六六五年，四川官吏奏请就明朝旧藩王府原址改修为三年一次的，由全省秀才考取若干定额举人的考试院。因为考取举人要于当年贡到北京去考进士，故又称贡院。各省贡院也一样有致公堂、明远楼，但都没有成都的崇宏伟丽。因为成都贡院的致公堂是就明蜀王府端和殿原址建成，明远楼就是端和门原址建成。一六六五年以后，曾有若干次重修补修，以公元一七四五年增修为最好。以今天成都市人民政府大礼堂（即致公堂改建的）外那一座有石刻乾隆十年御制诗的石坊为例，足见一斑。贡院最后重修是在公元一八〇三年，《成都县志》上有所记载，特录于下："同治元年壬戌，各大宪因贡院多所倾圮，通省筹款，彻底重修。以二年癸亥（即公元一八六三年）三月创始，越三年甲子（即公元一八六四年）七月告竣，共成堂楼院所大小五百余间，如明远楼、致公堂、清明堂、衡文堂、文昌殿及监临主考提调，监试、内外帘官住院，虽牵循旧制，但高大宏敞。又添建弥封所一院，抄录房十五间，受卷所、布科所共十余间，统用银七万两有奇。"只是没提到每三年秀才们最欣喜而又最烦恼的仅仅三尺高、照千字文编了号的一长列一长列用木板钉成的考棚子一万三千九百三十五间。但贡院范围已比蜀王府为小，御河之外，已是民居，仅止端礼门外直到红照壁，在科举未废，贡院未改为学堂以前犹留下一片大广场，平时客人搭棚小贸。到科举时就必须拆光，故后来三桥以北虽已改称贡院街（即今天人民南路的北段），但至今一般人尚呼为皇城坝。

三、满城。在清朝恢复成都大城墙时，仍照明时的规模，在原有基础上修建的一个完整的城。公元一七八一年，因由荆州调来之满洲蒙古兵丁及其家属要长住成都，以防御和镇压汉人和边疆少数民族，便在大城西部修了一道较为低薄的砖墙，一般称为满城。《成都县志》说：满城"周四里五分，计八百一十一丈七尺三寸，高一丈三尺八寸。门五：御街小东门（今天祠堂街东口与西御街正对），羊市小东门（今天东门街东口与羊市街正对），小北门（在今长顺街北口与宁夏街正对），小南门（在今小南街南口与君平街斜对），大城西门。城楼四，共十二间（只小北门无楼）。每旗官街一条，披甲兵丁小胡同三条。八旗官街共八条，兵丁胡同共三十二条"。满城修建当时是有整个计划的。据书籍载：凡划入满城区城内的汉人官署和住宅，一律迁移到大城。满洲将官一家占地若干平方丈，骑兵、步兵每家占地若干方丈，都有一定制度。甚至房屋修建格式高低也是定制划一了的。在今天成都街道图上，还可明显看出长顺街是一条主要大街，俨然如鱼的脊背，几十条胡同分列东西，俨然若鱼刺。在公元一九一一年革命后，打破满汉界限，改称满城为少城，改胡同为街巷以来已经变了，变得顶厉害的是把一个近二百年的极为幽静的绿荫地区变为个极不整齐、杂乱而不好整理和改建的住宅区。

四、河流沟渠。清朝时代成都建设最足纪录的便是金河、御河的随时修理疏浚。考明朝时候成都城内除金河、御河外，还有一条是在金河入城后分出一支绕由中城东流到外板桥仍合于金河，还有一条是从西北城角流入、横经北城向东，在今天落虹桥处出城。这两河可能都是宋朝的遗迹，到清朝都淤塞了。有些变成没水道的大塘，叫淖塘，有些变为洼地，叫淖坝。后来便只剩下一些桥名湖名。但就这仅有的金河、御河言在清末前，不惟是成都城内风景河流，且对于交通、饮用、消防都发生过一定作用。其次是沟渠（即今天所称下水道）。当时的官沟即干沟是全用条石砌得相当深广的。以前的官沟图有两份，一存成都府衙门，一存藩台衙门内，至清末都不存在了。据老人言，以前的官沟也是分北城、中城、南城三个系统，独满城没有官沟，不知何故。三个系统的总汇在今天劳动人民文化宫西侧，当时各大阳沟和今天的沟头巷一带。据说六十年前，即当公元一八九〇年时候，那带总沟还像小溪一样，水流涓涓。也从那时起，政治更趋腐败，官吏只知贪污。以前的一些善政，没能维持，加以成都人口日益增加，地面使用迫切，当时腐败政府既没规划也不干涉，一任私人侵占，因此河流就越来越窄，原有两岸都变成屋基，官沟就越退越后。原规定官沟以外的公地都是商店和住宅。不惟街道变为小巷，而且从宋朝以来一直没有遭过洪水的城市，在公元一九〇九年和一九一〇年竟两次因为河流沟渠不通畅，而且在豪雨之后，许多较低房屋都曾被淹过好几天。

清朝一代成都人口，在公元一九一〇年前无统计。直到一九一〇年，成都已经开办了几年警察，作了一次户籍调查。虽不很精确，大体还可靠。据正式发表数字，在城内为二十七万七千二百零三人，在城外的（当时只有北门外、东门外乡一些街道，南门外较少，西门外更少），为三万七千七百七十一人，共计三十一万三千九百七十二人。也因仅为数二十七万多人，城内便显得十分拥挤，许多园林胜地都被破坏，变作住宅。许多菜园荒地及城脚淖坝都变成了低帘矮户、简陋污秽的若干小街巷。因此，更足证明唐宋明三代时候，成都人口总之从不可能超过十五万。

由公元一九一一年推倒清朝专制统治后，直到一九四九年年底解放时止，三十八年当中，成都的变化太大，但不是变好，而是向坏的方向走。虽然在清末时候已渐渐有了一些小型的机器工业，如造枪弹的兵工厂，造纸厂，造银圆、铜圆的造币厂，也渐渐有了一些现代设备如有线电报局，直流电发电公司等。但毕竟没有铁路，没有重工业，创造不出有利条件。更由于一九一一年以后军阀的争权夺利，有人统计从一九一三年起四川省的军阀土匪的战争便达四百多次。成都是一省的政治中心，凡有野心的军阀都想霸占它。因此，争城之战（连围攻和巷战在内），前后大小有二十次，对日抗战中期飞机前来轰炸又若干次。每次焚烧杀掠的结果，还是人民吃亏，而且长期处在被帝国主义经济势力、军阀的武力压迫和剥削阶级压迫之下，人民日益穷困。而军阀政客匪徒特多，投机倒把的奸商们只知自私自利剥削压榨，过着腐化堕落生活，根本不想建设。所以在此段时期中，总的说来，成都是继西晋末巴西氐人李氏入侵之后，是继宋来蒙古兵侵入之后，是继明末张献忠夺占之后第四次衰败了。不过这次衰败与前有所不同处，是看起来好像有些小小的建设，但事实上都是甚至都破坏了。例如：

一、大城城墙。这是从一九二四年开始被破坏的，直到现在一大半已成了摇摇欲坠的黄土堆，一小半已不完整，现在尚未决定如何处理。

二、满城之墙。从一九一三年就陆续拆毁了。原来墙基已改为许多街道，今天的东城根街就是其间一大段。

三、皇城城墙。从一九二七年破坏，现在只剩一座三洞城门，还是一九五一年初才彻底培修，成为今天的模样，但城门的楼还未设计。

四、贡院内部和红照壁。红照壁系一九二五年拆毁的。贡院是从一九○六年科举废后就改为若干学校和一所官署。从一九一五年起，几次改为官署，并曾作过两次战场，最后划为四川大学校舍。抗日战争起后，四川大学迁走，曾遭日本飞机轰炸，原有建筑物被毁不少，一般平民遂移住其中。到一九四九年解放之初，整个贡院除一部分仍是实验小学，一部分改为博物馆，一部分驻公安部队外，几乎全为私人霸占，并化为几千家贫民窟。一九五一年，成都市人民政府迁入后，始逐渐建立一人民新村将贫民移去。并首先将半圮的致公堂改为人礼堂。其次将博物馆移到人民公园，整修了明远楼作会议之用。一九五二年底复将部分贫民移去新村，以那地段建修一个可容纳五万观众的运动场。

五、金河和御河。金河早已变成一道窄窄的阳沟。到一九五二年整修人民公园时，始将祠堂街的一段加以整理，祠堂街靠金河西的铺房西头一段是一九一五年以后修建的，东头一段是一九四一年修建的，把一长段金河风景破坏了。御河是一九一二年起便逐渐为人侵占，创成无数条极其卑陋的小街巷，是成都几次大瘟疫的发源地。现在已着手修复。

六、沟渠街面。官沟系统自清末业已紊乱。难于清理，但总沟尚部分完好。从一九二四年城内开始修建马路，始完全破坏。也从这时起，城内街面才渐渐拓宽，将全城石板街面完全改为三合土路。但拓宽街面并无整个计划，两畔街房有在三年中拆让到五次之多，使人民财产浪费不少。因而改修的街房都甚为简陋。现在几乎半数都成为危险建筑物。路面也因偷工减料之故，几乎无时无刻不需要修补。雨天烂泥满街，晴天尘土飞扬，使成都成为一个不清洁的城市。现在下水道和路面工程已经有计划地开始了。

七、全城所有的中等庙宇、名胜古迹，大会馆、大官署都是从一九二四年起逐渐被侵占被破坏，被改修成私宅、大街、小巷、弄堂式的租佃小屋和贫民窟。如臬台衙门修为春熙路，藩台衙门为藩署街、华兴东街和几条弄堂与私人住宅（今天四川日报社的房子便是其间的一部）。从唐朝著名的江渎庙改修为弄堂房子（现改为卫生学校），上、中、下三个莲池都填平了，修成大型住宅和若干小街。这太多了，举不胜举。

总的说来，成都在解放前确是在向坏的方面变。以前良好的具有民族风格、历史意义的建筑物，无论公的私的，全都受了殖民地码头建筑的恶劣影响，而向坏的方面变。虽然成都是一座有二千四百多年历史的古城，就因为在历史上经过三次的衰败时期和近三十八年的无意义的破坏，它需要重新建设，需要有规则地，某些可以恢复，某些可以不恢复，全面地使它发展成一个适合将来环境条件的现代化城市。

一九五三年

话说成都城墙*

李劼人

为什么要写这篇东西？

今天犹然存在于人们口中和地图上的东门、西门、南门、北门乃至唤作新西门的通惠门，唤作新东门的武成门，唤作新南门的复兴门，只是"实"已亡了，而这些"名"，说不定还会"存"将下去，若干年后，也一定会像今天的西顺城街、东城根街，人们虽然日夜由之而所，却想不出它为什么会得有这样一个名称。（东城根街因为成街日子较浅，说得出它由于满城城墙根的缘故，准定还有不少的人。但能说出西顺城街它所顺的乃是旧皇城的东边夹城的人，恐怕就不多了。原因是，这道夹坝建筑得很早，在五代的后蜀时代，毁得也不迟，在清朝康熙初年。志书不载，传

---

*此文写于 1959 年 12 月，由王世达据李劼人故居博物馆馆藏手稿整理。该手稿仅存 15 页，其中正文 13 页，尚缺结尾部分，另 2 页为引文摘抄句。整理时对文中未标句读的句子代为标出了句读。——原编者注

215

说也未说到它，能够明其原委的人，当然不多。）万一再如交子街之误写成椒子街，叠弯巷之讹呼为蝶窝巷①，那么，即使翻遍图籍，还是会莫名其所以出的。（东门外的椒子街，其实就是五代时候前后蜀国在那里制造交子的地方。交子，即当时行之民间的信用钞票，后来叫会子，更后才名钞。因为这名字久已不用，人们感到偏僻，因而才致误了。但是也有不偏僻而致误的，如内姜街，本是明朝蜀王旁支封为内江王的王府所在，设若一直呼为内江王府街，也如岳府街一样，岂不一目了然？就由于省掉一个王字，又少掉一个府字，人们当然怀疑内江是一个县名呀，怎会取为成都的街名？想不通，就简直给它一个不能理解的名字，倒还快爽！叠弯巷，本因这巷几弯几曲，名以形之，非常明白。但是清朝宣统二年成都傅樵村撰《成都通览》，却舍去叠弯本音，以为雅，而写为叠弯的谐音蝶窝，自以为雅，其实是雅得费解，不客气地说，便是不通了！）

再说，成都之有城墙，固然山水久远，设若从秦国张仪、张若于公元前三一〇年破土建筑算起，到今一九五九年，实实在在它有二千二百六十年历史，不过在这漫长岁月中，说它一成不变，例如东晋时候王羲之与益州刺史周抚的帖子说："往在都，见诸葛颙，曾具问蜀中事，云，成都城门屋楼观，皆是秦时司马错所修。令人远想慨然！具未，为广异闻。"这已是诸葛颙的不经之谈，而今天若还有怀疑我们所拆除的，硬是秦城，那简直是故意抹杀历史。其实成都城，在这漫长岁月中，它随着时间的代谢，人民的

---

① 《成都城坊古迹考》："叠湾巷……讹为叠窝巷，《光五团》亦写作叠窝巷"。——原编者注

增减，有时繁荣，有时又凄凉，还时而分，时而合，时而扩大，时而缩小，它的变化是多端的。

就是为了把它的陈迹弄清，才蓦然动念，抽出时间，将十年前没有写完的一本东西，改头换面，剥皮刮骨，重新写出这样一篇比较浅显的东西。由于时间不够，未能访问故老，也未能多翻书本，只是伏处一室，凭记得的东西东抄一段，西写一段，凑合不起时，再由自己的理想去推一推。

好在我的这篇东西，并非作为地方志之类在看，而只是想在人们的文化生活上，略加几笔色彩，说到底，只算一种民间传说的有次序的记录罢了。

听说四川文史研究馆有些老先生，正集体从事要写一部《成都城坊考》。那才是正经记载，以我这篇四不像的东西比之，直小巫之见大巫，惭愧呀惭愧！

一、且先说一说古蜀国

要叙说秦国灭蜀之后，在成都建筑城墙，是不该把古蜀国的史迹和成都平原情形，略说一个概呢？他人意见如何，不得而知，我的意见，却觉得这样倒好。

但是讲到古蜀国，首先感到困难的是文献不足征，其次是史家作史，时代观念为什么会那么糊涂！

川西平原，近年来出土了不少古物。考古学家考来，有一些古物年代都很久远。远到什么时候？据说，总不在商周两朝之下。此说苟信，则李白的诗"蚕丛及鱼凫，开国何茫然，迩来四万八千岁，始与秦塞通人烟。"①倒还不一定是浪漫主义的说法，而东晋蜀人常璩所作的最为有名的地方史书《华阳国志》，反而大可研讨了。

问题的关键，即在于蚕丛这个名号，与蜀国之"蜀"这个字。

《说文》解释蜀字，说是葵中蚕，并引《诗经·豳风》"蜎蜎者蜀"一句，来证实这个蜗曲的虫便是蚕。古代同物异名的例子很多，同物而移状略异，因而异名的例子更不少。吃桑叶而吐丝的虫，唤作蚕，吃冬苋菜叶（按：葵即今天一般人所呼的冬苋菜）而吐丝的虫，唤作蜀。依照古人的办法，今天吃柞叶而吐丝的虫，吃蓖麻叶而吐丝的虫，都该各给一个专名才对。然而我们今人却更精灵了，只把蚕所吃的东西的名字，作为一个形容词，加在蚕字头上，岂不一听，即可使他人分辨出是哪类蚕，何必再创一些专名，等后人去作种种解释？

或者是最初唤作蜀，后来改唤成了蚕，或者是最初只有蜀，后来转化成了蚕。不管是虫的变化，名的变化，总之把这种虫吐的糸，合而为丝，可以线为帛，可以衣被人，使人穿着起来，不但感到比披兽皮强，就比穿着粗毛织成的毳，细毛织成的褐，也轻暖得多，舒服得多，这于人类的生活，是多么了不起的一桩事！发现这种虫的民族，或者能够利用这种业的民族，大家为了标志它的特点，于是给了它一个蚕丛氏的名号，这是可以理解的。上古发明火的民族，我们不是称之为燧人氏吗？发明驯兽的民族，我们不是称之为伏羲氏吗？

---

① 《李太白全集》载为"尔来四万八千岁，不（一作乃）与秦塞通人烟"。——原编者注

因此，我们就不能不同意李白的说法，即把蚕丛氏说成是古蜀国的开创酋长，而把历年推上到四万八千年，比史称始制衣裳、垂拱而治的轩辕黄帝老得多。同时也打破了两种无稽之谈：第一种，说什么蚕丝是黄帝之妃嫘祖发明的；第二种，说什么蜀国长君都是黄帝子孙。

关于第二种，作始于司马迁。《史记·五帝本纪》上说：黄帝第二个儿子昌意，降居若水，娶蜀山氏之女，生的儿子继承黄帝，是为帝颛顼，帝颛顼的庶支，封于蜀，世为侯伯。常璩作《华阳国志》，他不敢突破司马迁所画的圈圈，又不能把口口相传的这些古代民族英雄蚕丛、鱼凫丢了不说，那么，怎么来排列这一世系呢？常璩为了两全其美，他只好编造了一篇糊涂账来蒙骗我们后人。现在我们有了诗人李白的启示，有了无产阶级的历史发展规律的哲学概念，我们敢于来清理这篇糊涂账，使古蜀国的本真重现于我们眼前，但是话说在前，我并非研究历史的人，所据的资料有限，而且寻常得很，账算错了，请批评指正！

让我把《华阳国志》的《巴志》摘抄一段如下："《洛书》曰，人皇始出，继地皇之后，兄弟九人，分理九州为九囿。……华阳之壤，梁岷之域，是其一囿。囿中之国，则巴蜀矣。……其君上世未闻。五帝以来，黄帝高阳之支庶，世为侯伯。"

再把《蜀志》节抄几段："蜀之为国，肇于人皇。……至皇帝，为其子昌意娶蜀山氏之女，生子高阳。……封其支庶于蜀，世为侯伯。历唐、虞、夏、商、周武王伐纣①，蜀与焉。……有周之世，限以秦巴，虽奉王职，不得与春秋盟会君长，莫同书轨。周失纲

①《华阳国志校注》载为"夏、商、周武王伐纣"。——原编者注

219

纪，罚先称王。有蜀侯蚕丛，其目纵，始称王。……次王曰柏灌。次王曰鱼凫。王田于湔山[1]，忽得仙道，蜀人思之，为主祠。后有王曰杜宇，教民务农[2]。时朱提有梁氏女利游江原，字悦之，纳为妃[3]。移治郫邑。……七国称王，杜宇称帝，号曰望帝。……自以功德高诸王，乃以褒、斜为前门，熊耳、灵关为后户，玉垒、峨眉为城郭，江、潜、绵、洛为池泽，以汶山为畜牧、南中为园苑。会有水灾，其相开明，决玉垒以除水害。帝遂委以政事。……禅位于开明，帝升西山隐焉。时适二月，子鹃鸟鸣，故蜀人悲子鹃鸟鸣也。巴亦化其教，而力农务。……开明位号曰丛帝。丛帝生卢帝，卢帝攻秦，至雍。生保子帝。帝攻青衣，雄长獠僰。九世，有开明帝始立宗庙，以酒曰醴，乐曰荆人；尚赤[4]。帝称王。……开明王自梦郭移，乃徙治成都。……"

其下，夹叙了几大段极有趣的、有关五丁力士的神话，以及因何而开辟石牛道，因何而与秦国交通、交恶的故事，因与世系无多大关联，故略而不抄。兹只抄最后一段如下："周慎王五年，秋，秦大夫张仪、司马错、都尉墨等，从五牛道伐蜀。蜀王自于葭萌（按：即今之昭纪地方）拒之败绩；王遁走至武阳（按：今新津县地方），为秦军所害。……开明氏遂亡。凡王蜀十二世。冬，十月，蜀平。"

这真是一笔糊涂账！

---

①《华阳国志校注》载为"鱼凫王田于湔山"。并注曰"鱼凫王后'鱼凫'二字廖本脱。"——原编者注
②据《华阳国志校注》载，此句后有"一好杜主"句。——原编者注
③《华阳国志校注》载为"纳以为妃"。——原编者注
④《华阳国志校注》载为"乐曰荆。人尚赤"。——原编者注

按照《华阳国志》说，蜀侯蚕丛在周失纲纪时始称王。周失纲纪，应当指的是东周之初。我们姑且把它移前一点，移到周幽王五年，宠爱褒姒，王子宜臼出奔申国算起吧。按周幽王五年，为公元前七七七年。《华阳国志》又说，杜宇于七国称王时方称帝，号曰望帝。按七国称王，在周显王十三年到四十七年之间，即是说在公元前三五六年至三二二年的三十四年之间，现在我们暂把杜宇称帝之时，老实朝后挪在公元前三二二年看一看，由此而上溯至蚕丛称王，算来才四百五十五年。四百五十五年，在人类进化的过程上，是多么短暂一段时间！而谓一个民族，一下子便能从山岭区域，移入平陵地带，一下子便能从畜牧渔猎时代，进化到农田水利时代。这未免太不合乎历史发展的客观规律了吧？

上面所提出的，已是一篇糊涂账了，接下去，还有两笔更糊涂的账哩。

我们查看《华阳国志》与《史记·六国年表》，记载张仪等灭蜀，都是周慎王五年的事。按周慎王五年，为公元前三一六年。由这一年，上溯至杜宇称帝之年，假若依照我们极力朝后挪的公元前三二二年，仅仅为六十年头，这短得实在不像话。但是，即令把杜宇称帝，颠转来尽量朝上挪，挪到七国称王之初，即公元前三五六年，又如何呢？那也不过在六年之上，增加三十四年而已。即是说在非常之短的四十年间，被秦国所灭的蜀国世系，不但包括了一个杜宇，包括了开明十二世，而且开明二世卢帝，还带起人马，向秦国进攻过一次，还攻到秦国的都城雍。这岂不是睁起眼睛说瞎话！

我们再查一查《史记·秦本纪》《十二诸侯年表》和《六国年

表》，知道秦在东周立国时，它的都城起初在郿，继而徙居平阳。其后把都城迁移了三处。这中间，还特别提出蜀人与秦的几次关系。为了减少语言的啰唆，兹特按照史记的两个表，加入公元前的年数。列一简表如下。

周釐王五年　秦德公元年　公元前六七七年　徙都雍

周元王二年　秦厉共公二年　公元前四七四年　蜀人来赂

周定王十八年　秦厉共公二十六年　公元前四五一年　左庶长城南郑

周定王二十八年　秦躁公二年　公元前四四一年　南郑反

周安王十五年　齐惠公十三年　公元前三八七年　伐蜀取南郑

周安王十九年　秦献公二年　公元前三八三年　徙都栎阳

周显王十九年　秦孝公十二年　公元前三五〇年　徙都咸阳

周显王三十二年　秦惠文王元年　公元前三三七年　楚韩赵蜀来朝

周慎王五年　秦惠文王二十二年　公元前三一六年　伐蜀灭之

这下，我们细细地算一算看。依据上表，从秦国徙都雍，到蜀人来送礼，历年为二百零三年；从蜀人送礼，到左庶长修筑南郑城墙，历年只有二十三年。按南郑，是汉中平原的首城，在杜宇末一代属于蜀。（说见后）公元前四七四年，秦国特派一名大官（按：左庶长等于其后秦始皇时的丞相，秦国执政大官）来建筑南郑城墙，显而易见，秦国由蜀人手上把这地方夺去，认为是个紧要去处，故才筑城据守。证以其后"南郑反""伐蜀取南郑"，可见从公元前四五一年到三八七年，这六十四年中，秦蜀是交兵频频。但是秦蜀这时节交兵，似乎只限于汉中平原，是秦兵越秦岭而北，并非蜀兵越秦岭而南。因此，把开明二世卢布攻秦至雍，放在这时候，不惟形势不许可，而时间也不对头。设若我们把卢帝攻秦至雍，移到公元前六七七年以后不久，而在公元前四七四年秦蜀复邦交之前，那么，形势能许可，因为这时，秦是秦岭之北的一个小国，蜀却已经强大，正在向北向南扩张（向北扩张，是开明二世卢帝攻秦，至雍。向南扩张，是开明三世保子帝攻青衣，雄长獠、僰。据我推想起来，侵犯邛筰，建立邛都，在邛发现盐井、火井，使邛成为蜀国南疆重镇，又成为财富之区，也就在保子帝向南扩张不久以后的事情。新津的保子山，正是保子帝由之而南的遗迹），以时间来计算，也才符合，因为由秦徙都雍，到秦灭蜀国，一共历年三百六十一年。三百六十一年，来当开明十二世（从第二世到十二世），虽然觉得多一点，但也不过多二三十年，于情于理，都还说得下去。

这样看来，开明二世之攻秦至雍，既然在公元前六七七年之后不久，那么，还早于卢帝两代的杜宇，又何能在三百二十多年之后才称帝，才移治郫邑，才教民务农，才遭到水灾，让位于开明一世呢？这真是笑话说的先生儿子后生妈了！

此之谓"尽信书，则不如无书"。

因此，我们对于《华阳国志》一书，就不能不有所取，有所舍了。

设若我们把蚕丛称王于周失纲纪之时，杜宇称帝于七国和王之会，这两处特别提到时代的地方舍去，设若我们再能打破史家所设的圈圈，不相信蜀国君长都是黄帝子孙，那么，我们看得出《华阳国志》到底是一部有价值的地方史，它所收集的古蜀国许多故事，基本上是与李白诗意相符合的。

首先，常璩说蚕丛氏的眼睛，不与其他民族的眼睛一样。其他民族的眼睛是横起生的，而蚕丛氏的眼睛，则是直立生的。人类的眼睛还没听说有直立生在额脑上的（《封神榜》《西游记》上所说的那些神仙怪物的眼睛，全不作数）。可是欧洲人种学者却说过，高加索人种的眼角上挂，看起来好像有点直。我们看古人画的人物，和古墓掘出的土俑，眼睛确实都有点挂。这说明古蜀国蚕丛氏这一族人，眼睛长得特别向上挂，倒是它的一种特征。若说蜀侯蚕丛，就因为眼睛是直立着生的，才称了王，那却难以理解。

其次，常璩说鱼凫王"田于湔山"，虽然他之特提此句，而将重点放在"忽得仙道"上，好像说"蜀人思之，为立祠"，是由于他之得仙道。但是我们却不能这样理解，我们以为鱼凫时代，在湔山狩猎（田字古义，即狩猎，即打猎意思），是反映这个民族从蚕丛时代所居处的岷山山岭，渐渐在向南方较低之处移动的路程。古代所谓湔山，即今松潘、平武一带高原地方当然处于岷山之南。那时，岷江是条大水，而际于高原脚下，说不定还有正在干涸（由于向低处下泻）的内海。鱼凫这个称号，说明与水为缘。因为这时代，这个民族能在高原和山岭上打猎，也在水滨海边捕鱼。打猎要猎具，捕鱼也要渔具。鱼凫氏由于生活需要，发明了渔具，这是它的特点，犹之蚕丛氏之发明合糸成丝，组丝为帛一样，都是了不起的事情。所以后人既称之为鱼凫氏，还思之不置，修起庙宇来祭祀之。

鱼凫之后，不知经过若干年，由于环境的变化，生活随之而转化，这个民族渐渐从以渔猎为主要生活手段，进化到以稼穑为主要生活手段。所以常璩一叙述到杜宇，简直就把他说得像北方传说歌咏中的后稷。后稷教民以稼穑，杜宇教民力田务农，先只汶山之外川西平原的一角，后来竟然化及全川，成为农田之神，称为杜主。（解放之前，川西许多县份内还有不少的土主祠，有人以为是土地祠，其实就是杜主一音之转。）

《华阳国志》叙说杜宇氏时代民族更南移，甚至从山区移入平原之迹，尤为显然。不过它的缺点是，第一，把杜宇氏的时代说得太为晚近（在七国称王前后），第二，把杜宇氏的年历说得太为短促（前后不过了几十年），尤其第三，把整个民族的转移变化，若干代杜宇氏的不灭功绩，都说成是一个自然人的行为，而且将其庸俗化，简单化了。比如它说："时朱提有梁氏女利游江源，宇悦之，纳以为妃。移治郫邑。"好像这一民族之向岷江下游丘陵地区、平原地区转移，并不是为了更重要的生存，而仅是这个风流倜傥的君主之为了追逐一个爱人，而且这个爱人还不是本民族的一个女性，而是现在宜宾县地方的一个游女。更可致疑的是，大梁、少梁，都是北方的国名，宜宾县的朱提，那时一定还是蛮荒，文化比蜀为低，如何使出了这个以国为姓的梁氏呢？这且不说。设若我们把"移治郫邑"，连上下文读，那便更为不妙了。好像杜宇这个好色贤君（以他的大成绩而言，实在不便称之为昏君）移治鄹邑，并非为了便于已经大量移入平原，从事稼穑人民的安处，而仅为了他的兴趣，为了接近于老婆的娘家，这岂非庸俗化、简单化？

因此，我们的理解是：鱼凫时代，这个民族方由岷山山区逐渐南移到松潘，平武高原，已经滨于水际，与水为缘。而杜宇时代，这个民族更向南移，初步移到岷江下游的江源（按：古之江源，即今之茂县、汶川、彭县、灌县一带，亦即古之汶山地方），再而大凡移入平原。以稼穑耕耘为主要生活手段。因为那时，内海更加干涸，接近丘陵地区，首先成为平陵，郫县地方比成都高，比成都燥，所以到最后，这个民族才聚居到成都之西的郫县来。

我这里说的最后，也是相当古的。以时测之，大约也在商周时候，说不定就在禹导岷江，东别为沱之后不太久。

总而言之，古蜀国到杜宇时代，从山岳移入平陵，从渔猎转为稼穑，历年很长，历世久远，定居之后，渐渐就移成一个有文化的古国，比起蚕丛、鱼凫，时代较为晚近，流传的事迹，也比较多了一些，所以《华阳国志》叙述到杜宇时代，篇幅稍长。而尤可注意的，就是叙述这个古国的幅员和地理形势。它说，以"褒、斜为前门"。褒谷、斜谷是秦岭北麓、通经陕西的隘口。以这个地方的前门，则古蜀国已把汉中平原括在幅员之内。（我在前段说南郑是蜀地，秦派左庶长城南郑，是秦国把这地方从蜀人手上夺去，而后筑城掘守，就是从这里找的根据。）又说以"熊耳、灵关为后户"。可见古蜀国的南疆并不太远：熊耳山在今眉山，灵关一说在天全，但是能与熊耳并提，即令不在眉山，亦必距离不远。又说，以"玉垒，峨眉为城郭"。峨眉山，大家知道的，是川西平原东南隅上的大山，玉垒山在今汶川县。是说古蜀国东西交通，则限于两山之间。又说，以"江、潜、绵、洛为池泽"。这一句最关紧要了，说明在岷江以东，沔水以南，涪江、沱江之间，还是一个河流纵横、沼泽遍地的多水地方。下两句，以"汶山为牧畜"，尚可说有点关合，至于及"南中为园苑"，这是作陪之词，因为南中为贵州、云南两省，那时，对古蜀国而言，尚处于化外。或者园苑一词，也便含有在藩篱之外的意思吧？

看将起来，杜宇时代的古蜀国，恰就是今天的川西大平原，而向北袤延及于秦岭北麓。《华阳国志》所说的五个力士劈山通道的奇迹，应该从开明帝时移前到这个时代，李白诗云"始与秦塞通人烟"，当然与五丁力士是有关的。如是，则上溯到鱼凫、蚕丛，应该如诗人之言，是四万八千岁。纵说诗人之诗，未免浪漫得有点过分，但总不能够像常璩史家把杜宇古代说得那样晚，又那样短。

设若我们把称号望帝的杜宇，认为就是让位于开明氏而升西山（按：西山即指灌县、汶川以西的诸大山）而隐藏的杜宇，即是说是杜宇氏的末一代，与他上世娶妻于江源的杜宇，移治郫邑的杜宇，自以功德高诸王的杜宇，分开来，而把他置于东周之初，倒还合乎历史真实，而免于去受史家的迷惑！

到此，要说的古蜀国简略概况，以及沼泽地带的成都形势，差不多都已交代清楚。剩下来的，只有杜宇、开明这个称号之由来了。将其说在这里，迹近画蛇添足，要是不说，似乎也是缺憾，因为蚕丛、鱼凫二名都说明了所以得名之故，何独于杜宇、开明而置之不说？于理不通，只好拖一条尾巴如下：

蚕丛既然与丝有关系，鱼凫既然与渔有关系，那么，杜宇无疑与稼穑有关系了。《华阳国志》以为杜宇让位之时，正当二月春阳，子鹃（按：即子规、阳雀、杜狗、杜鹃、催耕、布谷，一物而多名的鸟）啼唤之际，因此，后人一听见子鹃鸟鸣，便想起杜宇的功德，不由生起悲来。我说，这话虽然说得有点因由，但还不若民间传说之较为明显。民间传说是，杜宇被权臣把君位夺去后，他便化为杜鹃鸟，昼夜悲啼，啼到满口溅血，血染在山花上，就成为杜鹃花了。（杜鹃花即今所谓的映山红。）这传说固然较为明显，却不觉仍是倒因为果，直截了当地说，杜宇即是子鹃鸟的名字，后世叫子鹃、子规、杜鹃，乃至催耕、布谷，古时则叫杜宇。因为这鸟与农事有关，所以便把这一时代这个从事稼穑的人与其君长，称为杜宇氏，犹之北方称此一族为稷，是一个道理。若是问我此言有何证据，我会说，正面的证倒是没有，旁面的证，却有几个。第一个证，是蜀与蚕，第二个证，是巴与大头蛇，第三个证，是万与土蜂，第四个证，是朐腮（音蠢忍）之与大曲蟮。好在这四证都出在四川，其余尚多，不具引了。

至于开明呢？当然也是一种动物名字，并不能按照字面，望文生义，把它解为启明、文明、文化等。《华阳国志》说，杜宇（末一代）时，忽遇水灾。开明氏把汶川的玉垒山挖开了以除水害，可见那一次的水灾一定不轻，因此，人民归心，杜宇帝（末一代）才不能不让位与之。虽然决山排水是古蜀国的老办法（这办法是西夷人的禹发明的），但是没有大力量的人，是不容易办到的。有决山力量的人，在古代说来，总非人类。所以《山海经》才作了这样解释："开明，兽身，大类虎，而九首皆人面。"岂非一个怪物？《山海经》还有一条说，开明是昆仑山一个守门的神兽。看来，决山除水害的那个人，起初是另有一个名字的，后来做了件好事，大家遂以守门神物之名名之，不但得了美名，而且得了政权。至今郫县之北的望丛祠就是奉祠的望帝与丛帝。

按照《华阳国志》所叙列的蚕丛之后，鱼凫之前，尚有一个"次王曰柏灌"。这一代无丝毫事迹可寻，恕我并非历史学家，所看的书籍也不多，实在不能解释这一时代的君长，何以命名为柏灌？柏灌究是何义？甚至有没有这一代？假使有人找得到凭证，能够将其说明，固所欢迎。不然的话，也无关紧要。总之古蜀国的概略已经交代明白，就可以了！

二、第一次在成都筑起的城墙，
顺便解释一下何以叫作龟城

据《华阳国志》记载，秦国灭蜀在周慎王五年秋，当公元前316年。但是秦人在成都建筑城墙，却迟到周赧王五年，即公元前310年，这当中定有缘故了。

是什么缘故？显而易见，并非秦人把这件事情怠忽了。秦国要吞并蜀国，蓄谋已久，《战国策》上载有一篇司马错在秦惠文王跟前与张仪争论伐蜀的文章，就说得非常明白。说："臣闻之，欲窃国者多广其地，欲强兵者多富其民，欲王者多其博德。夫蜀，西僻之国也，而戎翟之长也，作桀纣之乱，以秦攻之，譬如使豺狼逐群羊。得其地，是以广国，得其财，是以富民，缮兵不伤众而彼已服焉。拔一国而天下不以为暴，利尽西海而天下不以为贪，是我一举而名实附也，而又有禁暴止乱之名。……"因此，秦惠文王才不取张仪伐韩之计，而采用了司马错的话。所以把蜀国一灭，接着就把王号取消，"封子通国为蜀侯，以陈壮为相"。又把巴国灭了，改置巴郡。"以张若为蜀国守"，并且移秦民万家到蜀国来殖民。

秦既这样重视蜀地，照理说，它就应该在灭蜀之后，赶快巩固几个据点。筑城以守，就是巩固据点的好办法。秦人是早懂得这办法的，上段说的左庶长城南郑，岂不就是明证？

那么，为什么在灭蜀之后五年，才说到筑城呢？

汉朝扬雄作有一部《蜀王本纪》，原书已经没有了，只散见于各家所引，其中就有一段说到成都第一次筑城时的情形，他说："秦相张公子（按：即指张仪）筑成都城，屡有颓坏，有龟周旋行走，巫言以龟行迹筑之，既而城果就。"

扬雄之言，定有所本，"屡有颓坏"一句，便把当时筑城不易说明白了。后来到五代时，后蜀李昊作《创筑羊马城》记，更有发挥说："张仪之经营版筑，役满九年。"九年虽不见有明文记载，但可以想见，第一次建筑成都城墙，历时很久，说不定灭蜀之后即便动工，经过五年，方才筑成，筑成后，还"屡有颓坏"。但是我们又要问张仪首筑的这座城，到底有好大？需要得久些。

答复第二句是，王徽在《创筑罗城记》上所说："惟蜀之地，旷土黑黎，而又硗确，版筑靡就。"请想，在晚唐时代，高骈创筑罗城，尚因成都的土质疏劣，难于版筑，那么，成都这地方，在李冰治水之前，其为满地沼泽，要建筑那么大的一座城，又那么完整的一座城，当然会屡筑屡需时甚久了。

杨子云说到"有龟周旋行走"，虽然有点神话意味，但我们若以历史唯物主义的眼光来看，他的话到底还算接近历史的真实，因为成都当时既然还是属沼泽地带，在筑城时，惊动一只大乌龟，从水荡中爬出，循着比较干燥地方走一大圈，这确是可以理解的事，就由于他掺杂一个巫人进去，不惟解说得不太好，还引起了为什么这样难筑？

答复第一句是，成都第一次筑的城就今天说不算大，但在当时却不为小，《华阳国志》说："仪与若城成都，周回十二里，高七丈。"秦汉的度量都比后世小。确实小到好多，没有考过。后人说，比现行的市尺和华里小六折，或许相差不远。若然，周回十二里，就是当今天的八里不到，高七丈，则是在四丈以上，以那个时候的情形而言，的确是座很大很大的大城了。平地要筑起这么大一座土城，而且还要如《华阳国志》所说："造作下仓，上皆有屋，置观楼射兰。"那就是说，要利用城墙下面，造成仓库，储备粮食，上面造成房屋，既可驻兵，又可遮蔽风雨，城门之上，还要修建哨楼箭垛之类的东西，以便防守，当然不是一件容易事。后人误会，好像成都城之得以筑成，完全得了乌龟的启示。所以，宋朝乐史作《太平寰宇记》竟说："成都城亦名龟城。初张仪、张若筑成都屡坏不能立，忽有大龟出于江，周旋行走，巫言依龟行处筑之，城乃得立。所掘处成大池，龟伏其中。"

乐史的话，当然根据扬子云、常道将二家之言，而最荒唐的是说大龟出于江，当时李冰尚未"壅江"（按这个江字指的是灌县的岷江），作堋穿郫江、检江①，别支流双过郡下以行舟船。成都那时地方只有水荡，哪里有江？而且常道将的《华阳国志》虽然也说到"其筑城取土，去城十里，固以养鱼，今（按今字指东晋时候即常璩作《华阳国志》时）万顷池是也"②。不惟说到有龟伏其中，而且迟到东晋尚称万顷这个池，可见不小，从而可以说明秦

---

①《华阳国志校注》载为"冰乃壅江作堋，穿郫江、检江"。——原编者注
②《华阳国志校注》载为"今万岁池是也"。——原编者注

人筑城取土之多，原因就是在沼泽下湿地方；要筑一座上面所说的那样的城（或者还不止一座城，而是两座城，说见后），用土当然不能少。

成都城为什么一定要联系到龟，一则《蜀王本纪》与《太平寰宇记》业经解释过了，是循龟之迹筑成了一道城墙的缘故。还有一解，更近情理，就是上面引过的晚唐时候。高骈筑罗城，王巍在记上说"蜀城能卑且隘象龟形之屈缩"。即是说，成都城初建筑时，为沼泽下湿之地，所限不能像在北方平原那等东西南北拉得笔伸而又四楞四现，只好弯弯曲曲，依着比较干燥之处筑成了一道倒方不圆、极不规则的形势，像个龟形，因此便名之曰龟城。

我觉得从上面两种解释，龟城已经非常合乎事理，不容再有异说的了。然而不料到了清朝康熙年间，一个有名诗人王士禛（山东人，号贻上，别号渔洋山人[①]），两次因公来过成都，在他所作的一部笔记《陇蜀余闻》竟然说："成都号龟城。父老言：东门外江岸间有巨龟，大如夏屋，不易出，出则有龟千百随之。康熙癸丑（按系康熙十二年当公历一六七三年）滇藩未作逆，曾一见之。"

如此一说，似乎成都之为龟城，硬还有个龟在这里的东门外江边作物证！按照王渔洋的意思，这龟还是成都的主神，每当有大变故发生，它都要出来显示一下，不过他诿之于父老所说，好像又是"齐东野人之言"，不大可靠。这是王渔洋狡怪处。但受他

[①] 王士禛（1634—1711），清代文学家，字子真，一字贻上，号阮亭、渔洋山人。——编者

的影响，居然作为实证的，便有一个李馥荣（四川通江县人），在康熙末年，他著的《滟滪囊》上说："康熙十二年癸丑，成都濯锦桥下，绿毛龟现，大如车轮，见背不见首，有小龟数百浮于水面，三日后乃不见。"

三、成都城并非张仪所筑

按照史书记载，秦国灭蜀在周慎王五年，当公元前三一六年。但是，秦人在成都建筑城墙，却在周赧王五年，当公元前三一〇年的时候。若史书所记不差，那么，秦灭蜀五年（至少应是四年有余）之久方才建筑城墙。这里可以说明两个问题：第一个是，《华阳国志》说过"开明王自梦郭移"，因而才把都城从郫县向东移了五十来里（华里而非公里，以下所记里数同），移到成都来。这一句的"郭"字是不可靠的，原因是"郭"为城外之"城"，有郭必城。设若开明王果自梦郭移，则其郫县故都有城有郭不用说了①，即其移治到成都当然也会城有郭，但是我们从下面将要说的龟城看来，古蜀国好像并未有过城郭，不但成都没有，就是从杜宇氏起移治平原上第一个地方郫也没有。看来在古蜀国居住的这一族人，千年万载以来，尚未遭受过异族的侵犯，似乎除了与自然灾害斗争之外，也还没有在本族中间为了争权夺位，动过干戈。因此不像北方民族老早就发明了城隍的作用（主要是为了抵御外来的侵犯）。《华阳国志》在记述真实史迹时每每要掺入一些

---

① 从"秦灭蜀在周慎王五年"至"有城有郭不用说了"处，作者未标出句读，整理时代为标出。——原编者注

自己的唯心主义看法，亦即昔人所谓正统派的史笔。我在头一段上，已将其矛盾处指出不少，这里也一样。我们认为开明（是不是开明第九世也是一个问题，因其无关本题，暂时不去研究它了）之由郫县更向平原中心移治一步，并非什么"自梦郭移"。其实是成都平原早已可以耕耘稼穑，不必要待君长分配人民，必已大量移居于此。我们还不必求证于现代出土的古物，即以"成都"这名称便可以证明。按《太平寰宇记》解释成都之得名为"周太王迁于岐山，一年成邑，二年成都，故名曰成都"。但《史记》上已说：舜"一年而所居成聚，二年成邑，三年成都"。可见凡是一个酋长住到哪里，他的部落随之而集中的地方，都可按照这个程式，叫其所住的地方曰"成都"。不过，我们也可颠转来说，这个地方的人民必已众多了，直到某一个酋长移任而来之后，大家才从分散的居住点，逐渐麋集拢来。起初，成为一个像样的村落，其次，便扩大了成为一个或者有城、有壕，或者无城、无壕的大去处。我们现在尚无法证明成都这个字，是否由于开明王迁来以后才有的呢？抑或早就有了？总而言之，可以想见在开明王未迁成都以前，这地方不但早有居民，甚至数字还相当多哩。

第二个问题是，秦国灭蜀之后，虽然开明氏亡了，但蜀国的人民对于战胜国并不心服，所以《华阳国志》上乃有这样一笔"周赧王元年（公元前 314 年，即秦灭蜀后一年），秦惠王封子通国为蜀侯，以陈壮为相，置巴郡，以张若为蜀国守，戎伯尚强乃移秦民万家实之"。这里所谓"戎伯尚强"的戎是泛指异民族，并不一定指西方民族。

因为"尚强"这二字实在找不到它的来源。我疑心"戎伯尚强"这一句，就已指的蜀国中一些部落，即后世所说的大姓土豪，所以才有下一句乃移秦民万家实之。移民充实征服国，当然就是现在所说的殖民了。

为了防备和镇压殖民地上的土著民族，不但移来的人民万家要聚集力量，不容分散，而且驻防的军队也要有一个建筑物，以作安全的保障，于是便修建起城墙来了。

但最初在成都筑城的到底是谁呢？一般人都相信是张仪筑的，汉朝扬雄所作《蜀本纪》便这么说："秦相张公筑成都城。"一直流传下来，几乎都这么说。例如东晋时常璩《华阳国志》说："周赧王五年，张仪与张若城成都。"任豫的《益州记》（此言也只见引文）也说"成都诸楼……"①

> 周赧王元年，秦惠王封子通国为蜀侯，以陈壮为相。置巴郡，以张若为蜀国守。戎伯尚强，乃移秦民万家实之。
>
> 六年，陈壮反。杀蜀侯通国。秦遣庶长村甘茂、张仪、司马错复伐删，诛陈壮。七年，封子恽为蜀侯。
>
> 十四年，秦孝文王疑蜀侯恽置毒，遣司马错赐恽剑，使自裁，恽惧，夫妇自杀。
>
> 十五年，封其子绾为蜀侯。
>
> 三十年，疑蜀侯绾反，王复诛之，但置蜀守。张若因取笮及其江南地也。
>
> 周灭后，秦孝文王以李冰为蜀守。……冰乃壅江作堋，穿郫江、检江，别支流双过郡下，以行舟船。岷山多梓、柏、

---

① 文章至此处突然中断，不知何故，后面还应有一部分，可能作者未写完，也可能手稿遗失了，故整理时于"成都诸楼"后加上"……"与""以示文未结束。——原编者注

大竹，颓随水流，坐致材木，功省用饶。

然秦惠文、始皇克定六国，辄徙其豪侠于蜀，资我丰土。（华三第九页下半①）

临邛县，在郡西南二百里。本有邛民，秦始皇徙上郡实之。……有石矿，大如蒜子，火烧合之，成流支铁，甚刚，因置铁官，有铁祖庙祠。汉文帝时，以铁铜赐侍郎邓通，通假民卓王孙，岁取千匹，故王孙货累巨万亿，邓通钱亦尽天下。

武帝初欲开南中，令蜀通僰、青衣道。建元中，僰道令通之，费功无成，百姓愁怨，司马相如讽喻之。使者唐蒙将南入，以道不通，执令，将斩之，叹曰："忝官益土，恨不见成都市。"蒙即令送成都市而杀之。②

（原文如此，缺结尾部分）

---

① "华三第九页下半"，此为李劼人原文，系标明资料来源，"华"指《华阳国志》。——原编者注

② 从"周赧王元年，秦惠文王封子通国为蜀侯"至结尾，为作者引《华阳国志》时的摘抄句，以备写文章时用，不属该文正文。作者未标句读，整理时代为标出。——原编者注

危城追忆

李劼人

序

　　据父老之言，再据典籍所载，号称西部大都会的成都，实实从张献忠老爹把它残破毁灭之后，隔了数十年，到有清康熙时代，把它缩小重建以来，虽然二百多年，并不是怎么一个太平年成；光是四川，从白莲教作乱，从王三槐造反，中间还经过声势很大的石达开的西进，蓝大顺、李短褡褡的北上，以迄于余蛮子之扶清灭洋，红灯教之吞符念咒，几何不是一个刀兵世界！然而成都的城墙，却从未染过人血；成都的空气，却从未混入过硝烟药味。这不能不说是它的"八字"生得太好了。

　　星相家有言：一个人从没有行一辈子红运，过一辈子顺

237

境的，百年之间，总不免有几年的蹭蹬①日子。成都城，如其把它人格化了来说，则辛亥年（公元一九一一年）十月十八日兵变，可以算是它蹭蹬运的开始了。

别的城也有被围攻过，也有在城里巷战过。这大抵是甲乙两队人马，一方面据城而守，一方面拊城以攻。如其攻者占了胜者，而守者犹不甘退让，这便弄到了巷战，但这形势绝不能久，而全个城池终究只落在胜的一方面的手中，这表演法，在成都也是有过的，似乎太过于平常了，所以它还孕育出三次特殊的表演，为他城从没有听闻过的。

三次的表演都是这样：甲乙两队人马全塞在城墙以内，各霸住一两道城门，各霸住若干条街道，有时还把城门关了，把全城人民关在城内参观、参听他们厉害的杀法，直到有一方自行退出城去为止。

一、二两次的表演俱在民国六年（公元一九一七年）。第一次的主要演员是罗佩金与刘存厚；第二次的主要演员是戴戡与刘存厚。两次表演，我都躬逢其盛。那时已经认为如此争城以战，实在蠢极了，战争的得失利钝，哪里只在半座成都的放弃与占领！并且认为人类是聪明的，而我们四川人更聪明，我们四川的军人们更更聪明，聪明人不会干蠢事，至低限度也不会再干蠢事。然而谁知道成都城的蹭蹬运到底还没有走完哩。事隔一十五年，到民国二十一年（公元一九三二年），而我们更更聪明的人们居然又干了一次蠢事，

---

① 蹭蹬：比喻失意潦倒、遭遇挫折。陆游《楼上醉书》诗："岂知蹭蹬不称意，八年梁益凋朱颜。"——原编者注

这便是第三次，这便是我此刻所追忆的，或者是末了的那一次——实在不敢肯定说：就是末了一次，我们更更聪明的人们还多哩！

这第三次的演员，是那时所称的国民革命军第二十四军与国民革命军第二十九军，都是四川土生土长的队伍。事隔四年，许多演员的姓名行号都记不清楚了，虽然又曾躬逢其盛，只恍惚记得两位军长的姓名，一位叫刘文辉，一位叫田颂尧吧？

姓名尚且恍惚，还能说到他们为什么要来如此一次表演的渊源？那自然不能了！何况那是国家大事，将来自有直笔的史家会代写出的。如其是值不得史家劳神的大事，那更用不着去说它了。然而，事隔四年，前尘如梦，我又为什么要追忆呢？这可难说了。只能说，我于今年今月的一天，忽然走上城墙，以望乡景，看见城墙上横了一道土埂，恰有人说，这就是那年二十四军与二十九军火并时的战垒——或者不是的，因为民国二十四年（公元一九三五年）共产党的队伍距离很近时，成都城墙曾由城工委员会大加整顿过一次，凡以前一般胆大的军爷偷拆了的垛子，即文言所谓雉堞，也一律恢复起来，并建了好些堡垒，则三年前的战垒，如何还能存在？不过大家既如是说，姑且作为是真的，也没有什么了不起的关系——无意之间遂联想起那回争战时，许多极其有趣的小事情，有些是亲身的遭遇，有些是朋友们的遭逢。眼看着今日的景致，回想到当日的情形，真忍不住要大叹一声："更更聪明的人，原来才是专干蠢事的！"

既发生了这点感慨，而那些有趣的小事情像电影似的，一闪一闪，闪在脑际；幸而亲身经历了三次关着城门打仗的盛事，犹然是好脚好手的一个完人，于是就悠悠然提起笔来，把它们一段一段地写出了。

一九三六年十一月五日

为的公馆

无论什么人来推测这九里三分的成都，实在不会再有对垒的事体了。举凡大炮、机关枪、百克门^①、手榴弹、迫击炮、步枪、手枪，这一切曾在城内大街小巷，以及在皇城煤山，在北门大桥，在各民居的屋顶，发过威风、吃过人肉的东西，已全般移到威远、荣县一带去了。

"大概不会再有什么冲突了吧？"虽然听见二十九军大队人马，浩浩荡荡从川北一带开来，已经到达四十里之遥的新都；虽然看见二十四军留守在成都南门一只角上的少数队伍，仍然雄赳赳气昂昂在街市上闯来闯去；虽然看见二十四军的留守师长康清，因为要保护他那坐落在西丁字街的第二个公馆，仍然把他的效忠的队伍，分配在青石桥，在烟袋巷，在三桥，在红照壁，在磨子街。重新把街沿石条撬来，砌成二尺来厚，人许高的战垒，做得杀气腾腾的模样。

"康久明这家伙，到底也是中级军官学堂出身的，到底也做到师长，到底也有过战事经验，总不会蠢到想以他这点点子队伍来抵抗大队的二十九军吧？"

---

① 百克门，一种轻机关枪的音译。——原编者注

"依我们的想法，必不会蠢到如此地步。"

"何况他公馆又不止西丁字街的一院。九龙巷内那么华丽的一大院，尚且不这样保护哩。"

"自然啰！实在无特别保护的必要。我们四川军人就只这点还聪明，内战只管内战，胜负只管有胜负，而彼此的私产，却有个默契，是不准妄动的，因此，大家也才心安理得地关起门来打。"

"何况他的细软早已搬空，眷属也早安顿好了。光为一院空房子，也不犯着叫自己的兵士流血，叫百姓们再受惊恐啦！"

"是极，是极！从各方面想来，康久明总不会比我们还不聪明，这点点留守队伍，一定在二十九军进城之前，便会撤退的，巷战的举动，一定不会再有了！"

大家全在这样着想。所以我也于吃了早饭之后——大约是民国二十一年（公元一九三二年）十二月下半个月的一天——将近中午，很逍遥地从指挥街的佃居的地方走出，沿磨子街、红照壁、三桥这些阵地，随同一般叫卖小贩，和一般或者是出来闲游的斯文人，越过七八处战垒——只管杀气腾腾，而若干穿着褴褛的兵士只管持着步枪，悬着手榴弹，注意地向战垒外面窥探着，幸而还容许我们这般所谓普通人，从战垒中间来往，也不受什么检查——一直到西御街，居然坐上一辆人力车，消消闲闲地被拉到奎星楼一位老先生家来，赴他的宴会。

老先生为什么会选在这一天请客？那我不能代答，或者也事出偶然。只是谈到一点过钟，来客仍只我和珍两个，绝不见第三人来到。

珍有点慨然了："中国人的时间，真是太不值价！每每是约好了十二点钟，到齐总在两点过钟。依照时间这个观念，大家好像从来便没有过！"

于是一篇应时的亡国论，不由就在主客三人的口中滚了出来，将竭的语源因又重新汹涌了一会儿，而谈资便又落到当前的内战上。

"你们赶快躲避！外面军队打门打户地拉人来了！"中年的贤主妇如此惊惶地飞跑上楼来报了这一个凶信。

老先生在二十一年前果然被拉去过，几乎命丧黄泉，当然顶紧张了，跳起来连连问他太太："为啥子事，拉人？……"

"不晓得！不晓得！只听见打门，说是二十四军来拉人，要'开红山'①了呀！……我们女人家不要紧，拼着一条命！……你们赶快躲出后门去！……快！……快……"

自然不能再由我们有思索、有讨论的余地了，尾随着惊慌失措的贤主妇，下楼穿室，一直奔出后门，来到更为清静的吉祥街上。

我的呢帽和钱包幸而还在手上。

吉祥街清静到听不见一点人声。天空也是静穆的。灰色的云幕有些地方裂出了一些缝，看得见蔚蓝的天色。日光也这样一闪一闪地漏下来看人。常青树也巍然不动地挺立在街的两畔。自然现象如此，何曾像是要拉人，要"开红山"的光景！

然而老先生还是那么彷徨四顾地道："是一回啥子事？……我们往哪里去呢？"

珍比较镇静，却也说不出是一回什么事，也不敢主张往哪里

---

① 开红山，原系袍哥的隐语，意指杀人、械斗（含乱砍乱杀意）之类的流血事件，后来在四川成为老百姓的通行俚语。——原编者注

去。他也住在奎星楼的，不过在东头，我想他急于回去看看他家情形的成分，怕要多些吧？

我则主张向东头走，且到长顺街去探看一下是个什么样儿。我根本就不信二十四军在这时候会再进城。如其是开了红山，至少也听得见一点男哭女号，或者枪声啦！当今之世的丘八太爷们，断没有手持钢刀，连砍数十百人的蛮气力的。

大家只好迟迟疑疑地向东头走来。十数步之远，一个粗小子，担了担冷水，踏脚摆手地迎面走来。

"小孩子，那头没有啥子事情吗？"老先生急忙地这样问了句。

"没有！军队过了，扎口子的兵都撤了。"

我直觉地就感到定是二十九军进了城，所谓打门打户来拉人者，一定是照规矩事前清查二十四军之误会也。

老先生和珍也深以我的推测为然，于是放大胆子走到东口。果然整队的二十九军的队伍正从长顺街经过，两畔关了门的铺户，又都把铺门打开，人们仍那样看城隍出驾似的，挤在阶沿上看过队伍的热闹。

我们仍然转到奎星楼街。珍的太太同着她的女儿们也站在大门外，笑嘻嘻述说起初二十九军的前哨，如何打门打户来搜索二十四军的情形。大家谈到老先生太太的那种误会，连老先生也笑了。

老先生还要邀约我们再去他府上，享受厨子已经预备好的盛筵："今天的客，恐怕就只你们两位了！……"

我于他走后，心中忽然一动："二十九军这一进城，必然要乘着胜势，将数年以来，便隐然划归二十四军势力范围之内的南门，加以占领的。如果康久明真个不蠢，真个有如我们所料，那么，是太平无事了。但是，当军人的，每每是天上星宿临凡，他们的心思行动，向不是我们凡人所能料定，你们认定不会如此的，他们却必然如此。这种例子太多了，我安得不跟在军队后面，走回指挥街去看看呢！"

跟着军队，果就走得通吗？没把握！有没有危险？没把握！回去看看，又怎么样？也说不出。只是说走就走，起初还只是试试看。

当我走到长顺街，大概在前面走的军队已是末后的一队。与队伍相距十数步的后面，全是一般大概只为看热闹的群众。他们已经尝够了巷战的滋味，他们已把用性命相搏斗的战事看成了儿戏，他们并不知道以人杀人的事情含有什么重要性！即如我个人，纵然跟随在作战的队伍后面走着，而心里老是那么坦然。

渐渐走到将军衙门的后墙——就是二十四军的军部，此次巷战中占着最重要的地位——忽然听见噼里啪啦一阵步枪声，从将军衙门里面打起来。街上的人全说："将军衙门夺占了，这放的是威武炮。早晓得今天这样容容易易就到了手，个多月前，何苦拼着死那们多人，还把百姓们的房子打烂了多少呀！"

枪声一响，跟随看热闹的人便散去了一半。在前头走便步的队伍，也开着跑步奔了去。

我无意地同着一个大汉子向东一拐，便走进仁厚街。

这与奎星楼、吉祥街一样，原是一些小胡同，顶多只街口上有一两家裁缝铺，其余全是住家的。太平时节，将大门打开，不太平时节，将大门关上，行人老是那么稀稀的几个，光是从街面上，你是看不出什么来的，除非街口上有兵把守，叫"不准通过"！

幸而一直走到东城根街，都没有叫"不准通过"的地方，而东城根街亦复同长顺街一样，有许多人来往。

我也和以前的轿夫、当前的车夫一样了，只要有一"步儿"可省，绝不肯去走那直角形的平坦而宽的马路，一定要打从那弯弯曲曲、又窄又小的八寺巷钻出去，再打从西鹅市巷抄到贡院街来的。

另外一种理由是西南角也有一阵时密时疏的枪声，明明表示着二十四军曾经驻过大军的西校场，曾经训练过下级干部的什么地方，已被二十九军占去。说不定和残余的二十四军正在起冲突。战地上当然走不通，即接近战地如陕西街、汪家拐等街口，自然也走不通，并且也危险，冷炮子是没有眼睛的。

贡院街上，人已不多。一般卖牛肉的回教徒——要不是他们自己声明出来，你是绝对认识不出的。顶可惜是他们的洁癖，已经损失了，我们每每打从他们那里走过时，总不免要把鼻子捏着——都挤坐在铺门里面，探头探脑地在窥看。朝南走下去，便是三桥，也就是我来时的路。应该如此走的。但是才走到东西两御街交口处，业已看见当中那道宽桥上，已临时堆砌起了一道土垒，有半人高，好多兵士都跪伏在土垒后面，执着枪，瞄准似的在放，只是不很密，偶尔的一两枪。

我这时可就作难了。回头吗？业已走到此地，再前，只短短两条街，便到我们家了。但三桥不能走，余下可走的路，却又不晓得情形如何。

同行的大汉子是回文庙前街的，此时在街口上徘徊的，也只我们两个。彼此一商量，走吧！且把东御街走完，又看如何！

东御街也算一条大街，是成都卖铜器的集中的地方。此刻比贡院街还为寂寞无人，各家铺子全紧紧地关着，半扇门也没有打开的。前后一望，沿着右边檐阶走的，仅仅我们两个外表很是消闲的人。

我们正不约而同地放开脚步，小跑似的向东头走着时，忽然迎面来了一大队兵。虽然前面的旗子卷着看不出是何军何队，然而可以相信是二十九军。不然，他们一定不会整着队伍，安安闲闲地前进了。我们也不约而同地把脚步放缓下来，免得引起他们的疑心。

然而这一营人——足有一营，说不定还不止此数哩——走过时，到底很有些兵，诧异地把我们看了几眼。而队伍中间，又确乎背剪了好几个穿长衣穿短衣的所谓普通人，这一定是嫌疑犯了。

在这种机会中，要博得一个嫌疑犯的头衔，那是太容易的事，比如我们这两个就很像。而何以独免呢？除了说运气外，我想，我那顶呢帽顶有关系了。它将我那不好看的头发一掩，再配上马褂，公然是一个绅士模样打扮；而那位大汉子的气派也好，所以才免去领队几位官长的猜疑，只随便瞧了我们一眼就过去了，弟兄伙自然不好动手。

但是东御街一走完，朝南一拐的盐市口和西东大街口，仍然是人来人往的，虽则铺子还是关着，也和少城的长顺街一样。

我们越发胆壮了，因为朝南一过锦江桥，来到粪草湖街，人越发多了，并且都朝着南头在走。

哈，糟糕！刚刚到得南头，便被阻住了。

粪草湖再南，便是烟袋巷。康清的兵士所筑的临时战垒，就在烟袋巷的南口。据在粪草湖南头的一般人说，二十九军的大队刚才开过去。

不错，在烟袋巷斜斜弯着的地方，还看得见后卫的兵士，持着枪，前后顾盼着，并一面向正面的群众挥着手喊道："不准过来！……前面正在作战！"

这不必要他通知，只听那猛然而起的繁密的枪声，自然晓得康清的兵士果真没有撤退，他们果真不惜牺牲来抵抗加十倍的二十九军，以保护他们师长的一院空落落的公馆。

正在作战，自然走不通了，然而聚集在这一畔的观众们——尤其是一般兴高采烈的小孩们——却喧噪着，很想跑过去亲眼看看打仗到底是一个什么情形。他们已被二十年的内战训练成一种好斗的天性了！

大约有十多分钟，枪声还在零零落落地震响时，人们的情绪忽地紧张起来，一齐喊道："打伤了一个！……"

沿着烟袋巷西边檐阶上，急急忙忙走来一个旗下①老妇人，右手挽了只竹篮，左手举着，似乎手腕已经打断，血水把那软垂着的手掌和五指全染得像一个生剥的老鼠，鲜血点点滴滴地朝下淌。

她一路哼着："痛死了！……痛死了！"人们全围绕着她，说不出话来。

恰巧一辆人力车从转轮藏街拉来，我遂说道："你赶快坐车到平安桥法国医院去！"

我代她付了一千文的车钱，几个热心观众便扶她上车。我们只能做到这步。她的生与死，只好让她的命运去安排了。这是保护公馆之战的第一个不值价的牺牲者！

---

① 从前一般对满族人的称呼。清代被编入"八旗"的人也称旗人，或旗下的人。——原编者注

枪声更稀了，但烟袋巷转弯地方的后卫，犹然阻着人们不许过去。大汉子便说："文庙前街一定通不过的，我转去了。"

我哩，却不。指挥街恰在烟袋巷之南，算来只隔短短一条街了，而且很相信康清的兵士一定抵挡不住，二十九军一定要追到南门，则烟袋巷与指挥街之间，决无把守之必要。我于是决定再等半点钟。

果然不到一刻钟，前面的后卫兵士忽然提着枪走了。

既然没有人阻挡，于是有三个人便大摇大摆地直向烟袋巷走去。我自然是其中的一个，而且是领头的。

把那斜弯地方一走过，就对直看见前头情形：临时战垒已拆毁了一半，兵是很多的，一辆大汽车正由若干兵士推着，从西丁字街向磨子街走去。

三个背着枪的兵正迎面从街心走来，一路喧哗着谈论他们适才的胜利。中间一个兵的手上，格外提了一支步枪，一带子弹，不消说，是他们的战利品了。

我第一个先走到战垒前，也第一个先看见一具死尸，倒栽在战垒后面。我虽然身经了三次巷战，听过无数的枪炮声，而在二十年中，看见战死的尸身，这总算第一次。但是，我一点不动感情，觉得这也是寻常的死。我极力寻找我的不忍，和应该有的惊惧，然而不知在什么时候失落了。

我急忙走过街口，唉，公然回到了指挥街！街口上又是三具死尸，有一个是仆着的，一只穿草鞋的脚挂在阶沿石上，似乎还在掣动，他的生命，还不曾全停呵！

一间极小的铺子前，又倒栽着一个死兵，血流了一地，那个相熟的老板娘，正大怒地挺立在阶沿上，一面挽她的发髻，一面冲着死兵大骂，说那死兵由战垒上逃下来，拼命打她的铺门，把门打烂，刚躲进去，到底着追兵赶到，拉出铺门便打死了。

她骂得淋漓尽致，自然少不了每句都要带一些与性关联的"国骂"。于是过往的兵，和刚从铺门内走出的人们，全笑了。笑她，自然也笑那死兵。

为保护一个空落落的公馆，据我们目睹的，打伤了一个平民，打死了十个兵——一个在烟袋巷口，三个在指挥街，三个在磨子街，一个在西丁字街，两个在红照壁，全是二十四军的兵，只一个尚拖有发辫的，是他们新拉去充数的——而公馆终于没有保护住。然而也只不值钱的东西，和一部破汽车损失了，公馆到底还是他的。我实在不能批评这种举动的对不对，我只叹息我们的智慧太低了，简直没把握去测度别人的心意！

战地在屋顶上

住在少城小通巷的曾先生，据说，做梦也没有想到他的房子会划为前线，而且是机关枪阵地。

栅子街、娘娘庙街，以及西头的城墙，东头的城根街，中间的长顺街，已经知道都是战区。稍为胆小和谨慎的人们，在战事爆发的前两三天，都已搬走了，搬往北城东城，甚至城外去了。而曾先生哩，除了相信死生有命，并感觉既是几万人全塞在九里三分的城里在拼死活，而彼此还用的是较新式的武器：手榴弹啦，没准头的迫击炮啦，则其他街道，也未必安静，何况可以藏身的亲戚朋友的地方，难免不已被更切近的人早挤得水泄不通，自己一家四口再挤将前去，不是更与人以不便了？

249

曾先生平生学问，是讲究的"近人情"，加以栅子街、长顺街等处，确是已经不准通行，而长顺街竟已挖了三道战壕，砌了三道战垒了。

他感叹了一声道："龟儿子东西！你们打仗还打仗，也等我多买两斗米，放在家里！"这在他，已是过分要求的说法。

然而他犹然本着民国六年（公元一九一七年）两次城里打仗的经验，只以为把大门关好，找一个僻静点的房间，将被褥等铺在地上，枪炮声一响，便静静地躺下去，等子弹消耗到差不多了，两方都待休息时，再起来走走，把筋脉活动活动，并且估量自己的房子，似乎正在弹道之下，"无情的炮弹，或者不会在天空经过时，忽然踩虚了脚，落将下来吧？"

所以他同着他的那位有病的太太，和一个十二岁的女儿，一个七八岁的男孩，在堂屋里吃着午饭时，还只焦虑没有把米买够。"左近又没有很熟的人家，万一米吃完了，仗还没有打完，这却怎么办呢？向哪里去通融呢？"

就这时候，他的后院里猛然有了许多人声："这里就对！把机关枪拿来！"

还不等他听明白，接连就听见房顶上瓦片被踏碎的声音，响得很是厉害，而破碎的瓦片，恰也似雨点一样，直向头上打来。

成都——也可以说四川大部分的地方——是历来没有大风大雪的，每年只阴历二月半间有一阵候风，顶多三天，并不厉害。所以成都的房子，大抵都不很矮，而屋顶也不大考究。除非是百年前的建筑，主人们还有那长治久安的心情，把个屋顶弄得结实些，厚厚的瓦桷之下，钉着木板，而又重又大的瓦片，几乎是立着堆在上面，预备百年之内，子孙三世，都无须乎叫泥水匠人来检漏。但这种建筑，已是过去了，只有民国时代，一般较笨较老实的教会中的洋鬼子，他们修起教堂、医院和学校来，才那样不惜工本的，把我们不屑于再要的老方法采了去；而且还变本加厉，模仿到北京的宫殿方式：檐角高翘，筒瓦隆起。我们近代的成都人，才不这样蠢！我们知道世乱荒荒，人寿几何，我们来不及百年大计，我们只需要马马虎虎地享受，我们有经济的打算，会以少数的金钱做出一件像样的东西。所以自从光绪末年以来，我们大多数的房子，都只安排着二十年的寿命，主要柱头有品碗粗，已觉得不免奢侈，而屋顶哪能再重？所以合法的屋顶，只是在稀得不可再稀的瓦桷上，薄薄铺上一层近代化的瓦片。好在没有大风，不致把它揭走，也没有大雪，不致把它压碎，讨厌的是猫儿脚步走重了，总不免要时常招呼泥水匠人来检漏。

曾先生只管是自己造的房子，他之为人只管不完全近代化，不过既有了"吾从众"的圣人脾气，又扼于金钱的不够，自然学不起洋鬼子，他那屋顶，到底也只能盖到那么厚。

其实哩，屋顶再厚，而它的功能，到底只在于遮蔽风雨太阳，而断乎不是坚实的土地，一旦跑上二十来个只知暴殄天物的兵士，还安上一挺重机关枪，以及子弹匣子，以及别的武器等，这终于会把它弄一个稀烂的。

机关枪阵地摆在屋顶上，陆军变成了空军，我们的曾先生，那时真没有话说，全家四口只好惨默地躲在房间里。

三间屋顶虽然全被踏坏，但战事还没有动手。阵地上的战士，到底是一脉相传的黄帝子孙，或者也是孔教徒吧？有一个战士因才从瓦桷中间，向阵地下的主人说道："老板，你这房间不是安全地方，一打起来，是很危险的，你得另外找个地方。"

刚才是那么声势汹汹到连话都不准说，小孩子吓得要哭了，还那么"不准做声气！老子要枪毙你的！"现在忽然听见了这片仁慈的关照的言语，我们曾先生才觉得有了一线生的希望了。连忙和悦以极地，就请义士指点迷途，因为他高瞻远瞩，比较明了些。

"我看，你那灶屋子挂在角上，又有土墙挡着，那里倒安全得多。"

我们的曾先生敢不急急如律令地，立刻就挟着棉被枕头毯子等，搬到那又窄又小，而又不很干净的灶屋子里去？却是也得亏他这样做了，在半小时后，那凶猛的战争一开始，阵地上重机关枪哒哒哒一工作，对方——自然也是在隔不许远的人家屋顶上。这大概是新发明的巷战方法吧？想来确也有理，要是只在几条大街小巷的平地上冲锋陷阵，一则太呆板了，再则子弹的消耗量也不大够，对于战地平民又太不发生利害关系了，如其有一方不是土生土长的队伍，比如民国六年（公元一九一七年）的滇军、黔军，他们之于成都，既无亲戚朋友，又没有地产房屋、园亭住宅，自然尽可不必爱惜，放上一把烈火，把战场烧出来——便也在看不见的，被竹木屋顶隐蔽着的地方，加量地还敬了些子弹过来，自然，在这样的射击之下，真正得照一个美国专家所言：要消耗一吨的子弹，才能打死一个人。所以，如此打了一整夜。阵地上的战士们是没有滴一点血，但是，如其曾先生一家四口不躲开的话，却够他惊恐了，他房间里的东西，确乎被打碎了不少。

前几天的战争果是异常激烈，不论昼夜，步枪、机关枪、迫击炮老是那么不断地打过去，打过来。夜里，两方冲锋时，还要加上一片几乎不像人声的呐喊。

曾先生的房子是前线，是机关枪阵地，所以他伏在灶下，只听见他书房里不时总要发出一些东西被打破的清脆声，倒是阵地上，似乎还不大有子弹去照顾。

几天激烈的战争过去了，白天已不大听见密放，似乎相处久了的缘故吧？阵地上的战士，在休息时，也公然肯"下顾"老板，说几句不相干的话，报告点两方已有停战议和，"仍为兄弟如初"的消息。这可使我们的曾先生大舒一口气了吧？然而不然，我们的曾先生的眉头反而更皱紧了。

什么缘故呢？这很容易明白，曾先生在前所焦虑的事情证实了，"不曾多买两斗米放在家里，等他们打仗，现在颗粒俱无了！"

这怎么办呢？不吃饭如何得行？参听战争的事情诚然甚大，然而枵腹终难成功呀！于是曾先生思之思之，不得不毅然决然，挺身走出灶屋子，"仰告"阵地上战士们：他要带着老婆儿女，趁这不"响"的时节，要逃出去而兼求食了。

说来你们或者不信，阵地上舍死忘生的战士们会这样奉劝曾先生："老板，我们倒劝你不要冒险啦！小通巷走得通，栅子街走不通，栅子街走得通，长顺街也一定走不通的，都是战地，除了我们弟兄伙，普通人无论如何是不准通过的，怕你们是侦探。……没饭吃不打紧的，我们这里送得有多，你们斯文人，还搭两个小娃儿，算啥子，在我们这里舀些去就完啦！"

如其不在这个非常时节，以我们谦逊为怀，而又不苟取的曾先生，他是绝不接受这样的恩惠。他后来向我说，那时，他真一点也没有想到使他置于如此境地的原因，只是对于那几个把他好好的房子弄成一种半毁模样的"推食以食之"的兵，发出了一种充分的谢忱。他认为人性到底是善的，但是一定要使你的良好环

253

境，被破坏到不及他，而能感受他的恩惠时，这善才表暴得出。

又经过了几天，又经过了两三次凶猛的冲锋，战地上的兵士虽更换了几次，据说，一般的兵士，对于我们的曾先生，仍那样地关切。而曾先生便也在这感激之忱的情况下，以极少的腌菜，下着那冷硬粗糙的"战饭"，一直到二十九军实在支撑不住，被迫退出成都为止。

战事停止那天清晨，一般战士快快乐乐从战地上把重机关枪，以及其他种种，搬运下房子来时，都高声喊着曾先生道："老板，把你打扰了，请你出来检点你的东西好了。我们走了后，难免没有烂人进来趁浑水捞鱼，你把大门关好啦！"

一个中年的兵士更走近曾先生的身边，悄悄告诉他："老板，你这回运气真好，得亏你胆子大，老守在家里，没有逃走，不然，你的东西早已跟着别人跑光了。你记着，以后再有这种事，还是不要跑的好。军队中有几个是好人？只要没有主人家，就是一床烂棉絮，也不是你的了。"

这一番真诚的吐露，自然更使曾先生感激到几乎下泪，眼见他们走了，三间上房的瓦片尚残存在瓦桷上的，不到原有的二十分之一，而书房以及其他地方，被子弹打毁的更其数不清。令他稍感安慰的，幸而打了这么几天，一直没有看见一滴血。

抓　兵

军事专家很庄严地张牙舞爪说道："你们晓得不？战事一开始，不但要消耗大量的子弹，还要消耗相当的战士。所以在作战之初，就得把后备兵、续备兵下令召集，以便前线的战士死伤一批，跟即补充一批。"

军事家又把眼睛几眨，用着一种在讲台上的口吻说道："你们晓得不？世界文明各国，即如日本，都是行的征兵制，全国人民皆有当兵的义务。故在外国，你们晓得不？战士的补充，在乎召集，有当兵义务的，一奉到召集令，就自行赶到营房去。我们中国，……你们晓得不？以前也是行的征兵制，故所以有三丁抽一，五丁抽二的说法。从明朝以来，才改行了募兵制，募兵就是招兵，当兵的不是义务，而是一种职业。这于是乎，一打起仗来，战士的补充，便只好插起旗子来招募了。"

军事专家末了才答复到所询问的话道："所以在这次剧烈战争后，兵士死伤得不少，要补充，照规矩是该像往常一样，在四城门插起旗子来招募的。不过，你们晓得不？近几年来，当兵弎没有一点好处了，自从杨惠公[①]发明饥兵主义以来，各军对于兵士，虽不像惠公那样认真到全般素食，和两稀一干……你们晓得不？惠公的兵士，自入伍到打仗，是没有吃过一回肉的，而且一早一晚是稀饭，只晌午一顿是干饭。……然而饷银到底七折八扣的拿不够，并且半年八个月的拖欠。至于操练，近来又很认真，虽说军纪都不大好，兵士的行动大可自由，你们晓得不？这也只是老兵的权利，才入伍的新兵，那是连营门都不准出的，一放出来，就怕他开小差。本来，又苦又拿不到钱的事，谁肯尽干哩，不得已，只好开小差了。已入伍的尚想开小差，再招兵，谁还肯去应招呢？所以，在此次战事开始以前，招兵已不是容易的事，许多人宁肯讨口叫化，乃至饿死，也不愿去当兵。而军队调动时，顶

---

① 指当时二十军军长杨森，字子惠，系四川军阀。——原编者注

当心的，就是防备兵士在路上开小差。在如此情况之下，要望招兵来补充缺额，当然无望。所以在几年之前，……大概也是惠公发明的吧？不然，也是顶聪明的人发明的。……就发明了拉人去当兵的良好办法。……着呀！不错！诚如阁下所言，古已有之。是极，是极，杜工部的《兵车行》《石壕吏》，白居易的《新丰折背翁》……不过，你们晓得不？以前拉人当兵，只在拉人当兵，所以拉还有个范围：身强体壮的，下苦力的，在街上闲逛而无职业的，衣履不周的。后来日久弊生，拉人并不在乎当兵，而只在取财，于是乎才有了你阁下所遇见的那些事……"

我阁下所遇见的，自然是一些拉兵的事了，各位姑且听我道来：

当二十九军几场恶战之后，感觉自己力量实在不如二十四军之强而大，而二十一军^①又不能在东道的战场上急切得手，于是只好退走，只好借着二十八军^②友谊掩护的力量，安全地向北道退走。这于是九里三分的成都，除了少数的中立的二十八军占了少数的势力外，全般的势力都归到二十四军的手上。

罢战之初，城内只管还是那么不大有秩序的样子，战胜的军士只管更其骄傲得像大鸡公样，横着枪杆在街上直撞，把一对犹然凶猛得像老虎的眼睛撑在额脑上看人。但是战壕毕竟让市民填平，战垒也毕竟让市民拆去，许多不准人走的战街，现在都复了原，准人随便走了。

人，到底是动物之一，你勉强地把他的行动限制几天之后，

①②当时，二十一军军长为刘湘，二十八军军长为邓锡侯。邓军和刘文辉（二十四军军长）、田颂尧（二十九军军长）这三个军的军部都驻扎在成都城内。刘湘的军部则设在重庆。——原编者注

一旦得了自由，他自然是要尽其力量，满街地蠕动。有非蠕动而不能谋生的，即不为谋生，只要他不是鲁宾孙[1]，他终于要去看看有关系的亲戚朋友，一以慰问别人，一以表示自己也是存在，搭着也得本能地把那几天受限制的渊源，尽量批评一番。

那时，我阁下也是急于蠕动之一人。并因为这次战事中心之一在乎少城，而亲戚朋友在少城居住的又多，于是，在那天中午过后，我就往少城去了。

一连走了几家，在畅所欲言地议论之后，到应该吃午饭之时——成都住家都习惯了一天只吃两顿饭，头一顿叫早饭，在上午八点前后吃，第二顿叫午饭，在下午三点前后吃，是中等人家，在中午和晚间得吃一点面点，不在家里做，只在街上小吃食铺去端——是在槐树街一家老亲处吃的。因为在战乱之后，彼此相庆无恙，不能不例外地喝点酒的，既喝酒，又不能不例外叫伙房弄点菜。

但是，到伙房打从长顺街买菜回来之后，这顿酒真就喝得有点不乐了。

伙房一进门就嚣嚣然地说道："二十四军又在拉夫了！不管你啥子人，见了就拉！长顺街拉得路断人稀，许多铺子都关了门！"

我连忙问："人力车不是已没有了？"

"哪里还有车子的影子！拉夫是首先就拉车子，随后才拉打空手的，今天拉得凶，连买菜的，连铺家户的徒弟都拉！"

亲戚之一道："一定是东道战事紧急，二十四军要开拔赴援，

---

[1] 英国作家笛福（Daniel Defoe, 1660—1731）所著冒险小说《鲁宾孙飘流记》的主人公，他驶船失事，单独在一个孤岛上生活了二十八年。——原编者注

所以才这样凶地拉夫。"

　　我心里已经有点着慌，拉夫的印象，对于我一直是很恶的，我至今犹然记得清清楚楚，在民国五年（一九一六年）之春末夏初，陈二庵带来四川的北洋兵，因为被四川陆军第一师师长新任四川威武将军周骏，从东道逼来，不能不向北道逃走时，来不及雇夫，便在四川开创了拉夫运动的头一天的傍晚，我正从总府街的《群报》社走回指挥街，正走到东大街，忽然看见四五个身长体壮的北洋大汉，背着枪，拿着几条绳子，凶猛地横在街当中拉人。在我前头走的一个，着拉了，在我后头走的三个，也着拉了，独于我在中间漏了网。我还敢逗留吗？连忙走了几十步，估量平安了，再回头一看，绳子上已拴入一长串的人。有一个穿长衫马褂的不服拉，正奋然向着两个兵在争吵："我是读书人，我还是前清的秀才哩！你拉我去做啥？""莫吵，莫吵，抬一下轿子，你秀才还是在的！"他犹然不肯伸手就缚，一个兵便生了气，掉过枪来，没头没脑的就是几枪托，秀才头破血流而终于就缚了事，而我则一连出了好几身冷汗，一夜睡不安稳。并且到第三天，风声更紧，周骏的先锋王陵基，已带着大兵杀到龙泉山顶，北洋大队已开始分道退走。我和一位亲戚到街上去看情形，东大街的铺子全关了，一队队的北洋兵，很凌乱地押着许多挑子轿子塞满街地在走。我很清楚地看见一乘小轿，轿帘全无，内中坐了一个面色惊惶，蓬头乱发，穿得很是寻常的少妇。坐凳上铺了一床红哔叽面子的厚棉被，身子两旁很放了些东西，轿子后面还绑了一口小黑皮箱。轿子的分量很不轻，而抬后头的一个，倒像是出卖气力的行家，抬前头的一个，却是个二十来岁，穿了件长夹衫的少年，腰间拴了根粗麻绳，把前面衣襟掖起，下面更是白布袜子青缎鞋。

这一定是什么商店的先生，准斯文一流的人，所以抬得那么吃力，走得那么吃力，脸上红得像要出血，一头大汗。我估量他一定抬不到北门城门洞便要累倒的。我连忙车转了身，又是几身冷汗。

北洋兵自创了这种行动，于是以后但凡军队开拔，夫子费是上了连长腰包，而需用的夫子便满街拉，随处拉。不过还有点不见明文的限制，就是穿长衫的斯文人不拉，坐轿坐车的不拉，肩挑负贩的不拉，坐立在商店中的不拉，学生不拉。而且拉将去也真的是当夫子，有饭吃，到了地头①，还一定放了，让你自行设法回家。

不过，就这样，我一听见拉夫，心里老是作恶了。

亲戚之二还慨然地说："光是拉夫，也还在理，顶可恶的，是那般坏蛋，那般兵溜子，借此生财。明明夫子已满了额，他们还遍街拉人，并且专门拉一般衣履周正，并不是下力的苦人。精灵的，赶快塞点钱，几角块把钱都行，他便放了你。如其身上没钱，一拉进营房，就只好托人走路子，向排长向军士进财赎人，那花费就大了。我们吴家那老姻长，在前着拉去后，托的人一直赶到资阳，花了百多块钱才把人取回来，可是已拖够了！虽没有抬，没有挑，只是轻脚轻手跟着走，但是教书的人，又是老鸦片烟瘾，身上又没有钱，你们想。……"

亲戚之三是女性，便插嘴道："这哪里是拉夫，简直是棒客②拉肥猪了！"

我心里更其有点不自在了，我说："成都街上拉夫的次数虽多，我却只在头一回碰见过一次，幸而，或是太矮小了点，那时

---

① 地头：四川方言，指目的地。——原编者注

② 棒客：四川方言，对土匪的称呼，也叫"棒老二"。——原编者注

没有发体，简直像个小娃儿，没有被北洋大汉照上眼，免了。但是，川军的脾气，我是晓得的，何况又是生发之道。车子已没有了，就这样走回去，十来条街，二里多的路程，真太危险了！"

大家便留我尽量喝酒，说是"不必走了就在此地宿了吧"。但是问题来了，没有多余的棉被，而我又有择床的毛病，总觉得若是能够回去，蜷在自己习惯的被窝中，到底舒服些。

因此，酒实在喝得不高兴，菜也吃得没味儿。快要五点了，派出去看情形的人回来说，长顺街已没有拉夫，有了行人，只听说将军衙门二十四军军部门外还在拉，可是也择人，并不是见一个拉一个。

我跳了起来："那就好了，我只不走将军衙门那条路就可以了！"

亲戚之二说："我送你走一段吧。"

于是我们就出了大门，整整把槐树街走完，胡同中自然清净无事，根本就少有人来往。再整整把东门街走完，原本也是胡同，全是住家的，自然也清净无事。又向南走了段东城根街，果然有几个行人——若在平时，这是通衢，到黄昏时，多热闹呀！——果然都安闲无事的样子。

亲戚之二遂道："看光景像是已经拉过，不再拉了。那我们改日再会吧。"在多子巷的街口上，我们分了手。

但是，我刚由东城根街向东转拐，走入金家坝才二三十步时，忽见街的两畔和中间站了七八个背有枪的二十四军的兵。样子一定是拉夫的了，才那么捕鼠的猫儿样，很不驯善地看起人来。

我骇然了，赶快车转身走吗？那不行，川军的脾气我是晓得的，如其你一示弱，恭喜发财，他就无心拉你，也要开玩笑地骇你一跳，我登时便本能地装得很是从容，而且很是气概，特别把胸脯挺了出来，脸上摆着一种"你敢惹我"的样子，还故意把脚步放缓，打从街心，打从他们的空隙间，走去。几个兵全把我看着，我也拿眼睛把他们一一地抹过。

如此，公然平安无事地走了过去。刚转过弯，到八寺巷口，我就几乎开着跑步了。

路上行人更少，天也更黄昏了。走到西鹅市巷的中段，已看见贡院街灯火齐明。心想，这里距离驻兵的地方更远了，当然不再有拉夫的危险事情了，然而天地间事，真有不可预臆测者，当我一走到贡院街，拉夫的好戏才正演得热闹哩。

铺子开的有过半数，除了两家杂货铺和几家小吃食铺外，其余是回教徒的卖牛肉的铺子。二三十个穿着褴褛灰布军装的兵，生气虎虎地，正横梗在街上，见行人就拉。有两个头上包着白布帕，穿着也还整齐的乡下人，刚由弯弯栅子街口走出来，恰就被一个身材矮小的兵抓住了。

"先生，我们有事情的人，要赶着出城。"

"放屁！跟老子走！又不要你们出气力，跟老子们一样，好耍得很！"

"先生，你做点好事，我们是有儿有女，……"

背上已是很沉重的几枪托，又上来一个年纪还不到十七岁的小兵，各把一个乡下人的一只粗手臂抓住，虎骇着，努出全身气力，把两个乡下人直向黑魆魆的皇城那方推攘了去。

情形太不好了，过路的行人，几乎一个不能免。可是被抓的人也大抵不很驯善，拥着抓人的，不是软求，就是硬争，争吵的声音很是强烈。

　　我在黑暗的西鹅市巷街口已经停立了有两分多钟，到这时节，觉得这个险实在不能不去冒一下了，便趁着混乱，直向西边人行道上急急走去——这时，却不能挺起胸脯，从容缓步，打从街心走了，我自己也没有想到会有如此的急智！

　　刚刚走了七八家铺面，忽然一个穿长衫的行人，从我跟前横着一跳，便跳进一家灯火正盛的杂货铺。我才要细看时，两个兵已提着敞亮的大砍刀，吆喝一声："你杂种跑！……跑……跑得脱！……没王法了！"也从我跟前掠过，一直扑进杂货铺去。一下，就听见男的女的人声鼎沸起来。

　　我还敢流连吗？自然不能了！溜着两眼，连连地走，可是又不能拔步飞跑，生怕惹起丘八们的注意。

　　靠东一家牛肉铺里，正有两个老太婆在买牛肉，态度很是消闲，看着街上抓人的事情，大有"黄鹤楼上看翻船"的样子。那个提刀割肉的年轻小伙子，嘻着一张大嘴，也正自高兴地绝不会像那些被抓的懦虫时，忽的三个未曾抓着人的兵——两个提着枪，一个提了把也是敞亮的大砍刀——呐喊一声，从两个老太婆身边直窜过去，一把就将那个小伙子抓住了。

　　"呃！咋个乱拉起人来了！我们是做生意的人啦！……"

　　吵的言语，听不清楚，只听见"你还敢犟吗？……打死你"！

　　那提敞刀的便翻过刀背，直向那个小伙子的腿肚上敲了去。

　　在这样狂澜中，我不知道是怎么样地竟自走过三桥，而来到平安地带。

　　一路上，许多自恃没有被拉资格的老人们，纷纷站在街边议论："越来越不成话了！以前还只拉人当夫子，出够气力，别人还好回来，如今竟自拉人去当兵，跟他们打仗。并且不择人，不管你是啥子人，都拉。跑了，还诬枉你开小差，动辄处死，有点家当的，更要弄得你倾家破产，这是啥子世道呀！……"

因此，我才恍然于我这一天之所遇的是一回什么事，而到次日，才特去请教一位军事专家。

军事专家末了推测我何以会几度漏网，没有被抓去，是得亏我那件臃肿的老羊皮袍。

开火前的一瞥

你也不肯让出城去，我也不肯让出城去；你也在你们区域里布置，我也在我的区域内布置，不必再到有关系的地方拿耳朵打听；光看墙壁上新贴出的"我们要以公理来打倒好乱成性的×××！""我们是酷好和平的军队，但我们要铲除和平的障碍"的标语，也就心里雪亮：和平是死僵了！战神的大翅已展开了！不可避免的巷战真个不可避免了！

战氛恶得很，只是尚没有开火。避湿就燥的蚂蚁，尚能在湿度增高时，赶紧搬家，何况乎万物之灵的人类？于是在火线中的一些可能搬走的人家，稍为胆小的，早已背包打裹，搬往比较平安的地方，而我的寒舍中，也惠顾来了一位外省熟人，在我方丈大的书斋里，安下了一张行军床。

我本着民国六年（公元一九一七年）两次巷战的经验，知道这仗火不打则已，一打至少得打十天才得罢休，于是便赶快把油盐柴米酱醋茶等生活之资，全准备了，足够半月之需。跟着又把酒菜等一检点，也还勉强够。诸事齐备，只等开火，然而过了一天又一天，还没有听见枪响，"和平果然还没有绝望吗？"这倒出人意外了。

既是一时还打不起来，那又何必老待在屋子里？那熟人说他还有些要紧的东西，留在长发街口的长顺街寓所中，何不去取了来。好的，我便同着他从三桥，从西御街，从东城根街走了去，一路上的人熙来攘往，何尝像要打仗的样子？只是大点的铺子关了，行人都不大有那种安步当车的从容雅度，就是我们，也不知不觉地走得飞快。

东城根街是很长的，刚走了一小段，形势便不同了：首先是行人渐稀，其次是灰色人物多了起来，走到东胜街口，正有一些兵督着好些泥工在挖街，把三合土筑成的街，横着挖了一条沟，我心下恍然，这就是战壕。因为还有人从泥土中踏着在来往，我们便也不停步地走，走到仁厚街口，已见用檐阶石条砌就了一道及肩的短墙，可是没有兵把守，仍有人在上面翻爬，我们自然也照样做了。再过去几丈，又一道墙，左右两方站了几个兵，样子还不甚凶狠。我们走到墙跟前一望，前面迥然不同了，三丈之外，又是一道宽而深的战壕，壕的那方，一排等距离地挺立了八个雄赳赳的兵，面向着前方，站着稍息的姿势，枪也随便顿在腿边。不过一望廓然，漫漫一条长街上，没有一个人影，只这一点儿，就显得严肃已极。

我找着一个稍有年纪的兵，和颜悦色问道："前面自然去不了，要是打从刀子巷穿出去，由长顺街上，走得通不？"

"你们要往哪里去？"

"长发街去。"

"不行了，我们这面就准你通过，二十九军那面未必准你过去。"

"这样看来，这仗火快打了吧？"

他还是那样笑嘻嘻，若无其事的样子，回答道："那咋晓得呢？"

我们遂赶快掉身，仍旧翻爬过一道短墙，踏越过一道深沟。我不想就回去，还打算多走几处。于是便从金家坝转出去，走过八寺巷，走过板桥街，走过皮房前街，走过旧皇城的大门，来到东华门街口时，看见街口上站了许多兵，袖章上大大写着"28A"（二十八军），我们知道走入中立地带了。

中立地带上，本就甚为热闹的提督东西两街，虽然铺子依然大开着在，可是一般做生意的人，总没有往常来得镇静，走路的也很匆匆。然而我们走到太平街口，还在雇人力车，要坐往北门东通顺街去，看一看珍和芬他们由奎星楼躲避去后，到底是个什么情境。一乘人力车本已答应去了，我已坐在车上，另喊一部迎面而来的空车时，那车夫睁着两眼道："你们还想过北门么？走不通了！我刚才拉了一个客，绕了多少口子，都筑起了堆子，车子拉不过，打空手的人还不准过哩！"

"呃！今天不对，怕要打起来了，我们回去的好。"我跳下车子，向那熟人说。

于是，赶快朝东走，本打算出街口向南，朝中暑袜街一直南下的，但是暑袜街北头中国银行门前，已经用旧城砖砌起一道一人多高的战垒，将街拦断了。并且砌有枪眼的地方，都伸一根枪管在外面。然则，不能过去了吗？并不见一个人来往，但我们总得试一试。

在我们离战垒三丈远时，那后面早已一声吆喝："不准通过！"

这一下，稍微使我有点着急，于是旋转脚跟，仍旧向东，朝总府街走去。铺面有在关闭的了，行人更是匆匆，大概都和我们一样，已经被阻过一次，尽想朝家里跑了。

我们本来走得已很快了，这时更是加速度起来。今天的天气又好，虽然灰白色的云幕未曾完全揭开，但太阳影子却时时从那有裂缝之处，力射下来，把一件灰鼠皮袍烘得很暖，暖到使我额上背上全出了汗。

与总府街成丁字形的新街，也是通南门去的一条大街，和在西的暑袜街，在东的春熙路，恰恰成为一个川字形式。这里，也砌起了一道拦断街的高大战垒，但是在角落处开了一个一个缺口，还准人在来往。我们自然直奔过去，可是不行，一个兵站在缺口上，在验通行证，没有的，必须细细盘问，认为可以过去，便放过去。但是以何为标准呢？恐防连他也不知道，他只是凭着他的高兴而已。

我们全没有什么凭据，只那熟人身上带了一枚属于二十四军的一个什么机关的出入证。他把那珐琅的胡桃大的证章伸向那兵道："我是×××的职员，过得去么？"

"过去，过去，赶快！"

"这是我的朋友，我们是一道的。"

"不行，只准你一个人过去！"跟着他又检查别几个行人去了，有准过，有不准过，全凭着他的高兴。

那熟人懒得再说，回身就走。我们仍沿着总府街再向东去，街上行人，便少有不在开着小跑的了。一到宽大的春熙路北段，行人就分成了三大组，一组向北，朝商业场跑了；一组仍然向东，朝总府街东头跑了；我们一组向南朝春熙路跑的，大概有四十几个人，老少男女俱全，而只有我们两个强壮的中年人跑得快些，差不多抢在前半截里去了。

春熙路是民国十四年（公元一九二五年）才由前臬台衙门改建的，南接繁盛的中东大街，北与商业场相对，算是成都顶洋盘、顶新、顶宽的街道。因为宽，所以一般兵士临时寻找街沿石条来砌的战垒，才砌了一半的工程。足有两排人的光景，还正纷纷地在往来抬石头，而大家都是喜笑颜开的，好像并未思想到在不久的时候，这就是要他们只为一个人的虚骄，而拼命、而流血的地方吧？他们还那样高兴，还那样努力呀！

前面已经有好些人，从那才砌起的有二尺来高的战垒跨了过去，我们自不敢怠慢。大概还有些比较斯文的男士和小脚太太们走得太慢的缘故吧，我们已走了老远了，听见一个像排长的人，朝那面高声唤道："还不快些走！再砌一层，就不准人通过了！"

啊呀，我们运气还不坏！要是再慢三分钟，这里便不能通过。或许还要向东，从科甲巷，从打金街，从纱帽街绕去了。算来，我们从少城的东城根街，一直向东走到春熙路，已经不下三里，再绕，那更远了。而且就一直绕到东门城根，能否通得过，也还是问题哩。得亏那一天的脚劲真好！

我们虽走过了春熙路这个关口，但前面还有许多条街，到底有无阻碍呢？于是我就略为判断了一下，认定两军的交哄，最重要的只在西头，尤其是少城。一自旧皇城之东，从东华门起，即已参入二十八军的中立地带，则越是向东，越是不关重要。我们就以砌战垒的工程来看，西头早砌好了，还挖有战壕，而东头才在着手，不是更可明白吗？那么，我们不能再转向西了，恐防还有第二防线，第三防线，又是战垒，又是战壕的阻碍哩！我在一两个钟头内，竟稍稍学得了一点军事常识了！

于是我们便一直向南，走过春熙路南段，走过与南段正对的走马街。这几条热闹街道，全然变样了，铺门全闭，走的人可以数得清楚。要不是得力太阳影子照耀着，那气象真有点令人心伤。

我们又走过昔日极为富庶，全街都是自织自贸的大绸缎铺，二十余年来被外国绸缎一抵制，弄到全体倒闭，全建筑极其结实的黑漆推光的铺面，逐渐改为了中等以下人家的住宅的半边街；又走过因为环境没有改变之故，三四十年来没有丝毫改善的一洞桥；然后才向西走入比较宽大而整齐的东丁字街。

东西两条丁字街口向北的街道，便是青石桥南街了。这里一样热闹，茶铺大开着，吃茶的人态度还是安安闲闲的，虽然谈的是正要开始杀人的惨事。而卖猪肉的，卖小吃食的，卖菜的，依然做着他们不得不做的生意。但是朝北一望，青石桥上，果然已砌起一段战垒了。我们如其图省几步路，必然又被打转。

我们走到西丁字街，就算走到了，而后才把脚步稍为放缓了一下。记得很清楚，我们刚刚走到家里，因为热，才把衣服解开，正在猜疑到底什么时候才开火，看形势，已到紧张的顶点了，猛的，遥遥的西边天空中，噼里啪啦就不断地响了起来。啊！第四百七十若干次的四川内战，果然开始了！

我回想到刀子巷口那个笑嘻嘻回答我的话的中年兵士。我又回想到此刻犹然在街上彷徨，到处走不过的行人！我深深自庆，居然绕了回来，到午饭时，直喝了三斤老酒。

飞机当真来了

在一片晴明而微有朵朵白云的天空，当上午十点钟的时节，在我的书房里，已听见天空中远远传来的嗡嗡嗡不大经听的声响。

我好奇地往外直奔道："飞机！飞机！一定是二十一军的飞机！当真来了！……"

其实，成都天空中之有飞机的推进器声，倒并不等在民国二十一年（公元一九三二年）十一月，只要是中年人，记性好的，他一定记得民国四年（公元一九一五年），陈二庵①带着大队的北洋兵，在成都玩出警入跸②的把戏时，已经使成都人开过眼孔，看见过什么叫飞机了。

陈将军当时只带来了一大一小两架飞机，是一直运到成都，才装合好的。他的用意，并不在玩新奇把戏，而是在虎骇四川人："你这些川耗子，敢不服从我！敢不规规矩矩地跟着我赞成帝制！你们瞧！我带有欧洲大战时顶时兴的新军器，要不听话，只这两架飞机，几个炸弹，就把你们遍地的耗子洞给炸毁个一干二净！"

可是不争气，那天预定在西校场当众显灵时——全城的文武官员和各界绅耆都得了通知，老早怀着一种不信除了鸟类，还有别的东西可以带着人上天的疑念，穿着礼服，齐集到演武厅上。而百姓们也不惜冒犯将军的威严，很多都拥到城墙上去立着参观——一架小点的飞机，才由地面起飞，猛地就碰在演武厅的鸱尾③上，连人带机翻在地下，人受了微伤，机跌个稀烂——不知何故却没有着火烧毁。

观众无不哄然笑起，更相信除非神仙，人哪能坐起机器飞得

①陈二庵，即陈宧，见作者短篇小说《做人难》注文。——原编者注
②出警入跸，禁止行人来往通行，如古代帝王和官府巡行时的"清道"，今日之"戒严"。——原编者注
③鸱尾，也作"蚩尾"——蚩：一种海兽，见《倦游录》《类要》——相传东海有鱼像鸱。喷浪便会降雨。唐代以来，我国老式建筑多在屋脊上塑造这种装饰，迷信的说它可以襄灾。——原编者注

上天去的。那时没有看清楚陈将军脸色如何，揣想起来，一定比未经霜的橘子还要青些了。

但是，人定胜天，在不久的一个上午，全成都的人忽然听见天空中有一片奇怪声音，响得很是厉害。白日青光，响声又大，那绝不是什么风雨凄凄的黑夜，叽叽喳喳地从灌县飞来的九头鸟了。于是男女老幼都跑到院坝里，仰起头来一看，"啊！那么大！那么长！怕就是啥子飞机吧？……他妈的！硬有飞机！人硬可以驾着飞机上天啦？怪了，怪了！……"

随后，这飞机又飞起过两次，并在四十里外的新都县绕了一个圈子，报纸上记载下来，一般人几乎不敢相信："哪里几分钟的工夫，就能来回飞八十里的？"

但是陈将军的那架飞机，前后就只飞过那几次，并且每次没有开到半点钟，也不很高，除了绕着成都天空，至远就只飞到过四十里外的新都县、温江县、双流县而已。以后简直没有再看见过它的影子；护国之役，也从未听见过它的行动，而且一直没有人理会到它，而且一直把它的历史淡忘了。

事隔一十七年，成都的天空，算是食了战争的恩赐，又才被现代的文明利器的推进机搅动了。而成都人在这几天把步枪、机关枪、迫击炮、手榴弹的声音听腻了，也得以耳目一新，尝味一尝味空军的妙趣。

突然出现的飞机，在三个交战的团体中——二十一军、二十四军、二十九军——何以知其独属于二十一军呢？这又得声明了。

若夫空军之威力，在上次欧洲大战中，本已活灵活现著过成绩，当时有一个中国人参加法国空战，也曾著过大名的，而我们中国政府，在事中事后，却一直是茫然。直到什么时候才急起直追，有了若干队的空军？这是国家大事，我们不配记载。单言四川，则已往的四百七十余次内战——这在民国二十一年（公元一九三二年）十一月，所谓安川之战初起时，一个外国通讯社，不知根据一个做什么的外国人的记载，说自民国二年（公元一九一三年）所谓癸丑之役，胡景伊打熊克武之战起，直至安川之役，四川内战共有四百七十多次；但我们一般身受过恩赐的主人翁，却因为虱多不咬之故，早记不清了——依然只是陆军中的步军在起哄，直到民国十八年（公元一九二九年）以后，雄踞在川东方面的二十一军，才因了留学生的鼓吹和运动，居然把范围放宽了一点。在湍急的川江里，有了三艘装铁甲的兵轮，在平静的天空中，有了十来架"几用"式的飞机。而且飞机练习时，又曾出过几次惊人的意外，轰动过许多人的耳目，确实证明出空军的威力，真正可怕。就中有两次最重要；一次是一位二十军的某师长，试乘飞机，要"高明"一下，用心本是向上的，不意飞机师一定要开个大玩笑，正在上下翱翔之际，像是因机器出了毛病吧，于是人机并坠，一坠就坠在河里；这一下，某师长便从天仙而变为水鬼，飞机师的下落，则不知如何。还有一次，是二十一军军长率领一大队谋臣勇士，到飞机场参观"下蛋"的盛举，飞机师据说是一位毛脚毛手的外国人，刚一起飞，正飞到参观大队的头顶上，一枚六十磅重的炸弹，老实不客气地便从空中掷了下来；据说登时死伤了好几十人，幸而军长福分大，没有碰着一星儿；后来审问外国飞机师，只供是"我错了"！

二十一军除陆军外，既有了水军，又有了空军，还了得！我们僻处在川西南北的几个军岂有不迎头赶上之理？"你不做，我

便老不做，你做了出来，我就非做不可"的盛德，何况又是我们
多数同胞所具有的？不过在川西南北，虽然也有河道，但不是过
于清浅，就是过于湍急，水军实在可以用不着。而空气的成分
和比重，则东西南北，固无以异焉，那么，花上几百万元，买他
个几十架飞机，立时立刻练成一队空军，那不是很容易吗？我们
想来，诚然容易，只是吃亏的四川没有海口，通长江的大路，给
二十一军一切断，连化学药品都运不进来，还说飞机？同时省外
更大更有势力的政府，又不准我们这几个军得有这种新式的武器，
所以曾经听人说过，某一个特别和政府立异的军长，因为想飞机，
几乎想起了单思病，被一般卖军火的外国商人不知骗了多少"油
水"！的确，也曾花了百十万元，又送了好几万给南边邻省一位
豪杰，做买路钱，请求容许他所购买的铁鸟儿，越境飞到川西。
从上至下，从大至小，都相信这回总可以到手了吧？邻省豪杰也
公然答应假道，哪里还有不成的？于是，招考空军兵士，先加紧
在陆地上训练"立正""稍息""开步走"，而一面竟不惜以高压的
势力，在离省九十里处，估着把已经价卖几年的三千多亩公地，
又全行充公，还来不及让地主佃户们把费过多少本钱和血汗始种
下的"青"，从容收了，而竟自开兵一团，不分昼夜把它踏成一片
平阳大坝。眼睁睁地连饭都吃不饱地专候铁鸟飞来，好向二十一
军比一比："老侄！① 你有空军，就不准人家买进来，以为你就吃
干了？现在，你看如何？比你的还好还多哩！哈哈！老辈子有的
是钱！"然而到底空欢喜了一场，邻省那位豪杰真比我们川猴子

---

① 二十一军军长刘湘、二十四军军长刘文辉均系四川大邑县人，刘湘是刘文辉的
隔房侄子。——原编者注

还精灵，他并且不忘旧恶，把买路钱收了，把过路铁鸟也道谢了。事情一明白，可不把我们这位军长气得几乎要疯。

因此，我们川西南北的几个军，在交战之时，实实在在只有陆军，而无空军。

但是，也有人否认，是我亲耳所闻，并非捏造。当其天空中嗡嗡之声大作，我先跑到院坝里来参观，家人们也一齐拥将出来，一位旁边人指点道："你们看清楚，要是飞机底下有一种黑的东西，那就是炸弹，要是炸弹向东落下，你们就得向西跑。"我住的本是平房，虽然有块两丈见方的院坝，但是实在经不住跑。于是我便打开大门，朝街上一奔，街上早已是那么多人，但都躲在屋檐下，仰着头器器然在说："咋个看不见呢？只听见响。"

真个，飞机还没有现形，然而街口上守战垒的一排灰色战士，早已本能地离开战垒，纷纷躲到一间茶铺里，虽不个个面无人色，却也委实有些害怕。中间独有一个样子很聪明的军士，极力安慰着众人，并独自站在街心，指手画脚地道："莫怕，莫怕，这一定是本军的飞机，如其是二十一军的，他咋敢飞来呢？"

这是我亲耳听见的，我真佩服他见识高超，也得亏他这么一担保，居然有七八个兵都相信了，大胆地跑到街心来看"本军的飞机"。

飞机到底从一朵白云中出现了，飞得太高，大概一定在步枪射程之外。是双翼，是蓝灰色，底下到底有无黑的东西，却看不清楚。

满街的人，大家全不知道"下蛋"的危险，只想饱眼福，看它像老鹰样只在高空中盘旋，多在笑说："飞矮些，也好等我们看清楚点嘛！"

无疑地这是侦察机了。盘旋有二十分钟，便一直向东方飞走，不见了。

后来听说，飞机来的时候，二十九军登时勇气增大，认为友军在东道战事，一定以全力在进攻。而二十四军全军，确乎有点胆寒，他们被不负责任的外国军火商的飞机威力夸大谈麻醉了，衷心相信飞机的炸弹一掷下来，虽不全城粉碎，至少他们所据守的这一角，一定化为乌有。而又不能人人像那聪明的军士，否认那是二十一军的飞机，却又没有高射炮——当其飞机买不进来，他们也真打算在自己土化的兵工厂中，造些高射炮来克制飞机。曾经以月薪一千二百元，外加翻译费月薪四百元，聘请了一位冒充"军器制造专家"的德国军火掮客，来做这工作。整整八个月，图样打好了，但是所买的洋钢，一直被政府和二十一军遮断了，运不进来。后来没计奈何，就将土钢姑且造了一具，却是弹药又成问题了，所以在战争时，仍然等于没有高射炮——因此，那一夜的战争打得真激烈，一直到次日天明，枪炮声才慢慢停止。

第二天，又是半阴又晴的天气，在吃早饭时，嗡嗡之声又响了。

今天来的是两架飞机：一架双翼，蓝灰色，飞在前面，一定是昨天那架侦察机了。随后而来的，是一架单翼与灰白色的。前面那架像在引路，则后面那架，必然是什么轰炸机。果然，到它们飞得切近时，那机的底下，真似乎有两点黑色的东西。

于是，我就估量飞机来轰炸，必然是有目标的。我住的地方，距离我认为应该轰炸的地方，都很远，就作兴在天空中不甚投掷得十分准，想来也和射箭差不多，离靶子总不会太远，顶多周围二三十丈罢咧。因此，我竟大放其心，在街心里，同众人仰首齐观。

刚刚绕飞三匝，两机便分开了。只看见在向东的天边，果有一个黑点，从轰炸机上滴溜溜地落下来。同时就听见远远近近好些迫击炮在响，那一定是二十四军的兵士们不胜其愤，特地在开玩笑了。

"又在丢炸弹！又在丢炸弹！"好几个人如此在大喊。果然，西边天际，一个黑点又在往下落。

那天正午，就传遍了飞机果然投了两枚炸弹，只是把二十四军的人的牙巴都几乎笑脱了，从此，他们戳穿了飞机的纸老虎，"原来所谓空军的威力，也只如此，只是说得凶罢了！我们真要向世界上那些扩充空军的人大喊：你们的迷梦，真可醒得了啊！"

这因为在东方的那枚炸弹，像是要投炸二十四军的老兵工厂，而偏偏投在守中立的二十八军的造币厂内，把一间空房子炸毁了小半边，将院子内的煤炭渣子轰起了丈把高，如斯而已。至于西方的那枚，则不知投弹人的目的在哪里，或者是错了，错把二十八军所驻守的老西门，当作了什么，那炸弹恰投在距老西门不远的西二道街的西头街上，把拥着看飞机的平民炸伤了十一个，幸而都伤得不重。

像这样，自然该二十四军的人笑脱牙巴。但是，立刻就有科学家给他们更正道："空军到底不可小觑，这一天，不过才一架轰炸机，仅载了两枚顶小的炸弹，所以没有显出威风。倘若二十一军把它十几架飞机，全载了二三百磅，乃至五百磅的重量炸弹，来回地轰炸——成渝之间飞行，只需点把钟的工夫，那是很近的呀——或是投些燃烧弹，成都房子没有一间是钢骨水泥的，那一下，大火烧起来，看你们的步兵怎样藏躲，又没有地窖，又没有机器水龙。……"

果然如此，确是骇人，如其我们的军爷们都没有大宗的房产在成都，那倒也不甚可怕，且等烧干净了再退走不迟。无如大家的顾虑都多，遂不得不赞成一般老绅耆们的提议，赶快打电报给二十一军，叫他顾念民生，还是按照老法，只以步兵来决胜好了，不要再用空军到城市中来不准确地投掷炸弹，以波及无辜。这电报果然生效，一直到战争末了，二十一军的飞机，便没有在成都天空中出现。

夺煤山和铲煤山

这一年巷战最激烈的两次中，有一次就是两军各开着几团人，夺取煤山。

煤山这个名词，未免太夸大了一点，并且和北平景山的俗名，也有点相犯。如其是从北平来的朋友一听见这个名词，一定以为成都这个煤山，大概也有北平景山那个规模了。如此，则北平朋友一定要上一个大当的。

虽然，在从前皇城犹是贡院时，每到新年当中，成都的男女小孩，穿着新衣裳出游，确也有许多很喜欢到这地方来"爬山"，佝偻着身子，做得好像登峨眉山似的艰难，爬到山顶，确也要大声喧哗道："真高呀！连城外的树木都看得清清楚楚的。"

真的，我幼年时也曾去登临过，的确比城墙高，比钟鼓楼高。在天气晴明之际，不但东可以望见五十里外青黝黝的龙泉山色，而且西也可以望见远隔百里的玉垒山的雪帽子。不过在多阴少晴的成都，这种良辰倒是不多。

其实，所谓煤山，真不足叫作山，积而言之，只是一个有青草草的大土堆。原不过是清朝时代，铸制钱的宝川局烧剩的煤渣，在这皇城的空隙地点，日积月累，不知经了好多年，积成了这个高不过五丈，大不过亩许的煤渣堆。成都人过于看惯了坦平的平地，偶尔遇见一点凸起不平的地方，便不胜惊奇，便是一个二三丈高的大土包，且有本事赶着认它是五丁担土而成，是刘备在其上接过帝位的五担山，何况这煤渣堆尚大过于五担山数倍，又安得不令一般简直连丘陵都未见过的人，尊称之为山，而公然要佝偻地爬呢？

这些都是闲话。如今且说自从民国二十年（公元一九三一年），三大学合并，成立国立四川大学时，皇城便由师范大学和几个公立私立的中等学校，而变为四川大学的文学、教育学两院的地址，而煤山和其四周的菜园地，早被以前学校当事人转当与人，算是私人所有，而恰处在大学的围墙之外。

当其二十四军、二十九军彼此都在积极准备，互不肯让出城去，而二十九军的同盟，复派着代表前来，力促从速动作，把二十四军牵制在省城，好让它去打它的老屁股时，城里的人，谁不知道战事断难避免，民国六年（公元一九一七年）的把戏①一定又要复演一次了。

然而报纸上却天天登载着官方负责任的人的辟谣，说我们的什么长向来就是爱好和平的，向来就抱着宁人犯我，毋我犯人的良善心肠。并且他的武力是建筑在我们人民身上的，他绝不至于轻易消耗他的武力，拿来做无理的内战之用，他要保存着，预备

---

① 1917 年 2 月 17 日，川军刘存厚被逐，次日，由熊克武统率、滇黔军参加的"靖国军"攻占成都。——原编者注

打那犯我国土的外国人的。纵然现在与友军起了一点儿误会，然而也只是误会，友军只管进逼，他也决不还手。好在现已有人出来调停，合作的局面，一准不会破裂，尚望爱好和平的人民，千万不要妄听谣言。如有不逞之徒，造谣生事，或是从中构煽①，以图渔利，则负治安机关之责者，势必执法以绳，决不姑宽。

越这样，而在有经验的人看来，自然越认为都是打仗文章的冒头，只是要做到古文上的成语"不为戎首"②或"衅不自我开"③。但是在教育界中的赤心人们，却老老实实认为"大人无戏言"。第一，相信纵然就不免于打仗，也断乎不会在城里打，因为太无意义了，所得实在不偿所失，负责任的人在私下谈话，也是这样说的；第二，相信学校就不算是什么尊严之地，但也不算是什么有权势的机关，值得一争，纵然不免于巷战，学校处于中立，总不会遭受什么意外的波及吧，两方负责的人也曾口头担保，绝对不使不相干的学校，受丝毫损失。于是各学校的办事人都心安而理得，一任市上如何风声鹤唳，而他们仍专心致志地上课下课，准备学期考试，即有一些不安的学生，要请假回家，也着大批一个"不准"，而且被嗤为"神经过敏"。

旧皇城中的四川大学，是全省最高的学府，自然更该理智地表示镇静，办事人如此，学生也如此，他们真正做梦也没有想到那天一开火之后，他们围墙外的著名的煤山，竟成了两方争夺战的焦点。这就因为它是全城一个高地，彼此都想占着这地方，好安下炮位，发炮射击他方的司令部和比较重要的机关。

---

① 构煽，定计煽动。《南齐书·谢超宗传》：构煽异端，讥议时政。——原编者注
② 戎首，挑动战争的罪魁祸首，也指挑起争端的人。——原编者注
③ 衅，这里指争端。这句话的意思是"战端不是我所挑起的"。——原编者注

据说，煤山原就属于二十九军的势力范围，因为大学交涉，答应不在此地作战，仅仅留下一排兵在那里驻守。但是德国可以破坏比利时的永久中立，只图它方便，则二十四军说二十九军要在此地安置炮位，攻打它的将军衙门的军部而不惜开着一团人，从四川大学前门直奔进去，穿过一部分学生寝室，打毁围墙，而出奇兵以击煤山之背，那又有何不可？但这却不免把学校办事人和学生的和平之梦，全惊醒了！

当学生在半夜三更，只穿着一身汗衣裤，卷着被盖，长躺到地面上躲避时，煤山脚下的战争，真个比德法两国的凡尔登之战还厉害。据说，光是步枪、机关枪、手榴弹就像一大锅干豆子，加着猛火在炒的一般；还加上两方冲锋的呐喊，真有点鬼哭神号，令听的人感到只需半点钟的工夫，人类便有绝灭的危险。

可是这场恶战，一直经历到次日上午十点钟的光景，还没有分出完的胜负来。因为这一面争夺战，也恰如凡尔登之战一样，两方都遇着的是不怕死的猛将，你也站在硝烟弹雨中，不动声色地督战，我也站在硝烟弹雨中，不动声色地督战，将官如此，士兵们哪里有不奋勇的！可是，兵都是训练过来的，懂得掩伏射击，并不像电影中演的野蛮人作战法，只一味手舞足蹈，挺着身子向前扑去，所以你十分要进一尺，我也就权且让五寸，待你进够了，我又进，你又让。一个整夜，一个上午，枪声没有停过半分钟，只是一会儿紧，一会儿松，听说煤山山顶，彼此都抢到手过四五次，而死伤的兵也确实不少。

争夺煤山第二天的上午，炮火还正厉害时，我亲眼在红照壁街口上看见属于二十四军的足有一营人之众，或者是新从城外调来的，满身尘土，像是开到旧皇城去参加前线。一到与皇城正对的韦陀堂街上，便依着军官的口令，一下散在两边有遮蔽的屋檐下，挺着枪，弓着腰，风急雨骤地直向皇城那方奔去。我是没有在阵地上观过战的，单看这一营人的声势，已觉得很是威风了，旁边有人说："这是二十四军警卫旅的队伍，很行的，也扫数加上去了，皇城里的仗火真不弱呀！"

就在中午，彼此相约停战数小时，以便把大家的伤兵抬下阵地去时，我也偕着一般大胆到街上看热闹的人们，一直步行到三桥——说来你们也不相信，成都市民真有这种本事，就在炮火连天之际，只要不打到我们这条街上来，大家的生意仍是要做的。皇城里打得那么凶法，而在皇城外的街上，只管子弹嘘儿嘘儿唱歌般在天空飞过，而我们的铺子大多数还是热热闹闹地开着，买东西的人，也充耳不闻地，依然高声朗气讲他们的价钱，说他们的俏皮话——打从韦陀堂庙宇前经过时，亲耳听见那个值卫的，也是二十四军警卫旅的兵士，各自抱怨说："他妈哟！一连人剩了五十多个，还值他妈的啥子卫！"

到底二十九军力量薄些，不是二十四军的对手。他因为二十四军的人气要胜些，"我拼着那些人来死，拼着子弹不算，我总要把煤山抢过手，就不安炮也可以！"这也与不必在城里受二十九军无益的牵制，尽可把全力拿到东道上，我把较强的一方打胜下来，然后掉过枪口，回指成都，哪怕二十九军还不让出！然而也不如此，必要在城里打一个你死我活，终不外乎粮户们拼着家当要打赢官司，只为争这一口气。

到底二十九军力量不济，再度恶战之后，只好从后载门退出，而就在门外大街上据守着，这一场恶战，才算告了一个段落。

及至这次战争之后，一般爱好和平，憎恨战争的中年老年绅耆们，忽然发生了一种大感慨。据说是看见红十字会在煤山收殓一般战士死尸的照片，以及听说四川大学、艺术学校、附设女子中学等处，和附近皇城东边的虹桥亭，附近皇城北边的好几条街，都因煤山之战，打得稀烂，一般穷人几乎上无片瓦以蔽风雨，而家具什物的损失，更无以资生，于是一面发起捐赈，一面就焦思失虑，要想出一个根绝巷战的好方法。

方法诚然不少，并且很有力，就是劝告人民一律不出钱，一个小钱也不出；其次是叫各家的父母妻室，把各人在军队中的儿子丈夫喊回去；再其次是勒令兵工厂一律关门，把机器毁了。然而这些能办得到吗？而且绅耆们敢出头说半句吗？都不能，只好再思其次可以做得到而又有实效的。不知是哪位聪明人，公然就想出了，一提出来，也公然被一般爱好和平的先生们大拍其掌，认为实在是妙不可圈的办法。

是什么好办法？就是由捐赈会雇几千工人，赶紧把那可恶的煤山挖平，将已经变为泥土的煤渣，搬往别处去填低地。"将这个东西铲平，看你们下次还来拼命地争不？"这是砍断树干免得老鸦叫的哲学。

当时这铲山运动很是得劲，报纸上天天鼓吹，大多数人都附和着说是善后处置中，一个最有意思的举动。

既成了舆论，当然就见诸事实。一般人都兴兴头头地，一天到晚在那里"监工"，在那里欣赏这伟大的工作。工人们似乎也很能感觉他们这工作之不比寻常，做得很是认真。果然，在不久之后，这伟大的工程完毕了，成都城内唯一可以登高眺望的煤山，便成了毫无痕迹的平地。爱好和平的先生们都长长地叹了一口气，颇有点后悔"何不当初"的样子。也奇怪，自从煤山铲平以后，四年了，直到于今，果然成都就没有巷战了！

当时，只有一个糊涂虫，曾在一家小报上，掉着他成都人所特有的轻薄舌头道："致语挖煤山的诸公，请你们鼓着余勇，一口气把成都城墙也拆了，房屋也拆了，拆成一片九里三分大的光坝子，我可担保，一直到地老天荒，成都也不会有巷战的事来震惊我们的。……"

成都的一条街

李劼人

    我要讲的成都的一条街，便是现在成都市人民委员会大门外的人民南路。（按照前市人民政府公布过的正式街名，应该是人民路南段，但一般人偏要省去一字，叫它人民南路。这里为了从俗，便也不纠正了。）

    要说明人民南路的所在，且让我先谈一谈旧成都的形势。

    目前正在带动机关干部、部队、学生、居民、农民，分段包干拆除的旧城墙，是一个不很整齐的四方形。据志书载称，周围二十二里八分。因为从前的丈尺略大，最近据成都市城市建设委员会测量出来，是二十四里二分多（当然是华里）。又志书载称，这城东西相距九里三分，南北相距七里七分。

    成都说起来是个古城市。若果从战国时候秦惠王灭蜀国、秦大夫张仪于公元前三一〇年开始建筑成都城算起，它的确已有二千二百六十八年的历史。但是，成都城随着朝代的变更，它也变了无数次，始而是大小两座城，继而剩下一座城，后又扩大了变为

283

二重城、三重城，后又变为一座完整的大城。今天的规模，是唐僖宗乾符三年（公元八七六年）高骈作西川节度使时建筑唐城的规模。可是现在拆除的城墙，不但不是八世纪的唐城，也不是十三世纪后半期的明城，甚至不是张献忠之后、清朝康熙四年（公元一六六五年）所重修的城，而实实在在是在清朝乾隆五十年（公元一七八五年）彻头彻尾用砖石修成，算到今年仅一百七十三年，并非古城。

成都位置，偏于川西大平原的东南，地势平坦。当初规划城市时，本可以像北京市街一样，划出许多正南正北、正东正西的区域来的。但是不知为了什么缘故，城内街道全是西北偏高、东南偏低的斜街。我们把成都市旧街道图展开一看，便看得出，只有略微偏在西边一点、大致处于城市中心的旧皇城，是端端正正坐北朝南的一块长方形。

旧皇城，一般人都误会为三国时代刘备称帝的故宫。其实不是。它是唐末五代、前后两个蜀国在成都建都时的皇城。这地方，经过宋元两朝的兵燹，不但城垣宫殿早已无存，就连清人咏叹过的摩诃池，也逐渐淤为平陆，变成若干条街巷。到明朝第一代皇帝朱元璋册封他的第十一皇子朱椿为蜀王，为了使朱椿就藩，于洪武十八年（公元一三八五年）才在前后蜀国修建过的宫垣基础上，更加坚固、更加崇宏地造了一座和当时南京皇居相仿佛的蜀王宫。蜀王宫的规模很大，几乎占去当时成都城内总面积的五分之一。宫殿园囿之外，有一道比大城小、比大城狭的砖城，名宫城。一道通金河的御河，围绕四周。御河之外，还有一道砖城，叫重城。宫城前面是三道门洞。门外是广场，是足宽一百公尺[①]

---

① 公尺，公制长度单位，米的旧称。

以上的御道。与门洞正对，在六百三十余公尺远处，是一道二十余丈长、三丈来高的砖影壁，因为涂成红色，名为红照壁。在门洞外二百五十公尺的东西两边，各有一座高亭，是王宫的鼓吹亭，东亭名龙吟，西亭名虎啸。明朝藩王就藩后，虽无政治权力，但以成都的蜀王宫来看，享受也太过分了。这王宫，到明朝末年（公元一六四四年），张献忠建立大西国，在成都即位称尊，改元大顺元年时候，又改为了皇城。不满两年，张献忠于公元一六四六年，统率军民离开成都，皇城内的一切全被烧毁、破坏，剩下来的，就只一道宫城、三道门洞，以及门外横跨在御河上的三道不很大的石拱桥（比横跨金河上的三桥小而精致）。十九年后（是时为清朝第二代皇帝玄烨的康熙四年），四川的政治中心省会，由保宁府（今阆中县）移回成都。为了收买当时的知识分子，开科取士，又将废皇城的部分地基（前中部的一部分）改建了一座相当可观的贡院。一九五一年被成都市前人民政府加以培修利用，作为大小会议场所的至公堂、明远楼，就是这时候的建筑物。

从我上面所略略交代的历史陈迹看来，这地方，实实应该叫作明蜀王故宫，或贡院。本来在门洞外那条街，早已定名为贡院街的。但是百余年来，人们总是习惯了叫它作皇城，把门洞外的一片广场叫作皇城坝，习惯真是一件可怕的事情！

现在我所介绍的这条街——人民南路，便是从旧皇城门洞（今天应该正名为成都市人民委员会大门）向南，六百三十余公尺，到红照壁街的一段，恰恰是明蜀王故宫外整整一条御道。不过今天的人民南路宽仅六十四公尺，比起三百年前的御道，似乎还窄了一些。这因为在一九五二年扩建这条街时，曾于东御街的西口、西御街的东口，在积土一公尺下，把那两座鼓吹亭的石基挖出，测度方位与距离（横跨在金河上的三桥，也是很好的标准），看得出，当时的御道，应该有一百公尺以上的宽度。

这条人民南路，以现在成都市的市政建设规划来说，恰好处在中轴线的中段。这条中轴线，向北越过旧皇城，经由后载门（现在街牌上写成后子门）、骡马市、人民中路、人民北路，通长四公里（从人民南路的北口算起），而达今天的宝成铁路、成渝铁路两线交会的成都火车站，可能不久后将改称为北站。因为现在从人民南路南端红照壁起，已新辟一条通衢，通到南门外小天竺，不久，还要凭中通过四川医学院（原华西大学），再延伸四公里，直抵成昆（成都到昆明）铁路起点车站，也可能将来会改称为南站。由人民南路北口到成昆铁路起点站的黄家埝，有六公里。将来这条联系南北两车站的中轴线为十公里。请将我所说的距离想一想，现在的人民南路，岂不恰恰处在中轴线的中心一段吗？

在这条中轴线的南段，即是说在今天的人民南路之南，将来是会出现不少的崇丽宏伟的大建筑的。今天的人民南路，仅在东西御街街口以南摆上了一些大厦，如新华书店、人民剧院、百货商店等。旧社会的卑陋窳劣，几乎等于棚户的房屋，尤其在北段地方，还遗留得不少，当然，不久的将来都会拆除改建的。

人民南路的北段，不像南段布置有街心花圃。这里是每年五一、十一两个大节日，广大群众为了庆祝佳节而集会的场所，旧皇城门洞，这时恰好就作为一座颇为适用的检阅台和观礼台。按照城市建设规划，这地方将来还要向东、向西、向南拓展若干公尺，使其成为一片名副其实的广场。

人民南路的兴建，它向成都人民说明了新社会的可爱；它增强了成都人民对美好远景的憧憬，也增强了成都人民对社会主义建设的信念。不要看轻了这条街的兴建，它确实具有很浓厚的政治意义的！

这里我应该谈一谈人民南路的前身了。

我前面所说的贡院，从清朝末叶废科举之后，它就几经变化：清朝时候是几个高、中学校兴办之所；辛亥革命（公元一九一一年）是军政府；其后是督军公署；是巡按使和省长公署；再后又是高级、中级学校汇集地方。抗日战起，学校迁走，起初是无人区域，其后便成为贫民窟。解放后，成都市人民政府于一九五一年迁入（仅占旧皇城的四分之一，其余地方作为别用，不在此文范围之内，便不说它了）。为了利用至公堂，特别在新西门外修了一片人民新村，光从至公堂上迁走的贫民，差不多就上百家。几十年间，御河已经淤为一道臭阳沟，不但两岸变成陋巷，就连河床内也修了不少简陋房子。至于宫墙，那是早已夷为旱地，不用说了。

旧皇城门洞外直抵红照壁的那条宽阔御道，在清朝时候，便已变成了三条街道。北面接着皇城坝，南面到东西御街口的一段，叫贡院街。这条街，是废科举之后才修起来。科举未废之前，因为三年必要开一次科（有时还不要三年），要使用这地方，在平时只能容许人民，尤其聚居在这一带的回族人民搭盖临时房子，要用时拆，不用时再搭。科举既废，再无开科大典，这条街因才形成而固定下来。

这条街的特色是，卖牛羊肉的特别多。因为上千家的回族人民聚居在四周，所以这里便成了回民生活上一个重要的交易场。除了牛羊肉外，几乎所有的饮食馆都标有清真二字。

贡院街之南一段叫三桥正街。三桥，便是横跨在金河上的三道砖石砌成的大桥。这桥的建造，可能还在明朝以前。但构成三桥那种规模，却与明蜀王宫的修建同时。若照三道桥的宽度来看，是可证明从前御道很宽。但是到清朝后期，这里变成街道，街道的宽度，就比中间一道桥的桥面还窄。六十年前，成都有句流行隐语，叫"三桥南头的石狮子——无脸见人"！意思便是三道桥当中一道桥的南头的一对大石狮，早已被民房包围，等于石狮躲进人家，无脸见人。街道比桥面窄，因此桥面的两旁，也被利用来做了卖破烂、卖零食的摊子。

三桥正街之南一段，正式名字叫三桥南街，一般人却叫它为"韦陀堂"。原因是这条街的西边有一座韦陀庙宇，街的东边，本来是一座戏台和一片空坝，辛亥年以后，也变成了一条窄窄的小街。

再南便是红照壁。六十年以前，照壁跟前不过是些棚户，清朝末年，照壁跟前成了一条街，所谓照壁，早已隐在店铺的后面，不为人知。一九二五年才被当时反动政府发现，以银洋一万元的代价抵给当时的商会，拆卖得一干二净。

今天的人民南路，宽度六十四公尺（三桥也连成了一片路面），不但有街心花圃，不但有行道树，而且是柏油路面，它是中轴线上的通衢，它也是人民集会的广场。今天看来，它是何等壮阔，足以表现新社会人民的雄伟胸襟。然而它的前身，却原是那么污糟的三条街！可惜那些旧街景的照片已难寻觅，请伍瘦梅画家默画出来。请看一看那是何等可怕的一种社会生活！

不过今天的人民南路还在变化中。它将随着社会主义建设，而一年一年地变。肯定地说，它将越变越雄阔，越变越美好。现在我所叙说的人民南路，还只限于一九五八年秋的人民南路。

一九五八年十一月八日写完